出门回家

温亚军——著

海峡出版发行集团 THE STRAITS PUBLISHING & DISTRIBUTING GROUP | 鹭江出版社 LUJIANG PUBLISHING HOUSE

2018 年 · 厦门

总序

不仅是为了纪念

野莽

在一切都趋于商业化的今天，真正的文学已经不再具有二十世纪八十年代的神话般的魅力，所有以经济利益为目标的文化团队与个体，像日光灯下的脱衣舞者表演到了最后，无须让好看的羽衣霓裳做任何的掩饰，因为再好看的东西也莫过于货币的图案。所谓的文学书籍虽然仍在零星地出版着，却多半只是在文学的旗帜下，以新奇重大的事件，冠以惊心动魄的书名，摆在书店的入口处，引诱对文学一知半解的人。

这套文库的出版者则能打破业内对于经济利益的最高追求，尝试着出版一套既是典藏也是桥梁的书，为此做好了经受些许经济风险的准备。我告诉他们，风险不止于此，还得准备接受来自作者的误会，此项计划在实施的过程中不免会遭遇意外。

受邀担任这套文库的主编对我而言，简单得就好比将多年前已备好的课复诵一遍。依照出版者的原始设计，一是把新时期以来中国作家被翻译到国外的、重要的和发生影响的长篇以下的小说，以母语的形式再次集中出版，作为中国当代文学的经典收藏；二是精选这些作家尚未出境的新作，出版之后推荐给国外的翻译家和出版家。入选作家年龄不限，年代不限，在国内文学圈中的排名不限，作品的风格和流派不限，分期分批地进入文库，每位作者的每本容量为十五万字左右。就我过去的阅读积累，我可以闭上眼睛念出一大片在国内外已被认知的作品和它们的作者的名字，以及这些作者还未被翻译的本世纪的新作。

有了这个文库，除去为国内的文学读者提供怀旧、收藏和跟踪阅读的机会，的确还能为世界文学的交流起到一定的媒介作用，尤其是国外的翻译出版者，可以省去很多在汪洋大海中盲目打捞的精力和时间。为此我向这个大型文库的编委会提议，在编辑出版家外增加国内的著名作家、著名翻译家，以及国外的汉学家、翻译家和出版家，希望大家共同关心和参与文库的遴选工作，荟萃各方专家的智慧，尽可能少遗漏一些重要的作家和作品。这方法自然比所谓的慧眼独具要科学和公正得多。

遗漏总会有的，但或许是因为其他障碍所致，譬如出版社的版权专有、作家的版税标准等等。为了实现文库的预期目的，那些障碍在全书的编辑出版过程中，出版者会力所能及地逐步解决，在此我对他们的倾情付出表示敬意。

目录

第一部分 出门

第一部分 出门

出门

这里把出嫁叫出门。看到谁家的闺女长大，就问还没出门呀，闺女大了不能留，留来留去是冤仇。

这里把出嫁叫出门。看到谁家的闺女长大，就问“还没出门呀，闺女大了不能留，留来留去是冤仇”。

秋霞早到了出门的年龄，婆家也寻下好几年了，可被她爹拖着，一直出不了门。秋霞的爹三年前放羊时，喝多酒失足从崖畔掉下去摔断了腿，以后再没站起来过，行走全靠手臂撑着两只小板凳，一点一点地往前挪，农活干不成，心里憋屈，整天和老婆怄气，动不动骂老婆嫌他没死干净，影响了她改嫁。秋霞的母亲起初会回骂几句，老头子腿脚残了，所有的活都压在她身上，还要她受气，谁受得了？后来吵得多，累了，渐渐就不骂了，发誓今生不再与老头说一句话，到非说不可时，也不直接跟老头说，而是拐个弯，当着老头的面问秋霞。秋霞当着爹妈的传话筒。比如，晚饭时，因为经常停电，一家人围着煤油灯边吃饭边说今年的秋种计划，母亲做不了主，对秋霞说：“问一下，今年留多少地种玉米，多少地种豆子？”父亲就坐在桌子边，把母亲的话听个一清二楚，却不回答。秋霞把母亲的话对父亲重复一遍。父亲这才对女儿说：“今年雨水少，看来天旱定了，少种点玉米，七亩吧，豆子耐旱，种十五亩。”秋霞再重复给母亲，母亲点点头，迅速喝完稀饭，收拾碗时，突然又想起一件事没问，对秋霞说：“再问一下，到镇上去买种子呀，还是到村头张大牙的店里买？”秋霞还没来得及重复，父亲已勃然大怒，冲秋霞吼道：“告诉你多少遍了，又想到镇上去发骚！张大牙店里的种子不是种子啊？还少花两块车票钱呢，就在张大牙店里买！”母亲把碗筷摔得乒乓乱响，丢下一句：“秋霞，你眼睛瞎啦？不知道张大牙店里的种子比镇上每斤贵五毛钱啊！”没等到父亲再骂，母亲已端着碗走了。秋霞看看母亲的背影，又看看满脸怒容的父亲，一句多余的话都不敢说，悄悄跟母亲去厨房洗碗。

这个家，离了秋霞怎么能行！除了黏合父母关系，秋霞还是收、种庄稼的一把好手。这都是被逼的，村里的强壮劳力全在外打工，农忙时想找人帮忙都难。摇耧耙地，收割碾打，这些本该男人干的活，秋霞全学会了，尤其是碾完麦后扬场，完全是男人们干的一项技术活，用木锨铲起麦粒、麦糠，迎着风头往空中扔，必须撒出去成扇面，风才能吹走麦糠，留下沉甸甸的麦粒落到地上。扬场看似简单，做起来非常难，手臂用劲的大小、木锨扬起的角度，都有讲究。扬场也是力气活，秋霞为学扬场，一遍遍地练，把胳膊都练肿了，晚上疼得睡不着觉，在被窝里偷偷地流泪。一个夏天过去，秋霞终于学会了扬场。扬完自家的麦子，她还得去帮喜庆家扬场。喜庆就是秋霞的未婚夫。本来，喜庆的爹是扬场的一把好手，但他看到秋霞能扬场，一直给娘家扬，觉着亏得慌。按规矩，秋霞和儿子订了婚，没有出门，也算自家的媳妇。

像秋霞这么大的闺女，大多都出门好几年了，小两口亲亲热热地去城里打工挣钱，在外受苦受罪，逢年过节回来一次却风风光光，大包小包地往娘家拎，红的绿的，花的洋的，都给爹妈买回来了。过年时，一帮老娘们凑一起，穿着闺女买的羽绒服、保暖内衣，比谁的成色靓，比谁的价格高。末了，还要骂顿儿子，骂他们娶了媳妇忘了娘，钱全花在了丈人、丈母娘身上。

看来，养闺女还是比养儿子强。实践证明，养儿子已经防不了老，不但防不了，到头来，还不知道谁养谁呢。像秋霞的堂哥秋林，就由他的父母养着。前些年，秋林去城里建筑工地打工，到头来要不到工钱，一伙人到建筑公司静坐示威，被老板带人围住用棍棒暴打一顿。秋林只顾护头，两条胳膊被打折，腿没受大伤，能跑，从人家裤裆下钻出来，捡了条命回来。钱没捞着，还落了个残废。秋林的丈母娘没穿上秋林买的保暖服，看人家做丈母娘的光鲜，轮到自己，只能穿自个儿买的衣服。女婿靠不住，双手又废了，秋林的丈母娘心疼闺女，怕拖着秋林这个累赘，苦闺女一辈子，便唆使闺女离了婚。秋林两只手臂失去劳动能力，成了摆设，只得靠他爹妈养着。

前些年，父亲腿没摔断时，秋霞盼着早点出门，与喜庆亲亲热热，一起到城里打工挣钱过自己的小日子。喜庆早几年就去城里打工了，每次过年回来，他都会给秋霞买回城里时兴的羊绒衫、松糕鞋。有一年还给秋霞带条弹力牛仔裤。牛仔裤也不是啥稀罕物，秋霞穿过好几条呢。可这条不一样，腰又低又细，是紧紧绷在腿上的那种。秋霞第一次穿，费很大劲才提上去，还提不到腰部，裤腰就挂在屁股上，腰部空荡荡的，感觉裤子随时都要向下掉，她时不时得用手拽两边的裤腰。从来没穿过这样的裤子，像受刑，勒得秋霞连路都不会走了，她要脱下来，喜庆不让，说就要这个味，城里女人全穿这个，胖的瘦的，都喜欢这种低腰的，说是韩国版，进口的。还进口呢，穿着像没穿裤子似的，露着大半个腰，把屁股蛋勒得像两只熟透的桃子，能羞死人。喜庆把嘴贴在秋霞耳朵上小声说，城里好多女人就靠勒出来的两个屁股蛋子骗男人的钱呢，他们这些民工收工后到超市门口、天桥上，跟在女人后边专看她们的屁股，免费的。只是，看着心里怪难受的，不知那些女人的屁股都是给哪些男人准备的。秋霞推开喜庆，骂了句“流氓”。喜庆说：“你太落后，流氓这个词早已不用，在城里的字典上已经取消了，我一时都想不起城里人把这种事叫什么了。秋霞，你还是早点出门，跟我一起去城里感受新生活吧，你再不去，我可熬不住，要学坏了，城里诱惑太多啦，好多女人都养‘鸭子’呢。”秋霞从去城里打过工的姐妹那儿知道城里人说的“鸭子”是什么，但她不怕，城里女人眼界高着呢，才不会养民工呢，人家养也得养那些细皮白肉、身体壮、能干技术活又养眼的男人。喜庆太黑，身体挺壮实，但太笨，至今没学过哪种技术，在工地上，只是个干体力活的小工，笑起来还喜欢龇牙，牙也不白，城里的那些女人谁会稀罕他呀？于是，秋霞赌气地拧过身，丢下一句："那你给城里女人当鸭子去，别碰我。"喜庆用嘴堵上秋霞的嘴忙了半天，才气喘吁吁地说："你以为我不敢呀？你再不出门，我真去当鸭子了，有人养着，有吃有住，还给钱花，比皇帝还滋润，龟孙子才不想当呢。"喜庆这句话说得有些认真，秋霞听着不舒服，真生气了，推开喜庆说："就凭这句，我一辈子都不出门。"

话是这么说，秋霞心里还是想着早点出门，到城里去管着喜庆，免得他真学坏。男人孤身在外，面对那么多的诱惑，不受影响也是不可能的。秋霞还听说城里的那些下岗女工为了养家糊口，专门找出苦力的民工卖淫。其实，农民工也想尝尝城里女人的味道是甜还是咸，再说，价钱相对也便宜些，他们挣的可都是辛苦钱。

可自己家里的情况，使秋霞脱不开身出门。喜庆怨恨秋霞，说她只知道顾她父母，顾她自己的家，却不怜惜他，他都是二十六七的大小伙了，再拖上几年，他的那股劲就过去了。

到底是什么劲会过去，秋霞搞不太明白，她只知道，家里现在的情形，她绝对不能出门。她要一走，这个家就彻底完了。父亲残废，等于一个家塌了半边，母亲老了，全靠秋霞撑着这半边呢，她不能扔下这半边，出门去过自己的小日子。最关键的，家里头还有个受气的妈呢，如果没有秋霞从中调和，爹妈的日子肯定得分成两个家过不可。

秋霞不愿看到这种结果。她也不知道该怎么办才好。今年，喜庆回家过年时，啥也没给她买。她知道喜庆心里不舒服，没敢怪他，还讨好他似的，鼓足勇气，不顾爹妈刀子似的目光，专门为喜庆穿上那条牛仔裤，上身套件长点的毛衣，不然，半截子腰虽在衣服里面，可仍觉得空荡荡，怪难受的。过年那几天，两家天天都有人来，乱哄哄的，两人也说不上几句话。等到空闲一些，喜庆也不说话，样子很烦躁，盯着秋霞腿上的牛仔裤发呆。秋霞的腿长，紧绷绷的牛仔裤穿在她腿上，更衬得她的腿修长。秋霞以为喜庆在欣赏她穿牛仔裤的样子呢，故意在喜庆面前走来走去，可喜庆的眼里仍没显出多少喜色来。

正月十五那天晚上，喜庆第二天就要回城了，他说有话对秋霞说，家里人多不方便。秋霞跟着喜庆走到村外，把电视的喧闹和村庄的灯火扔到身后，越走越远，喜庆拉着秋霞的手走到麦田里。过了年，天气已转暖，虽有点春寒，但麦苗已经起身，在干净的月光下，油汪汪地泛着亮色。秋霞深深吸了一口，冷冷的空气里带着点淡淡的清香，是麦苗散发出来的。秋霞踮着腿尖跳着，月光很亮，她能看清脚下的麦地哪儿的麦苗要稀松些，才好落脚，这样不至于踩倒太多的麦苗。喜庆被她的蹦跳弄得心烦，叫她不要跳来跳去，抓她的手却不松开。秋霞要喜庆从麦地出来，她怕踩断麦苗，影响收成。喜庆很生气，说："操啥闲心，又不是你家的地，影响你收麦子了？"秋霞顶了句嘴："不管是谁家的，少收麦子都不应该。"喜庆不高兴，满嘴怨气地对秋霞说："如果你还不出门，我扛不住了，我爹我妈整天骂我没本事，四年了，还没把你弄进家门。"

一个闺女家，寻下婆家收了彩礼，过了出门的年龄还不出，在娘家干活，婆家会觉得吃亏。但是，这几年每到秋夏收种麦子和玉米的季节，秋霞就两家跑，帮喜庆家干活，喜庆和弟弟在外打工，地里的活全是秋霞帮公公婆婆收、种的。秋霞从没偷过懒，就这，公婆还不满意，觉得秋霞早该是他家的人，就应该在他家忙活，可她的力气都给了娘家，就算她过来帮忙，可那种帮是蜻蜓点水式的，能干得了多少？家里活那么多，还不都叫他们自己做了？他们彩礼送过了，过年也少不了拿些礼物到秋霞家，可人却迟迟不出门，还不跟没定过亲一样，这个亏不是吃得太大了吗。

秋霞也清楚公婆的心思，她不言语是有点愧疚。喜庆的怨气使她心里很不舒服，但明天喜庆就要走了，她不愿叫喜庆生气。喜庆还问她怎么不辩解了。秋霞仍不说话，只是垂着眼望着脚下。月下的麦苗看不清绿色，是一团团的黑，她能想象得到，脚下的这一团团黑在白天是多么喜人。喜庆冷笑两声说："理亏了，没话说了吧。"一阵寒气袭来，秋霞忍不住打了个寒战，她抱紧自己的胳膊，不理喜庆，自顾自往麦地外面走。这下，惹恼了喜庆，他稍稍愣了一下神，冲上来把秋霞扑倒在地，压在她身子上面直喘粗气，他还强解秋霞的衣服。秋霞不让，两人在麦地里翻滚。起风了，绿色的麦浪一层挨着一层，在他们身边卷动。秋霞心疼身下的麦苗，同时，她也知道自己的劲小，拗不过身强体壮的喜庆，便放弃了抵抗，承受了钻心的疼痛。迟早都是喜庆的，啥时给他都是个给。再说了，她一直觉得亏欠他的，二十六七的男人，还没搂女人睡过觉呢。给他算了。秋霞把眼一闭，不看天上洁净的月亮了。

喜庆劲头很大，疯了似的，把秋霞差点捣进土地里。秋霞不敢吭声，咬着牙承受，她心里明白，喜庆气没地方出，发这么大狠，是撒气呢。叫他撒去，撒完就完了。谁知喜庆撒起来没完，冻得秋霞的屁股蛋子像两块冰，喜庆用手使劲搓着，慢慢地，秋霞感觉不到冷了，心里紧张，还觉得热呢。

第二天，喜庆要回城里工地，秋霞去送，看到喜庆的目光变得很温柔，不像刚回家时那么冷。告别的话不多，喜庆只说年底回来后，再不去城里打工，只要秋霞出门，他可以帮着照顾她家。秋霞不赞成也不说好，用含情的目光望着喜庆，恋恋不舍。

这次喜庆走后，秋霞心里慌慌的，一直不踏实，有时候莫名地心跳加快。去年和前年，这种感觉也有，但没今年这么强烈，这么持久。晚上，秋霞开始失眠，一个个夜晚，都是瞪大眼熬到鸡叫时，才迷迷糊糊有点困意，睡不多久，就得起来下地干活，整天打不起精神。一个月下来，人没瘦，倒胖了不少，都是晚上睡不着，半夜起来吃夜食惹的祸，而且半夜的时候，她的饭量还不小呢。秋霞担心这样下去会变成大胖子，她还没出门呢，要是胖得像猪，出门那天喜庆咋背得动呢，而且胖了穿上嫁衣肯定不好看。秋霞不敢想象自己变成胖子的样子，她开始忍着，晚上哪怕饿得头晕，肚子被掏空似的也不再吃东西，硬撑着，就是白天，也吃得不多，想迅速把体重减下来。谁知她的体重一点没减，反而在慢慢上升。秋霞怕了，以为是患了什么病，她听人说过，电视里报道的，有人患奇怪的病，一顿能吃十几个人的饭，却骨瘦如柴，莫不是她也患上了怪病？吃得这么少，还发胖，秋霞跑到镇卫生院去看。医生简单问了一些情况，说句“是不是有喜”，也就是怀孕了，叫她去妇科做个检查。我的天哪，秋霞心里大叫一声，脸唰地一下白了，吓得掉头就跑。她还没出门，哪敢去妇科，一旦查出真是怀孕，她可咋办呀？可真是一句话点醒梦中人。秋霞年龄不小，对生理知识却懵懂无知，村里年纪相仿的姐妹都出门去城里打工，没人可以交流，家里家外，除了父母和喜庆的爹妈，平时跟村里的人也只说几句咸淡话，谁会把话题说到身上来呢。怪不得她这段时间心神不安，原来是有预感的，想想这个月，她的那个玩意儿一直没来，怎么就没往这方面想呢。

秋霞等不到喜庆的电话，没人能帮她出个主意，她试过几次想去问母亲，可话到嘴边又吞了回去，怕母亲受不了这个打击。

秋霞也曾想过，偷偷到远一点的医院去打胎，可心里又害怕，且不说她一个未出门的闺女，要鼓足勇气一个人面对打胎这种令人胆战的事很难，她以前曾听人说过，打胎弄不好会把子宫刮坏，以后再不能怀孕，那可就麻烦大了。可是，她又不能把胎儿生下来，没出门就生子，她，还有爹妈的脸，往哪儿搁呀？

秋霞不敢声张，心里乱成了一团麻，骂喜庆不得好死，自己快活后拍屁股去了城里，把累赘给她留下，她一个未出门的闺女家大了肚子该咋办呀！

秋霞想在喜庆那里讨个主意，或者叫他赶紧回来，她立马就出门，到了婆家，肚子大了也就大了，谁也不会拿另一种眼神看她。到了这种时候，不能光顾爹妈，再说，出了门，喜庆说了，会和她一起照顾他们的。可喜庆没手机和呼机，平时都是他从城里把电话打到张大牙家的商店，叫她去接。张大牙自开商店做生意后，人变得六亲不认，眼里只有钱，叫接次电话得交一块钱。接电话还要钱，没道理嘛！张大牙却说，接电话虽不费他的电话费，可有座机费呢，占着话机，别人打不成电话，他不损失吗？秋霞觉得这不是理，她每次接电话也没见有人过去打电话，何况，就讲那么几句话，哪里妨碍了别人打电话？她不愿无故多掏一块钱，叫喜庆没啥事轻易不要打电话，所以，喜庆一个月半月才会打个电话。秋霞家没闲钱装电话，就是装了，她爹天天守在跟前，她也不能和喜庆说啥话。这会儿，秋霞真有事要对喜庆说，却等不来他的电话，急得她天天往张大牙的商店跑，也不买东西，守在一旁看着电话机。有时电话响了，铃声把秋霞吓一跳，涨红着脸伸手就捞话筒，却没一个是喜庆打来的。后来张大牙看着都烦了，离好远看到秋霞过来，就说：

“没你电话，有了我肯定会叫你。”言下之意，他也希望有电话来，还能挣一块钱呢。

等不到电话，秋霞快烦死了，老有要哭的冲动。她一个人躲在屋里，拉下裤子看肚子，肚子看上去平平的，可她却觉得这肚子都快成一座山了，她要驮着一座山，怎么能不怕呢！因为心事重，人就显得恍惚，老是做事做一半就扔下做另外一件，还不断做错，给爹妈当面传话也常常出错，把妈问“中午吃啥饭”说成“中午种啥饭”，气得爹妈合起来，难得一致地骂死闺女叫鬼缠住了，有一搭没一搭的。秋霞不还嘴，保持沉默，也不给他们传话了，爹妈干瞪眼，还不能打破常规直接说事，两人连连叹气，说闺女已经留成冤仇了。

他们哪里知道自己闺女这阵子无援无助的茫然。

* * *

秋霞这边心急火燎地盼喜庆的电话，城里那边的喜庆呢，也并不比秋霞好过多少。以前在外面干活虽然苦点累点，但和一帮工友在一起，荤话素话都往外掏，喜庆没有经验，却因为听得多了，嘴上功夫也不赖，苦日子也一天一天打发了。但这次从家里出来就不一样了，喜庆再也不是嘴上功夫，他和秋霞有过肌肤之亲，算是实战过，有经验了。难怪工友们说起女人来总是一脸的向往，女人果然神奇，像一部神奇的书，开头就充满了诱惑。只是他打开书的日子太晚，实践太少，书里好多内容还没品出味呢。浅浅的尝试已让喜庆深陷其中，要深层次阅读的念头比以前更加强烈。这时候，他已经无心和工友们说笑，那些用嘴说的话有什么用？与具体的女人比起来，太浅薄、太缥缈了。他想秋霞，主要是想秋霞的身体，那是多么柔软而奇妙啊！喜庆想秋霞想到骨髓里去了。但想也白想，只能徒生焦渴，却得不到解决，他简直被这份念想折腾得快疯了。要不是怕爹妈，喜庆早就卷起铺盖回家，就是生拉硬拽，也要把秋霞拽出门，他受不了这份煎熬。喜庆奇怪这之前自己是怎么过来的，一个二十六七的男人没和女人有那档子事，居然生活得平平坦坦，而体会了女人，他反而坚持不住了呢。

到了二月，天气慢慢转暖，城市的灯火并不受气节的影响，一年四季都是一样的繁华热闹。但对喜庆们来说，天气的寒冷跟他们还是有着直接关系的，刮风下雨，他们出不了工，这一天就浪费了，出来打工，为的就是多挣点钱，浪费一天，就惋惜一天。城里比不得农村，诱惑多，消费高，出门就要用钱，挣一个月的钱，出趟门手稍稍松点就没了，他们舍不得。这种时候，工友们只能窝在一起谈天说地。喜庆没那个心情，一个人出去走。天气不好，步行的人不多，马路上的轿车却一点没减，流水似的。城市的生活就这么淡定。喜庆淡定不下来，他想到电话亭给秋霞打电话，可拿起电话号没拨完又赶紧放下，他们有过约定，没啥正经事不能打太勤，挣的这点血汗钱，别花在不该花的地方。喜庆想秋霞，不知道这算不算正经事，应该是正经事吧，想自己的未婚妻，应该的。城里人不都把情啊爱的整天挂在嘴边吗。但秋霞不会这样认为的，每次打电话说不了几句话她就催他挂电话，长途电话费贵呢。没办法，喜庆只好回到工地，窝在自己的铺上，离工友远远的，兀自回味离家前夜与秋霞在麦地里的那一幕，越回味越模糊，喜庆很懊恼。平时收了工，喜庆匆匆吃过饭就去大街上、超市门口、天桥人多的地方，挤来挤去就为看女人。他把那些女人都想象成秋霞，心里嘀咕，秋霞要是有城里这些女人的打扮，肯定不比她们差。喜庆胆子再大，也不敢正眼看城里女人，高的矮的、胖的瘦的、俏的丑的，只能从背后偷偷瞄人家的屁股，碰上屁股圆的、翘的，被裤子包得桃子似的，他的目光黏上去就扯不下来，看得他喉头发紧，会跟人家走很远的路，经常被骂“神经病”。但他没办法控制自己，每次从外面回到工地，像刚参加完长跑比赛，累得一身汗水，气都喘不匀，心却快乐得突突乱跳。

一到晚上，工地周围有不少来打游击的下岗女工，她们年龄大点，可价钱便宜，适合民工阶层消费。离家的男人，没有女人的世界很孤寂，之前的喜庆体会不到这种感觉，对找下岗女工的工友难以理解，累死累活，有时还冒着生命危险，挣的这点钱，只为一时痛快太不值当。可眼下，有了人生新体验的喜庆不那么认为了，挣再多钱，还不都是要花出去，看看城里人花钱穿衣，再好的衣服不也是身上一层可以剥下来的皮吗？坐公共汽车一块钱想到哪儿就到哪儿，城里人偏偏要买小轿车，贷款都买，开着车到处乱闯，把马路挤得快爆炸了。他们在城里，是底层的打工者，没法跟城里人比洒脱，但他们也是男人，不能太亏自己。既然赚钱是用来花的，为舒服一回，花点钱有何不可！看的女人多了，喜庆也动了心思，却不敢正面问工友，毕竟这种事不光彩，谁都偷偷摸摸地干，至于干完光明正大地说又是另外一回事。喜庆拐弯抹角地跟工友打听价格，有反应快的笑话他，是不是听大伙说得多，动了心思。喜庆心里有鬼，赶紧掩饰，说不过是好奇而已，城里的女人都看不起咱，就算是下岗女工也是城里人呢。有个工友很不屑，说还是咱们自己的媳妇有劲有味，她一心为你快活着想呢，城里女人，也就担个女人的名声罢了。大家哄笑起来。工友们的这些话冷却不了喜庆躁动的心，但他有贼心没贼胆，迈不出这一步。说到底，喜庆心里还是惦记着秋霞。可远水解不了近渴，一到夜里，喜庆就熬不住了。

* * *

张大牙终于来喊秋霞接电话了。秋霞像在囚禁中终于听到赦令，拨开张大牙，以百米冲刺的速度跑到他家的小商店抓起话筒，张嘴就冲着话筒说：“喜庆你个死鬼，怎么才打来电话，我都急死了。”没想到，电话却不是喜庆打来的，而是和他一起出去打工的建国，他告诉秋霞，喜庆出事了。至于出的什么事，秋霞已经听不太明白，她的脑子被“出事”两个字击蒙了。她想到了堂哥秋林，秋林就是在城里出的事，她以为堂哥的悲剧在喜庆身上重演了。喜庆是断了胳膊还是腿脚？

好不容易从晕乎中被建国喊醒过来，建国在电话里却断断续续地说："其实……秋霞你在听吗？我怎么听不到你的声音？秋霞你别害怕，其实，喜庆也没出啥大事，就是太想你，干下了傻事……"

秋霞的心回到了腔子里，只要人没事，傻事就傻事吧，人这一辈子谁还能不干几件傻事呢。她想喜庆恁大的人了，他干的傻事大概也就是叫人骗走一些钱吧，也不知骗走了多少，要是太多，她还是很心疼哩。秋霞这样想着，心里还是轻松下来，因为她知道喜庆走的时候并没带多少钱，就是冒傻气做了傻事，估计也没太大的损失，没啥大不了的。秋霞心里踏实了，一踏实，就觉得建国有些大惊小怪了，她甚至还对着话筒轻声笑了两声。她问建国到底喜庆做了什么傻事。

建国吭吭哧哧地说："就是……耍流氓……被公安逮了……"

一下子，秋霞浑身的血液冲到了头顶，大脑缺氧般空白了。她的手下意识地按在肚子上，她现在正愁得不知怎么办才好，喜庆不但不考虑她，还玩到外面去了。秋霞生气，握着话筒半天没说一句话。

"秋霞！"建国在电话那端喊声很大，震得秋霞的耳朵嗡嗡直响。

"别跟我说，丢死人了！"秋霞要扔电话。

建国急了，又喊道："别别别挂，秋霞，喜庆现在被关起来，要交五千块钱才能赎出来，不然就得判刑。他不想叫别人知道，包括他爹妈，只叫我对你说，你……”

秋霞打断建国，没好气地说：“对我说干什么，我又没出门到他家，与他没关系！”

“秋霞，喜庆正眼巴巴地等你去赎他呢。”

“我没这个钱，也丢不起这个人！”秋霞挂断电话，见张大牙竖着耳朵一直在旁边听，便没好气地掏出一块钱扔在柜台上，转身就走。

张大牙在后面喊道：“不够，还差一块，你打这么长时间，一块钱连电费都不够……”

秋霞回身又扔过去一块钱，气鼓鼓地说：“你骗谁呀，挣昧良心钱，别拿电费说事，电话用的不是你家的电，多少次都是停电的时候来的电话，别把我当傻子。”

秋霞这回不想当这个傻子，真生喜庆的气了。她想，你在我这里已经耍过流氓了，还到城里去耍，被公安抓了活该，谁叫你吃着碗里还看着锅里的。这个时节，出这种丑事，真丢死人了，这要传开，肯定得搭上自己，她还有脸见人吗！

回到家里，父亲也不看秋霞的脸色，一个劲地追问：“喜庆打电话来说了些啥，是不是又催你出门呀？”

秋霞在气头上，一改往日的顺从，怒冲冲地说道：“出门，出门，出鬼的门！从今儿起，我不跟喜庆了，我要和他解除婚约！”

父亲一下没反应过来，也不知道女儿这话是冲着喜庆去的，还以为她对自己厌烦了呢，心里有些不平，顺着女儿的话头说："不跟就不跟，解除婚约好，不要拿这种话吓人。我是吓大的？！"

秋霞吼叫道："谁拿大话吓你了！你们明天，不，今天就去对喜庆的爹妈说，我要退婚！"

秋霞从来没冲父亲嚷过，她不敢。父亲猛一下被秋霞呛得不知说什么了。

母亲丢下手中的活计，冲过来道："秋霞你疯了，净说胡话，这种事能胡说吗？"

父亲反应过来，气得不轻，骂道："退婚吧，退了清净，免得整天吵吵着出门，烦死了！"

母亲骂道："秋霞，你这个老不死的，就不会说句人话？尽干些煽风点火的瞎事。"

秋霞知道母亲这句话骂的是父亲，但她还是忍不住，甩身回自己房间，关上门痛痛快快地哭了一场。

* * *

纸里包不住火，喜庆在城里嫖娼被抓的事，悄悄在村里传开了。

秋霞没答应赎喜庆，她也没这个钱，最主要的，还是她嫌丢人。一个未出门的闺女，未婚夫在外嫖娼，她却拿钱去赎，谁听了不笑话？喜庆没别的办法，只好托建国给他爹妈打电话，除此之外，没别的办法，他们在工地干活，到年底才能拿到工资，包工头不可能开恩提前付给他工资，建国他们也凑不够这么多。

喜庆的爹妈气都快气疯了，哪有心思去赎儿子。就是有，也没这个能力，五千块钱啊，捏在手里那么厚，可不是个小数目，怎么能叫儿子不明不白就弄没了。喜庆的爹妈气得直骂儿子，干这么丢人的事，别人愧得掩还掩不及呢，他还有脸问家里要钱，让他在监狱关着去，监狱还管吃管住呢。

拿不到罚款，喜庆赎不出来，被嫖的那个女人也不想掏罚款，突然改口，说喜庆强奸了她，要上诉。强奸就是罪名。公安立案，移交给司法机关。就是说，按照法律程序，喜庆如果败诉，就得判刑坐牢。

压力最大的，还是秋霞。她哪儿都不敢去，怕别人指她的脊梁骨。多丢人的事，虽然事是喜庆做下的，可她是喜庆的未婚妻，村里人瞅不见喜庆，却能瞅见她，不戳她戳谁？她逃不脱的。秋霞把喜庆恨死了，他出的要是别的什么事，比如贪污、偷盗，哪怕杀了人，也比耍流氓好听啊。而且，喜庆的官司要打不赢，强奸罪名一旦成立，就要坐几年牢狱，她可怎么办呀？

秋霞非常苦恼，身上的那个玩意儿还不见来，快两个月了，看来怀孕是肯定的了，这可怎么办？她窝在家里，三四天吃不下睡不着。秋霞也想过，嫁给喜庆丢不起这人，但是，她肚子里怀了他的孩子，虽说可以偷偷去打掉，可万一出个啥意外，把子宫刮坏了，她今后怎么办？生不了孩子，谁还会要她？就算不出意外，她打过孩子，不再是闺女了，去哪里找能接纳她的男人？她跟喜庆订婚都好几年了，一直没出门，谁又会像喜庆那样耗着日子等她？

眼下的事，是未婚先孕，她对父母怎么说？

没等秋霞开口跟父母说，父母已听到了喜庆的丑事，这次，他们的想法居然惊人的一致，他们相互难得地看了对方一眼，长吁一口气，为了闺女的后半生，竟然打破了多年来不直接对话的习惯，不经过秋霞传话，两人直接商议起来。

父亲说："看来秋霞前几天已经知道喜庆的丑事，她想解除婚约是对的，咱可是清白之家，不能叫孩子出门去背这个丑名。"

母亲说："绝不！我就这么一个闺女，出门到那样的人家，就是秋霞愿意，我这张老脸往哪儿搁呀？何况那种男人，年轻时就犯事，保不定日后还要出多大的丑呢，最后还不是苦了咱闺女。她爹啊，趁闺女有这心，咱赶紧把婚退了吧，再拖下去就有大笑话看了。"

父亲直点头："是呀，咱闺女又不赖，也不是非他喜庆不嫁，干吗守着那个流氓？是得赶紧退，别叫人家以为咱闺女嫁不出去。我是走不成……秋霞她妈，这事你可得抓紧点。"

母亲说："我肯定想抓紧，但还得跟秋霞说一声，听听她的意思吧。"

"那快问啊，还等啥呀！"

母亲把秋霞叫过来，与父亲一起跟女儿谈话。他们你一句我一句，一唱一和地说利害关系。父母两人这时说话的状态很自然，一点也看不出他们平时根本不直接对话的影子。习惯了当传话筒的秋霞听着却有点别扭，心里更加烦躁，差点失口说出肚子里的秘密。话到嘴边，又拐了个弯，她说，和喜庆解除婚约是迟早的事，可是，她心里还有个结没解开，想问一下喜庆，他为什么要干那种丑事，害得她难做人。

母亲说：“还问他干什么？退了婚，一了百了，和他没啥关系了，管他啥原因。咱是清白人家，凭闺女你的能干、长相、人缘，还怕找不到比喜庆家强的婆家？”

父亲也说：“就是就是，几年前要不是喜庆不断托媒人纠缠，咱能看上他家？你瞧喜庆他爹那熊样，咱闺女还没出门到他家，就觉得吃亏了，把咱闺女当媳妇使唤，大热天扬场。一个大老爷们耍懒，叫咱闺女扬场，和我较劲呢。我是没腿的废人，他少啥了？我早憋着这口气呢。”

母亲说：“秋霞，你要是没啥说的，我就叫媒人去回话了！这事早结早清净，免得叫人在背后嚼舌头根子。”

秋霞没听到母亲说的话，她的脑子里还是转在肚子里有了孩子的念头上。她突然产生一个想法，说：“我想去一趟城里。”

“去城里干什么，难道去找喜庆不成？”

秋霞说：“就是去找他，我想问个明白。”

父亲说：“不能去！”

母亲说：“傻闺女，你真是气糊涂了，这个时候，还问他什么呀？明摆着嘛，你在家也留不多长时间，很快就要出门到他家去的，可他还出去犯流氓，这样的男人哪还敢要哦！”

秋霞却不听，坚定地说："你们不知道我们之间的事，城里我非得去不可。不然，这个婚约我就不解除，让你们跟着一起丢人。"

* * *

秋霞坐汽车，再坐火车，好不容易来到省城。省城是高楼大厦钢筋水泥堆砌的天下，大马路又宽又长，可到处是车是人，车像水一样流淌着，人也是流淌的，但这样的流淌中，显得很拥挤，有一股叫人喘不过气来的压抑。秋霞没敢乱走，省城看不清方向，她怕在一群高楼大厦里走丢了，这可不是乡下，大嗓门一喊，一个村子都听得到。秋霞没出过远门，但并不害怕，她也曾向往过城里的生活，可是一进到城里，这儿的喧闹使她明白家乡与城里的区别。她站在路边仔细打量着方向，然后一路打听找到喜庆原来干活的工地，找到建国，叫建国带她去见喜庆。建国比喜庆大得多，看上去比喜庆老成，他说，人家看守所有规矩，每周只有星期六能探望，不是想见就能见的。

这可怎么办？秋霞傻了。今天才星期三，还得等两天时间呢。

建国说："既然来了，就等等吧，花这么多车票钱呢。这样吧，先找个地方住下，你没来过省城，这两天也到处逛逛。"

自从喜庆出了事，秋霞对省城就没了好感，进了城，更是不理解这样一个喧腾的地方，怎么会有那么多人喜欢钻进来。她哪有逛的心情。

工地上是没地方住的，考虑到城里住宿太贵，建国在离工地不远的地方找了个月租八十元的学生床位，好说歹说每天按三十块钱算，才给秋霞找个住处。秋霞没想到是地下室，她扶着墙壁沿着昏暗的台阶往下走时，一股霉味刺得她鼻子痒，她站住揉着。建国说：“没办法，宾馆咱住不起，凑合几天吧。就这，比我们的工棚不知强几百倍呢。”

后来，秋霞去看过建国住的工棚，的确非常差，根本算不上房子，是用脚手架搭的窝棚，顶部盖着破烂的石棉瓦，缝隙大得能看到外面的天空。四面的墙壁也是用石棉瓦围起来的，瓦与瓦之间的缝隙更大，风从缝隙中堂而皇之地钻进来，张扬地在窝棚里到处乱窜，掀着秋霞的衣角。秋霞很吃惊，问建国：“你们就住这儿呀？这要是下雨，还不漏得像筛子？”建国说，下雨倒不可怕，下雨时用帆布盖上，天晴了嫌闷再揭开，最怕的是夏天和冬天，夏天热蚊子咬，也还好过点，冬天那个冷啊，真不知是怎么熬过来的。现在好些，天气越来越暖和。春天是最好过的季节。

建国带秋霞来看喜庆的床铺。

那基本上不能算床铺，在离地一尺多高的砖垛上，搭着竹架板打的通铺，上面铺着民工们自己带来的被褥。秋霞看到了喜庆的铺盖。如果不是建国告诉她，真看不出卷成一堆的东西是被褥，太可怕了，像一堆烧过的煤渣，黑灰相间，根本看不出是什么布料，更别说颜色了。秋霞都不敢相信，这堆东西就是喜庆用过的。

建国看到秋霞发呆，就说："整天在泥水里搅和，累得半死，也懒得洗，钻进被窝就睡着了，为了省钱，脏就脏吧。"

秋霞的鼻子酸了。被褥实在太脏，被泥水糊得都僵硬了，可以想象，躺在这样的被窝里会是什么样的心情。秋霞知道出门打工赚钱不容易，可人这一辈子，天生的命，打工苦，在家干农活不也一样又苦又累吗？可她没想到喜庆他们会苦成这样。村里人人想往外跑，都以为外面的钱好挣，可有多少人知道，挣钱的背后竟是这样艰苦！想想喜庆给她买的那些衣服、礼物，都是喜庆在这样的环境下苦熬出来的。秋霞终于没能忍住，上前去抱砖垛上那堆黑灰灰的被褥。喜庆被关在看守所，用不着这些被褥，自己给洗洗也算对得起以前的喜庆了。被褥好几天没用过，走近仍能闻到散发出的一股酸臭味，秋霞皱皱眉，手上松了劲，枕头掉在地上散开，从中蹦出几个避孕套，软趴趴地落到秋霞的脚上。秋霞偏头看一眼，吓了一跳，连连甩脚，叫道："这是什么？"

建国脸色白了，慌忙去捡。秋霞知道那是什么，小时候，乡里的医院给每村每户都免费发放。村里人并不把这些免费的计生用品当回事，随手扔掉，小孩们捡了玩耍。秋霞小时候就捡来当气球吹过。这个时候在喜庆的枕头下发现这种玩意儿，秋霞当然知道不是当气球吹的。她非常气愤，抱着被褥直盯盯地看着建国捡起避孕套，见无地方可扔，塞进了自己的口袋。秋霞觉得自己抱着被褥的样子很滑稽，扔回砖垛上。

“这个……你别，”建国红着脸，期期艾艾地说，“秋霞，这不是喜庆的……不……它是喜庆的。我是说，这玩意儿是街道给我们发的，说是……为了防止那个……病……唉，我们要这玩意儿干什么……”

秋霞转身就走。

建国跟上来说：“大妹子，你别生气，这确实是城里人给发的，不信你可以去问其他工友。”

秋霞站住，脸像红布，埋下头望着脚尖，狠狠地一下又一下踢地上的一堆沙子，像要把鞋子上刚粘过的秽气蹭掉似的。

建国有点恼，冲秋霞又说道：“信不信由你，我还恼呢，这玩意儿发给我们，不是……叫人想入非非，难免要耍流氓吗……”

秋霞咬着嘴唇，突然想起什么，打断建国问道：“不是‘流氓’这个词儿已经不用了吗？喜庆说城市的字典里已经取消了这个词。”

建国难过地说：“那是针对城市人的，这个词他们对农村人还用，咱们的字典里一直没取消。”

秋霞不语。

建国似乎看到希望，紧跟上说：“大妹子，也不怕你笑话，我们这些出门在外就是一年的男人，大多单身，工地边上到处是下岗的老娘们，她们也为混口饭吃，工友们有时犯浑……唉，我都怀疑，人家是不是串通好，专门来罚我们这些民工钱的……

大妹子，喜庆……”

“别说了。”秋霞的眼泪控制不住，喷涌出来，她哽咽道，“你不要替他说话了，我能想到你们的难处，可这不是喜庆犯错的理由。我……喜庆对不住我……你怎么说，我也不会原谅他的！”

“那你要怎样？”建国急了。

“太丢人了，我爹妈要我和他解除婚约。”

“你也想这么做？”

秋霞没正面回答，含泪点了点头。

星期六，建国陪秋霞去看喜庆，坐了两个多小时车，一路上，建国很冷漠，一句话也不说。秋霞明白，昨天他说的那些话，没能引起她的同情，他心里窝着火呢。

果然，到了看守所，人家说没判刑的不让探望，秋霞还呆呆地站在那儿，等狱警开恩呢，建国冷冷地说：“走吧，这个社会，‘同情’这个词才被字典取消了呢。不见也好，见了说什么？解除婚约？饶了他吧，让喜庆这个傻瓜在里面还留有一份念想吧。”

秋霞没说话，她回望着看守所的大门，大门关了，中间的一扇小门却开着，从中间小门望进去，是看守所空荡荡的院子。秋霞想，喜庆在里面，是在埋怨她还是在想她呢？

* * *

怎么办呢？回来的火车上，秋霞一直呆呆地坐在窗前，看着外面一闪而过的田野发呆。来一趟省城，什么问题都没解决，她的脑子里空空的，像什么东西都没装，可分明又装进去了一些，她眼前老闪过喜庆肮脏的被褥，还有大街上那些穿着牛仔裤，屁股包得像桃子一样的女人。她的心里很乱。火车“咣当咣当”的声音在提醒她，她离省城越来越远，她不能再犹豫了，离家乡越来越近，也就预示着，她离选择越来越近。

脑子是木的，秋霞的肚子却不麻木，她感觉肚子一直在动，或者是疼，在火车的颠簸中，突然感觉下身热乎乎的。秋霞脸色大变，她吓坏了，以为肚里的胎儿在作怪，赶紧跑进厕所，关上门拉下裤子一看，原来是那个玩意儿又回来了。

秋霞没带卫生巾，也没带纸，她提着裤子，透过厕所脏兮兮的玻璃，看到火车正经过一片麦子地，外面绿油油的麦苗像河流似的，快速地从她的眼前淌过。她的眼睛有点承受不了，她闭上眼睛，泪水顺着脸颊慢慢地往下爬着。

回门礼

那份温暖就像吞进肚里的酒，瞬间散发开来，把父亲有些寒凉的身子烘烤得炙热起来。父亲愣怔了一下，又默默地喝掉一杯酒……

结婚第三天，母亲带着小婶子、姑、姨几个女长辈来看望艾娅。女儿出嫁时，一般都是男长辈送亲，女长辈只能等三天后看望。三天后，来看望时就不再是自家那个单纯的小闺女，就已变成人家的媳妇了，心里千头万绪，总得有个表达的方式，像离别了许久，抱在一起哭哭啼啼是免不了的。哭罢，艾娅把嘴贴在母亲耳根小声说："妈，你带我走吧，我要回咱家！"

二十八年前，母亲刚出嫁时也说过这话，但那是她跟自个母亲撒娇，其实心里不是这样想的。母亲嗔了女儿一眼，没把女儿的话当回事。她是过来人。

艾娅的头上依然别着粉红色的假花，穿着结婚那天的红袄。红袄颜色鲜亮，质地细腻，跟艾娅粉红白嫩的脸色十分相衬。小婶子端详着侄女，啧啧道："看我家艾娅，镇街上今年结婚的新娘子当中，没人比得过你吧。"艾娅抿着嘴笑笑，迅速看了一眼男人雷吉尔。

雷吉尔的眼神一刻也没离开过艾娅，听到小婶子的话，他脸上的笑意越发浓厚。艾娅没接小婶子的话，双手端碗糖水递给小婶子，眼睛却扫了扫笑意融融的母亲。

把艾娅嫁到镇街，是母亲的最大心愿，现在如愿以偿，母亲没有因此而松懈，她在打量女儿新房里的摆设，目光里有一丝挑剔，却面带微笑，眉眼间的皱纹喜悦得挤成一堆。新房里的物品都是按母亲的意思摆放的，女儿结婚前，母亲不知验收过多少次，可她还是看出了一些微小的变化：蒙在被垛上的大红纱巾叠起来扔在枕头边，桌上的台灯移到了床头柜上。在婶子、姑、姨们面前，母亲只是拿眼轻挑了女儿一下，没有责怪，装作无意地把台灯放回桌上，将大红纱巾展开蒙在被垛上，像拈掉衣服上的一根头发一样随意。

艾娅把这一切看在眼里，给母亲递糖水时，母亲瞪了她一眼，她对母亲的挑剔不以为然，刚叫了声“妈”，就被母亲打断了：“你婶子、你姑、你姨都走累啦，还不快请她们上炕歇歇。炕烧热乎了吧。”说着，伸手在被窝里试试，顺手抚平被角上的一丝皱褶。

新女婿雷吉尔很有眼色，女人们上炕要说话了，他戳在那里实属多余，就说去饭店看看昨天订的饭菜，抽身走了。

小婶子瞅瞅门口，这才问艾娅：“做了三天新娘子，有啥感受？你男人欺负你没？他要是不讲道理，你可告诉婶子，看婶子不收拾他！”

艾娅的脸红到了耳根，低头绞着手指不说话。小婶子不依不饶：“瞧瞧，瞧瞧，这就害羞啦，还是不敢说？艾娅可是咱家的宝贝呢，要是受了委屈，我和你妈、你姑、你姨就是来给自家闺女出气的，你现在不说，过了今儿，要受了男人的气，我们可就不好说啦。”

小婶子说完，折回头冲艾娅的姑、姨眨眨眼。姑、姨几个脸上漾着笑意，却不说话。

这本是句客套话，是看望过门闺女的取笑话，也是长辈与晚辈间的亲昵和融洽，一般新娘都羞于这个话题，闭口不语，或含羞闪过。可艾娅的眼圈却红了，突然间抬起头，对小婶子说：“婶子，你真的能为我出口气啊？”

“艾娅！”母亲及时地喊了一声，打断女儿说道，“我们走了半天的路，肚子早饿啦。”

艾娅说：“雷吉尔不是去饭店看了吗，那边准备好了他会来叫我们的。”

母亲哧溜下炕，趿上鞋子，拉上女儿往外走：“是哪个饭店，你带我去看看，顺便呢，有不对口味的菜再换换。要是好了，就早点吃，看这天阴的，说不定午后会下雪呢。”

小婶子等人随了母亲的话，凑到窗口往外看。天确实有些阴沉，风寒寒地从枝头上刮过，光秃秃的树枝随风摇动。姨和姑都附和道：“就是，看这天，来的时候还恁大的太阳，咋说变就变了呢。”

到了屋外，母亲还没责怪艾娅不懂事，艾娅倒抢先道：“妈，我要跟你回去！”

母亲眉眼间的皱纹立马竖起，紧张地看了看前后左右，压低嗓门说："有个意思就行啦，你还当真啊？"

艾娅的腔调变了，带着哭音道："我是当真的，你看看，雷家穷得叮当响，要啥没啥，过了年，雷吉尔又得去外地打工，那时剩下我一人，在这个要啥没啥的镇街住着有啥意思！"

结婚前，艾娅一直听母亲唠叨，嫁到镇街，比乡下风光，镇街那可是街啊，人来车往，小日子可不老美了。艾娅也是这个心理，在乡下待久了，走过来走过去，一年四季就那么几种样子，庄稼绿了，黄了，收了，秃了，地里什么都没了，来年开春，再从头来一遍。那条通往村外的土路偶尔过一辆车，腾起满天尘土，呛得人半天缓不过气来，没法和镇街的水泥马路比。嫁到镇街就不一样了，整天热热闹闹，有看不够的人，听不完的吵闹，生活特别方便，菜炒在锅里要是没了盐，立马出门去买，也耽搁不了炒菜。可是，镇街再好，也就十字交叉那么两条短街，再多的人来来回回也就那么些人，靠着这两条街，能活得自自在在、衣食无忧的，能有几人？很多人照样得出去打工养家。生活得靠钱支撑，没钱只能眼睁睁地看别人过好日子。

母亲揽住女儿的一条胳膊，轻轻拍打着道："你给我听着，不准瞎说，也不准胡来，你刚结婚，日子还长着呢。要知道，你在镇街上住着，就高别人一等。人活着图啥，吃呀喝呀在哪不都一样？为啥还要往热闹地方钻？不就图个跟人不一样吗。穷有啥大不了的，我和你爸又没死！今儿这顿饭是我叫你们在饭店订的，算我的，给你两百块钱，够了吧？"

艾娅嘟着嘴，还想说啥，母亲一挥手："行啦，啥都甭说，是哪个饭店？你快过去看看，我去把你婶子她们叫来，早点吃早完事。"

吃过午饭，小婶子想在镇街上逛逛，艾娅本想介绍一下年前这阵子服装市场的情况，见母亲板着脸，便没敢开口。母亲以天阴会下雪为由，硬拉着小婶子她们早早地回去了。

* * *

快过年了，镇街上喜气洋洋，红对联、红被面、红床单搭挂得满街都是，商家为招揽顾客，扩音器开到最大，不是放流行歌曲，就是声嘶力竭地兜售商品，把自家的货物标为全镇街最便宜的，给人感觉要过年了，东西都不要钱似的。其实大家都知道，这时节商品最贵，说便宜，不过是一种心理战术罢了，谁不希望自己买的东西又好又便宜呢。这个时候，镇街就像个容器，被采购年货的人填得满满当当，大家在喧腾的街道上挑选各自需要的东西，挤来挤去，看上去，每个人都很享受这种拥挤和喧嚣似的。这就是镇街的生活，真实，热闹，其乐融融。

婚后第一个新年回娘家叫回门，礼物必不可少。礼物一般是当地产的好酒两瓶，当地最好的烟两条，这是孝敬老丈人的；给丈母娘得买双鞋，外带一只大肥羊，足够她老人家操办全家人过年的吃食。镇街上的人会精打细算，雷吉尔早早地去每个批发部问过价钱，看看哪家最便宜，计算得花多少钱，他再把每个批发部或者市场的差价告诉艾娅，要她拿主意。回门是新媳妇的大事，拿什么礼撑什么门面，雷吉尔轻易不做这个主。

艾娅对雷吉尔算计的详细价格无动于衷。

雷吉尔急了，眼看再有几天就过年了，礼物还没备下，烟酒好办，大年初一也能买到。可肥羊就不好办了，交易市场过年停开，总不能到养羊的人家里去买吧，就算能买到，大过年的上哪儿找屠夫宰杀？

这晚，雷吉尔催促得急了，艾娅却一点都不急，心平气和地说："你只管把钱准备好，回门的礼物我还真没考虑好呢。"

"这有啥考虑的？"雷吉尔说，"我们又不傻，谁不知道第一次回门该带啥礼物啊！"

艾娅静静地望着丈夫，过了半晌，"扑哧"一声笑了："我看你就傻哩。不跟你说了，告诉我，你到底能借到多少钱？"

提到钱，雷吉尔叹口气，挠起了头，挠了两肩头皮屑，才缓缓地说："你放心，我已把置办礼物的钱备够啦，连带过年的，总不能你刚过门，就叫你没法过年吧。"

艾娅平静地说："是吧，那我现在就告诉你，我要办的礼跟以往人家的都不一样！粗略算了一下，最少得五千块才能办下这份回门礼……"

"五千？"雷吉尔惊叫道，"我上哪儿去借五千块钱呀？办婚礼借了不少，现在找谁去？谁家不得过年啊！再说，不就回个门吗，有必要花那么多？跟别人家一样又咋啦？也不是啥了不得的事。咱家的情况你不是不知道，摆那个谱能当吃当喝？”

艾娅淡定地一笑，说道：“我有我的打算，你按我说的去找钱就是了。”

五千块钱办回门礼，以后还要不要过日子？这女人不要命了。雷吉尔气得呼哧呼哧的，没好气地说：“我没地方去找了，有本事你自己去！”

艾娅望着男人好久，慢悠悠地说道：“你个大男人，我没嫌你没本事挣钱，倒连借钱的本事都没了？”

雷吉尔苦着脸说：“都借得差不多了，镇街就这么大，亲戚就那么多，谁家窝着大把的钱借给你呀！”

艾娅懒得听雷吉尔诉苦，抱起一床被子扔到沙发上，说：“找不到钱，你就睡沙发吧，我的炕上不要你！”

雷吉尔在沙发上睡不着，扛不住冷，也扛不住身体里的欲望，几次觍着脸要回炕上，半个身子刚挨上热炕，就被艾娅推了下去。第二天，雷吉尔四处去借钱了。结婚时，把能借的亲戚友人都借过了，现在再去借，实在不好开口。也不知雷吉尔找的谁，他在沙发上又煎熬了一夜，第三天傍晚把五千块钱交到了艾娅手里。艾娅捏着一沓钱，眼里没一丝欣喜的亮光，回过身搂住丈夫的腰，头埋进他怀里哽咽道：“真难为你了，别心疼钱，其实，这都是为了你，也为了咱们今后的日子。”

雷吉尔想说什么，可看到艾娅泪汪汪的模样，话到嘴边又咽了回去，抱起她扔到炕上。艾娅被摔疼了，拧了男人一把：“死鬼，天还没黑透呢。”雷吉尔哪听得进去，掩上门跳上炕忙乎起来。艾娅也很配合，边脱衣服边说：“你就不能省着点，有了今天，明天不过啦？”

雷吉尔边喘边说：“再有几天就过年了，过完年我去了外地，还不得干熬，你偏要浪费咱们在一起的这几天。”

艾娅知道，雷吉尔是在怨恨睡了两天沙发，少了两天夫妻间的乐趣呢。她心里热腾腾的，身子也柔软得像水，都要漾荡起来了。她偎进男人怀里，脸贴在他的胸口，轻声说：“我不要你去外地打工，要你在家里守着我！”

雷吉尔已听不清艾娅的话了，或者听到了也顾不上回答，他抓紧时间忙自己的，别的，在这个时候都不重要。

* * *

艾娅揣上五千块钱，不去镇街的任何商铺，而是去了趟县城，买回两瓶茅台酒、两条中华烟。镇街的批发部里没有这两样东西，有也卖不出去。然后，艾娅在镇街的服装市场转了几个来回，花了两百八十块钱，给父亲买了件鸭鸭羽绒服，这牌子、款式她在县城问过，得三百五十块钱，足足省下了七十块。嫁过来才几天，艾娅就像镇街上的人一样精明了。在西街的银匠铺打算给母亲买手镯时，艾娅迟迟拿不定主意，想回去听听男人的意见，想想这几天他有点阴阳怪气，找他等于触霉头，还是算了吧，反正主意是她出的，钱是她让借的，礼物也得她划算着买，就索性一人担当到底。艾娅比画来比画去，选中了一副比小婶子腕上戴的要宽要厚的银手镯，价钱也高出两百多块钱。往外掏钱时，艾娅的心跟虫子咬了一口似的，疼得抽搐了一下，但很快就妥帖起来，好像被挠了一下痒痒，不过是开头挠得重了些，快了些。母亲早就念叨小婶子有副银手镯，总怕人不知道，喜欢撸袖子不说，动不动还跟人抱怨戴镯子碍手碍脚的，真不知当时怎么就鬼迷心窍，买下这多余的物事。其实，小婶子是在炫耀呢。母亲从没说要买，说这话时脸上的表情也是对小婶子炫耀的不屑。可艾娅把母亲的念叨放在了心里，趁这次回门，得圆母亲的梦想。买下银手镯，路过一家时装店时，经不住诱惑，艾娅进去揣摸了半天，给还在上学的妹妹买了一双红色的高靿皮靴，一条低腰牛仔裤，韩版的，都是妹妹梦寐以求的东西。临了，她在心里掂量了好久，给自己男人买了一条雪莲烟，是当地最好的，回家交给男人说："这是给你的，男人嘛，身上有股烟味才像个男人。"

雷吉尔随手把烟扔到炕上，望着一大堆红红绿绿的礼物，没好气地说："可相亲时你说过，你不喜欢抽烟的男人，说身上臭烘烘的。"

艾娅推了男人一把："可我现在觉得，男人身上有烟味，才有味道。"

雷吉尔望着别处说："可我已经戒烟啦，不抽了！"

艾娅装作没看出男人的情绪，在他怪里怪气的眼神里，捏着剩下的两千块钱，叫男人和她一起去北街的摩托车市场。

雷吉尔心说女人到底是没当过家的，一点也不懂得持家之道，手里那几个钱可都是借来的，哪由得了性子这样胡花。当即拉长脸说：“我不去，我可没闲钱买摩托车骑！”

“谁说要给你买摩托车啦？”艾娅笑道，“是给我爸买，叫你帮着推回来，我一个女人家推不动。”

雷吉尔脸色更不好看了，耷拉着眼皮说：“我约好了待会儿去拿羊肉，你还是自己去吧。”

艾娅去摸男人的头，被他一拧身闪开了。艾娅依然笑着，不再勉强，一个人去了。

年前的摩托车市场比较冷清，人们都在忙着办年货，没时间闲逛，摩托车不是过年必备用品，什么时候买都行，比不得那些年货，都是眼跟前的东西。艾娅在一排排锃亮的摩托车前走来转去，见她只身一人，卖车的以为她要买女式的，卖力地介绍各种牌子的轻骑。艾娅对轻骑不看一眼，专盯着高大结实的摩托车，看到喜欢的，上前摸两把，然后又盯上别的。甭看卖车的小伙年轻，但脑子灵活，有眼色，不再多费唾沫给艾娅陈述那些摩托车的功能了。他问清艾娅的意图，把她带到后面的小院子。

看到一排小摩托卡，艾娅的眼睛亮了。父亲是个骟匠，祖传下来的独门手艺，发不了大财，却能养家糊口。只是父亲常年骑辆老掉牙的自行车跑村串乡，落下一双罗圈腿，走起路来裆里能夹住大西瓜。随着父亲年龄越来越大，骑自行车已有些吃力，要是骑上三轮摩托卡，稳当，后面车厢又能装他的那些家什，再好不过。一问价格，要两千八百块，艾娅的心凉了，但她没放弃争取的机会。围着一辆红色的摩托卡，这儿摸摸那儿拍拍，她不是嫌车厢太高，就是嫌轮胎太低，挑剔来挑剔去，却不还价。小伙子急眼了，问她到底能出多少。艾娅笑笑，摇摇头，走了。小伙在后面追着把价压到两千五，又压到两千三、两千二，说不能再低了。艾娅还是只管走，什么也不说。她心想着还不到时候，知道还有往下压价的余地，但这个余地得自己来说，如果顺着人家的话茬还价，那价肯定还高高在上。小伙子好几天没做成一桩生意了，不想放过这个买主，问艾娅到底能出到多少，说出来，看他能不能接受。

艾娅这才站住，坚定地说道："一千八！"

小伙把头摇得像钟摆，连说"赔大了赔大了"。艾娅笑了一下，继续走，走得也很坚定。小伙撑不住了，牙疼似的叫道："妹子，别折磨我啦，看在你为父亲尽孝的份儿上，你推走吧。"

* * *

大年初一，祭天祭地。初二，晚辈开始给长辈拜年。

初二一大早，雷吉尔骑着三轮摩托卡，艾娅坐在装满礼物的车厢里，小两口体体面面地回门来了。

村里村外，吸引了一大堆看新媳妇回门的人。小婶子站在人堆后面，远远地望着艾娅娘家门口，不停地撇嘴。

女儿第一次回门是大事，早饭也在娘家吃，父母准备妥饭菜，早早在门外眺望，远远地见一辆摩托卡骑过来，以为是过路的，伸长脖子仍往后面望。摩托卡在他们跟前停住，看到骑在上面的女婿，还有坐在花花绿绿的礼物堆里的女儿，父亲脸上还算平静，母亲却大张着嘴，半天说不出话来。

艾娅跳下车，面带微笑，礼貌地一一叫过人堆里的叔伯、婶嫂。艾娅装作看不懂小婶子脸上的不屑，上去拉住她的手，要她一起进家门。父亲母亲也喊这个叫那个，礼让了一番，但没一人跟进来。一家人推着摩托卡进到院子，一件件往下搬礼物时，当着女婿的面，母亲已忍不住，把女儿拉进厨房，悄悄地问怎么回事，这是回门，不是搬家。刚结婚，手头紧，摆这么大排场干什么！

艾娅微笑着，不正面回答，掏出一个纸袋塞进母亲手里："妈，放心吧，我是回门，不会长住不走的。"

母亲打开纸袋一看，叫了声"天哪"，见女儿没回应，又叫了声："天哪，你这是干啥，败家啊？"

艾娅说："妈，这是我和你女婿的一点孝心，你戴上试试，这副银手镯比我小婶子的要宽要厚很多呢。"

母亲疑惑地望着女儿，把手镯重收回纸袋，扭头望了望院子里的红色摩托卡，还有正在搬礼物的女婿，心里豁然亮堂了，摇着头对女儿说："这么说，摩托卡是给你爸的了？"

艾娅点头道："我爸该丢掉那辆破自行车啦，都多大年纪了，看他的腿骑得成啥啦。"

母亲点点头，却缓缓地说道："孩子，你给你爸出难题啦，你女婿姓雷不姓艾！祖宗有规矩，艾家的手艺传儿不传女啊！"

艾娅拉下脸，搂住母亲的肩头，说："小婶子的儿子姓艾，你就眼睁睁看着我爸把手艺传给他？"

小婶子以前老说艾娅父亲的闲话，说什么生不出儿子，是因为他当骗匠得了报应。现在，小婶子的儿子虽然念到了高中，学习成绩却很一般，考虑到儿子今后的出路，一直盘算着等儿子毕业后跟他大伯学艺，靠手艺混口饭吃，这两年才不乱说闲话了。

母亲听女儿这么一说，心里不畅快，脸上写得明明白白。艾娅也不好再说啥，拉着母亲来到正屋。

礼物花花绿绿堆了一炕，妹妹高兴地拿着属于她的靴子、牛仔裤边比画，边辨真伪。父亲看了一眼茅台酒和中华烟，怕烫似的躲开目光，想点上一支雪莲烟，在桌子、炕上却找不到打火机，手微微发抖。母亲看到老头的样子，心里跟明镜似的，把装银手镯的纸袋扔到炕上，耷拉下脸，不说话，也不理女儿女婿。

艾娅不管父母的态度，对自个男人说："还不赶快给咱爸点烟。你也陪爸抽支烟顺口气，我和妹妹去端菜，等会儿你跟爸喝两杯吧。"

雷吉尔掏出打火机，双手给老丈人点上火，愣了愣，自己也点上一支烟，慢慢地抽了起来。订婚前戒了烟，这几天恢复得有点突然，雷吉尔抽得很别扭，一口气吸进去半截，呛了，咳嗽起来。

艾娅把饭菜、碗筷摆放好，拿过一瓶茅台就拧瓶盖。父亲叫声“别开”，丢掉手里的烟头，跳起来拦，艾娅已经把酒瓶盖“嚓”的一声开了。

父亲像被那个开瓶声击中了，叹口气，道：“好几百块钱一瓶，喝它糟蹋了。”

艾娅把母亲拉过来坐下，说：“看我爸说的，女儿女婿孝敬他的，一辈子没喝过，不喝才糟蹋了呢。”边说边给父亲母亲倒酒。

母亲捂着酒杯说：“我不会喝，从来没喝过，别给我倒。”

“这酒得喝，是女儿的回门酒。”艾娅拨开母亲的手，倒了满满一杯，“没喝过不等于不会喝，这是世上最好的酒，喝口尝尝，别活了一辈子，连酒是啥滋味都不知道。”

父亲还算给面子，对母亲扬了扬下巴，自个端起酒杯一饮而尽。母亲这才端起来小小地抿了一口，辣得直吐气，边吐边说：“哎呀，早知这么辣，打死也不喝了，酒都是辣的吗？”

父亲脸上的惋惜没了，一脸的平静，好像几百块钱的酒瞬间让他过渡到一种从未有过的状态。这几年，父亲的话越来越少，却喜欢上了喝闷酒。他又喝下一杯，才轻轻地说道：“对，酒都是辣的，不辣就不是酒了。”

见父亲开口了，艾娅给男人使了个眼色。雷吉尔起身去拿炕上的中华烟，这下，被父亲及时拦住了："少造点孽吧，雪莲就很好啦，平时也难得抽呢。"

艾娅笑笑，对男人摆摆手，过来给父亲双手递上一支雪莲，又给丈夫递了一支，等他们点上火，她给妹妹夹了片肉，却对自个男人说："雷吉尔，你也喝呀，陪爸多喝几杯，咱爸辛苦了大半辈子，跑村串乡，也没养下陪他喝酒的儿子，这下，你这个女婿可派上用场了啊。"

早晨的屋子里寒气比较重，妹妹吃了几口菜，放下筷子跳到炕上暖和去了。不一会儿，母亲推说脚冻，夹了些饭菜，坐到炕上去吃。艾娅也感觉到冷，她站在桌旁却没离开，看着父亲的脸已微微泛红，叫父亲把菜搬到炕上去喝。父亲不肯："上了炕就想睡觉，人老了，好多事由不得自己，今天是你回门，这种日子，大清早睡着了多不好。"又对艾娅说："你去炕上暖暖吧。"

见父亲不愿上炕，艾娅也不勉强，从礼物堆里拿出鸭鸭羽绒服，给父亲披上。羽绒服又轻又暖和，没有老棉衣的厚重，又柔软舒适，只是披在身上，还没穿整齐，那份温暖就像吞进肚里的酒，瞬间散发开来，把父亲有些寒凉的身子烘烤得炙热起来。父亲愣怔了一下，又默默地喝掉一杯酒，也不吃菜。雷吉尔很尽心，老丈人杯子刚刚落下，就给他满上，满上了，父亲端起就喝。

母亲捧着碗在炕上吆喝起来："别叫你爸喝啦，醉了可辣心啊。”

父亲扯住羽绒服两边把自己裹住，歪过头，大着舌头对母亲说：“不懂就别瞎说，酒在胃里，怎么会辣到心？喝你的稀饭吧，今儿个大丫头回门，高兴，你就别吆喝啦。”说完，仰头又喝下一杯。

雷吉尔没啥酒量，在艾娅的示意和监视下，硬着头皮陪老丈人一杯一杯地喝着。过了一会儿，他就撑不住了，头歪在桌子上要睡。艾娅把男人扶到炕上躺下。炕上热乎，不一会儿，雷吉尔打起了呼噜。

父亲一人又喝下几杯，手抖得连杯子都捏不住，但他不听劝，一个人默默地喝着。到后来，父亲把头缩进羽绒服里，歪在椅背上睡着了。

* * *

半下午时，雷吉尔被艾娅叫醒，喝了些茶，渐渐清醒过来。他们该回去了。母亲觉得女儿女婿这样走掉不好，非要喊醒老头说一声。

父亲被叫醒第一句就说：“真是好酒，头一点都不晕，也不疼。”

母亲没好气地回敬道：“真没出息，大丫头要回去了，还不起来送送。”

送到门外，见女儿女婿没骑摩托卡，父亲喊他们回来。艾娅说：“不骑了，就是送给你的。”

父亲喊道："还是骑上吧，天快黑了。"

艾娅和雷吉尔站在远处，互相看看都不说话。母亲拉了老头一把，小声说道："孩子们的心思你不明白？"

父亲甩开母亲的手："我又不是瞎子，这不，叫他们骑摩托卡回去，过完初五再骑回来。我老了，骑不稳当，还指望女婿这半个儿，骑着它和我一起走村串乡哩。"

空巢

如果说，之前紫薇是一团挥散不去的雾，在二舅的心里盘旋，那么这之后，紫薇则更像是清风，细密绵柔，温存丰实，让他觉得踏实和满足。

早晨起来若天气晴好，二舅定要爬上三楼的露台。他家的三层楼是高店街最高的，气势足不说，重要的是登得高望得远，高店街的一切全在他的目光掌控之下。南北向的正街是老街，旧房子旧门脸，样子灰扑扑的，不过全是卖衣服、鞋子的小商铺，半晌午才能开门。一开门，就各种颜色纷呈了，像一张老脸化了个五颜六色的妆，妆厚些，看不出这街的陈旧来。早晨除过几条早起的野狗落寞地穿过之外，正街几乎看不到人影。最热闹的当数背街，也是南北朝向，几乎与正街平行，被菜市场与各种吃食店占领。这时候的背街可与萧条冷清的正街大相径庭，热闹得好像要沸腾起来，卖菜的和卖各种小吃的吆喝声、讨价还价声、熟悉的人相遇时的招呼声……各种声音浪潮一般，涌动之间，竟没一点儿缝隙，俨然就是声波的海洋，广袤得无边无际。在各色哄闹中，人头攒动处，老林家的早点摊冒起的热气再不肯间断了，黄家的烧饼烤出第一炉的香气飘到二舅家的三楼后就一直这么飘着……背街的人多到让二舅不知所措，正街还在沉睡中，它怎么就嚣张到不晓得收敛呢？最后，二舅的目光会被远处开发区的那几根大烟囱烫伤，迅速结束他的目光之旅，耷拉下眼皮，木然地离开露台，开始他无聊又漫长的一天。

有雾霾的早晨，二舅绝不上三楼做观光客，观望什么呢？灰不邋遢的，败兴得很，说不定望多了还得眼病呢。这样的天气他要赶早出门，做别人的风景去。出门左拐，先去黄家买两个刚出炉的烧饼，用草纸捏着拧一块，边走边吃，烫得直吸气，却香味四溢，那份烫也是有资本的，凉了香味会失去一大半。待走到老林家早点摊前，一个烧饼刚好吃完。老林早盯上二舅了，把一碗辣红油旺的豆花及时地端到他眼前，带着一脸的笑容，看着心里舒坦。二舅脸上多云转晴，舌头迅速在口腔里旋转一番，接过豆花碗吸溜一口，又辣又烫，就着微凉的另一个烧饼，吃得满头大汗，从里到外爽个透。再恶劣的天气、再不爽的心情，也抛到了脑后。

给老林递上一支烟，两人点上抽着，这个时候老林一般不顾其他食客了，要陪二舅说会儿话。无非是发生在高店街的一些新鲜事儿。说是新鲜事儿，也算不得新鲜了，老林要说的，二舅全都知道，高店街巴掌大点儿地方，何况，二舅总是站得那么高，看得那么远，视线覆盖的范围比老林大了去了。可他还是愿听老林再扯上一遍，消磨时间。

二舅家的三层楼刚盖起来不久，二舅妈突然得病去世了，这个家几乎塌陷，二舅一下子没了任何心思，除了收拾出几间必须住人的屋，三层楼另外十几间屋子，大多保持着原样。说是新房子，却透着那么一股破败的气息，平时被雾霾填充着，二舅一个人在哪个屋里待着都感到压抑。雾霾倒是随意得很，落进屋里便不肯离开，使整幢房子都沉甸甸的，更加让人喘不过气来。天气晴好时就不一样了，那一面面裸露着水泥的墙壁像吸足了阳光，那气息也让二舅备感温暖与舒适。这样晴好的天气二舅不舍得出门，宁愿整天待在家里。他喜欢喝口酒，从早饭起就炸个花生米，再炒个小菜，就着通透的阳光，边喝酒边看电视，楼上楼下跑几趟，一天就消耗没了。

说到消耗，老林这天对二舅说了一个很重要的消息：下河洼的那片地保不住了。

二舅对老林这个消息的可靠性持怀疑态度，他把烟头从嘴里拔出，狠狠地摁在烟灰缸里。这是二舅要起身离开的前兆，老林太熟悉了，赶紧按住他，嘴角扯到了耳根："这次绝对是真的，孩儿他舅昨晚才跟我说的，煎熬了我一夜，终于等到你来。"

老林的孩儿他舅在市里工作，或许掌握了一些新消息，可二舅这两天没看到他来过高店街呀。再说了，征地这么大的事，老林哪能憋到天亮！二舅料想老林并不是真的有什么事要说，大概不知从哪儿捕风捉影来的。他没让老林按住，还是起身，丢下一句："那片是水洼地，可建不了炼钢炉。"老林又不能硬拉着二舅，张着手急了："我没说人家要建炼钢炉啊，孩儿他舅说要在下河洼修个高铁站。"

这就更扯了，高店街修高铁站？除非铁道部部长是高店街人，即便是高店街人，也得考量考量呢，哪有这么容易？高店街只是个镇街，比县城小得多，怎么会修高铁站！二舅斜了一眼老林：“夜里做梦了吧？这几天就没看见你孩儿他舅的人。”

老林说：“你老糊涂了，非得见孩儿他舅干啥？有啥事一个电话都说清楚了。你要不信，给你儿子打个电话，不就证实了？”

二舅回到家呆坐了一阵，也没给儿子打电话问下河洼征地的事。老林这次说的事确实比较重大，他很想证实这事的真假，整个高店街就剩下河洼那片地了。二舅还在那里种着一亩多的麦子，如果征地的事是真的，那他就失去了所有的土地。一个农民没有一寸可种植的土地，这将意味着什么？他今后得买那些洋面吃了，这是他最不希望发生的事。前些年市区向东扩展，把开发区延伸到四十里外的高店街，说白了就是卖地办私营企业，一窝蜂竖烟囱炼钢铁。高店街的绿树没见成排成行，竖起来的烟囱倒是壮观得很。高店街被“开发”了，跟城里算是接上了轨，日子是好过了，可是有了钱后，人的心情却没法通透起来。后来二舅发现，心情不通透的原因跟天气有关——雾霾天越来越多。

二舅的儿子虽没能力建个炼钢炉，却跟着他姐夫做铁粉生意挣下不少钱，在市里买了住房，又给家里盖了栋三层楼，说是孝敬父母，逢年过节回来也有个宽敞的住处。以前的房子是平房，一家人住着是有些紧凑，可家家都这么紧凑地生活着，没谁觉着有啥不适的。倒是儿子住进市里的商品房，不习惯以前的住处了。二舅也没反对，盖楼房是欢喜事，盖了就盖了。可楼盖起来，老伴没享受到，儿子又不常回来，出出进进只有二舅一人，这就使楼上楼下宽敞得有些寂冷，冰炕冷灶的，让二舅时常感觉不到时辰的变化。

* * *

去年深秋的时候，北街口补鞋的紫薇，男人出车祸撒手走了，扔下她与一双儿女相依为命。前阵子，紫薇刚给男人过完一周年，扯下鞋子上蒙的孝布，老林就等不及了，试探着给二舅撮合。二舅听明白了老林的话，心里有些荡漾，只是这荡漾有些短促，涟漪都还没有扩散出去就消停了。二舅故意不接老林的话茬，每次把那碗豆花喝得山响，压过了老林的好心好意。三番五次，老林像是看不透二舅的态度，有点儿不屈不挠，越发把话往明处说了。有一次竟然说二舅家楼盖得高，连眼光也跟着高了，难怪他跟人家紫薇聊天时说起，她也说二舅条件好头仰得高呢。二舅一听这话，顿了一下，揣摩着紫薇说这话到底是啥意思。

也不是二舅喜欢揣人心思，在老林提起这个话题前，有一天下午，紫薇独自走进了二舅家，说是想参观一下高店镇最气派的楼房。二舅虽说是守着一幢楼，再满足也毕竟是孤单单一个人，有人来看他的楼房，当然非常乐意，何况还是紫薇这样的女人。二舅陪着紫薇从楼上到楼下，一个房间一个房间地看，二舅像端详一件宝贝似的，怎么都不觉得腻。紫薇也不腻，丝毫不吝啬她的赞叹，从“参观”第一个房间开始，啧啧啧的声音一直没停止过。这极大地满足了二舅的虚荣心，除了房子，他已经没什么值得炫耀的了。

楼上楼下参观完，二舅给紫薇泡了一杯茶，茶叶是儿子孝敬他的，用精致的铁盒装着，说是最好的绿茶。二舅喝了一辈子茶，却搞不懂茶叶还有什么红绿之分，摘的时候还不都是绿的。儿子很无奈，说这可是从杭州带来的明前绿茶，贵着呢，不喝就浪费了。二舅不想浪费，可又实在喝不出味道来，没有味道的茶还叫茶？凭啥就贵？还不如一袋茉莉花茶，沸水倒进去，浓浓的香味就出来了，冲三四次喝起来还是香的。因为绿茶贵，二舅不舍得把茶叶送人，自己又喝不出味道，就留着来客人时喝，一来显得对客人的接待隆重，二来也可以显摆儿子的孝顺。只是二舅家来的客人不多，乡里乡邻的，有啥事迎面碰上，几句话就说完了，哪还有专程往人家里跑一趟的？绿茶跟红茶不一样，娇贵着呢，放时间长了，冲泡出来的颜色不再绿莹莹的，没那么好看了，第一口喝下去连淡淡的清香味都没了。二舅没那么精细讲究，依旧把这盒很贵却放了很长时间的茶叶当宝贝。紫薇是为数不多到二舅家来的客人，二舅自然当贵客接待了。

紫薇看装茶叶的盒子精致，顺手拿起来端详了一下，说二舅的日子过得就是滋润，住着大楼房，还有这么好的茶喝，高店街这么高质量的生活也就这一家了。这话夸进了二舅的心里，像喝了蜂蜜水，滋滋地往外冒着甜。二舅还是很低调地顺着紫薇的话头说："这也是托了儿子女儿的福呢，我一个糟老头子，哪懂什么生活质量，能吃饱饿不着就行了。"紫薇笑笑，说："你太谦虚了，才六十出头，还是盛年，哪成糟老头了？"

紫薇说话时轻轻地抿了一口茶，放下杯子，直到离开再没端起杯子。看来她也喝不惯这种高档茶。两人东拉西扯又说了些散漫的话，紫薇终于把来意说明了，说是她有个娘家表侄，在开发区一个私企里打工，工厂有宿舍，十几个人挤在一间屋里的那种。表侄一个人好对付，挤在宿舍没问题，可表侄的媳妇不放心，非要跟来照顾表侄，这照顾也是有代价的，得找个住处。这不，找到她这个姑姑了，让她帮忙在高店街租个房。紫薇思虑了半天，也只有二舅家的空房子多，又在高店街上，各方面都方便。

听着这话，二舅心里莫名地慌了，他的眼神闪了几下，不敢落在紫薇的脸上，支支吾吾地说，房子太简陋，还没修整呢，租出去还不得叫人戳后背？再说，房子是儿子盖的，怕是儿子不会同意吧。

紫薇笑笑说："房子是儿子盖的没错，他还不是给你盖的？他们住在城里还稀罕咱这地方？是我找你租房子，简陋就简陋点儿住，租的人不嫌弃，谁吃饱了撑的，嚼这闲口干啥。"

二舅还在犹豫。紫薇在二舅的屋里又巡视了一遍，说："你也知道，我家里就那么大点儿地方，是没法空出一间房子来的。我要是有你这样的楼房，就不会空着，出租了既赚房租，还能借着人多热闹暖暖房。你看你一个人守着这么大幢房子也着实孤单了些。”

紫薇声音柔柔的，她话里的体贴让二舅觉出一种久违的温暖，他心里一软，几乎就要答应了。二舅硬是扛住了内心的波动，拒绝了紫薇的求租，最后的理由竟然是怕搅扰了这份清静。听听，他说的是清静！

离开的时候，紫薇没显得多失望，大概在她意料之中吧。她依然笑意盈盈地跟二舅告别，走到院门口，折过身对二舅又说谢谢他的好茶。二舅回到屋内，看着那杯早没了热气的茶，茶叶沉在杯底，水绿不绿黄不黄的，一点儿都不好看。他忽然想起，这茶，紫薇只喝了一口，轻轻抿了一口。

* * *

老林说到紫薇的话题时，二舅揣摩归揣摩，却还是不搭老林的这个话头，闷头喝完豆花，扔下毛票，抹抹嘴扭头走了。撂下老林站在原地看着二舅的背影，哎了几声不见二舅一丝迟疑，只好带着一脸的无奈继续张罗他的生意。

二舅自觉道行深，把心里的活动都藏得纹丝不露。不是二舅不想接这个话题，老伴走了两年多，他一个人住在三层高的大楼里，好像阅尽风光似的，其实正如紫薇说的，孤单着呢，心里比楼还要空荡。楼高有什么用？那只是用来看高店街的风景的，日子不照样过得没滋没味？特别是夜深人静时，孤单凄苦只有他自己知道。他哪里是真的习惯这种清静，那不过是对自己被别人羡慕的某种掩饰。他不是没有一点儿想法，不过想法比较简单，只要有个伴，年龄相当，能知冷知热就可以了。紫薇不太合适，她才四十出头，虽说在街口守个补鞋摊，可她是个爱收拾的人，平时注重穿衣打扮，看上去比实际年龄还要小些，她的补鞋摊也是高店街的一景。自己就不一样了，虽说刚六十出头，满头灰发却像寒冬里的枯草，乱七八糟，没有一点儿章法，脸上的皱纹粗枝大叶地横躺着，都快没地方长新的了，乍一看，很多人都觉得他怎么也有七十挂零了。两人年龄相差十多岁，又是街坊邻居，他怕人笑话。再说了，二舅有个私心，紫薇拖着一双未成年的儿女，如果过门，肯定得带着两个孩子，以眼下的条件，二舅供养俩孩子读书成人倒没问题，可将来他百年之后，这三层楼的归属难道不会有争议？二舅之所以拒绝紫薇，还有一个原因就是，他在紫薇的目光中看到了某种渴望，好像紫薇不是替亲戚来租房，而是为自己看房子似的。二舅在紫薇不经意间流露出的渴望中产生了警惕，他内心的坚定像堵墙一样瞬间竖立了起来。这栋楼可是儿子送给父母养老的，他没法跟儿子、女儿开这个口。为盖这栋楼，女儿也往里面添了几万块私房钱，她不让说，怕丈夫知道，闹别扭。

说到底，二舅不是没有心思，是不想让心思被老林看透，一把年纪了，若是让人看出些春花秋月的意思来，叫他的老脸往哪儿搁？二舅揣着心思，失眠了。紫薇的影子像是有意要补这个缺似的，在他的脑海里晃啊晃的，晃得二舅在暗黑的夜里越发精神。这种时候，天气也跟着凑热闹，连着三天雾霾。二舅望着外面凝滞的灰色，他知道那些熟悉的景致还在，只是像被罩在塑料薄膜里似的，让人有种看不透彻的焦虑。二舅没去老黄家买烧饼，也没去老林家吃豆花，像是某个东西的断裂，二舅听到这种断裂的声音，不是清脆爽直，而是吱吱扭扭，带着迟疑和嘶哑。

* * *

老林等不得了，第四天一大早，他一手捏着老黄家的两个烧饼，一手端碗自家的豆花来敲二舅家的门。二舅把门打开，看到笑眯眯的老林，还有冒着热气的红油豆花，他心里热了，眼眶湿了，不知说什么好。倒是老林看穿了似的，站在门口大大咧咧地说："几天不见个影，我怕你死在屋里臭了没人知道。"二舅这才讷讷地道："哪能，哪能呢！我还没活够哩。"边说边把老林让进屋。老林把碗往二舅手里一塞："没那么烫嘴了，想趁这口福吧，就到摊子上吃去，摆啥臭谱啊。"二舅的胃对老林家的红油豆花永远产生不了抗体，他捧起碗，急不可耐地呼噜呼噜喝光，觉得不过瘾，扯住老林坐下，从柜子里翻出半瓶茅台，就着昨天的剩菜要喝几口。这也是早上，没有现烧的开水，不然，二舅那盒绿茶也是要拿出来的。老林不干了："这哪能啊，我就来瞅你一眼。大清早人多，我还得回去招呼生意呢。要是晌午或晚上，这么好的酒你赶我我都不走。"二舅扯住老林不放："你拉倒吧，也就抽支烟的工夫，你能赚多少！再说还有你老伴招呼着呢。坐下陪我喝杯酒吧。”

老林不是非得回去，他那小摊什么情况他自己心里清楚着呢，不然，他也分不开身来看二舅。老林便坐下和二舅喝了起来。几口酒下肚，全身热乎起来，二舅又炸了一盘花生米下酒。喝着喝着，话题自然被老林扯到了紫薇的身上。二舅这次不藏了，以年龄差距为由头，表明自己的担忧，当然，他没说自己的心事。以前只是老林有撮合的意思，但他摸不透二舅的想法，几番试探又被二舅躲闪了过去，还以为二舅真没啥想法呢。这次二舅说出他的忧虑，老林倒是豁然开朗，也不半遮半掩了：“都这把年纪了，还能活几天啊。紫薇的想法跟你差不多，也就想找个老伴，相互依撑着睡几天热炕头，是你想得太多啦。”二舅说：“年龄差距这么大是事实，咱不考虑，人家紫薇还能不考虑？她还年轻。”老林沉吟道：“话虽这么说。但是只要你没顾虑，紫薇那里好说，是我老伴最先觉得你俩合适，试探过紫薇，她也没啥可说的……”

二舅急眼了：“咋能这样呢？八字还没一撇，你老伴倒跟人家说了，这让我咋见人呢？这传出去，我成啥了我……”老林打断二舅说：“急啥呀，就是试探了一下紫薇的意思，又没对紫薇说找的人是你。”

二舅心里这才踏实点儿，还是嘀咕道：“没个说道，你让人家紫薇说啥？说不定她一听到是我就有顾虑了呢。老林咱先别剃头匠的挑子一头热了，还是喝酒吧。”说话间，半瓶茅台很快见了底。二舅还没去找酒，老林喝得不尽兴，自己起身打开柜子找酒，翻来翻去再没比茅台好的。他打开一瓶“太白”，只喝了一杯便没了兴致，嚷嚷着应该先喝次点儿的酒，好酒一旦入了口，次酒实在难咽下去，算了吧，等这次媒做成，就你儿子的能耐，还愁没茅台喝！

送走老林，二舅借着酒劲给儿子拨通电话，本想跟儿子说一下老林的意思，征求一下儿子的意见，明着主动权好像交到儿子手里，实际上呢，是借着老林来表达一下自己心里的某种诉求。儿子一年难得见几回面，见了面除了掏钱买东西，也想不到他老爹一个人守着三层楼是怎么熬日子的。谁知，电话接通二舅却说不出口了。他一般不主动给儿子打电话，基本上都是儿子打给他，难得主动拨一回儿子的电话，儿子自然有些紧张，一再追问他怎么了，是不是身体不舒服。二舅支吾了几声，忽然想起还有下河洼那片地的事需要证实一下。儿子说，这事他也听说了，消息可能是真的，从发展的角度看，高铁站很少建在城市附近，一般会选在稍微远点儿的地方，高店街又属于开发区，被“开发”成高铁站也理所当然。儿子说这话的时候不自觉地带了点儿官腔，好像他是个有大视野、大见地的人。二舅急眼了：“这还稍微，四十里远呢，也不想想我们就剩这么点儿庄稼地了。”儿子说：“你的想法，跟国家的政策背道而驰，你就惦记着那点儿庄稼地！你的观念要转变，不能老是一根筋只盯着那点儿贱庄稼，一年到头，能折腾出几个钱来？要不是高店街紧挨着几家国有企业，谁征你的破庄稼地？谁会把高铁站修到你家门口？你别不乐意——唉，不乐意也没用，你还能跟国家对着干啊？等着吧，好日子在后头呢，只要高铁站一修，咱家那三层楼就派上用场了，到时……”二舅终于失去了耐心，把儿子兴奋的声音摁死在电话那头。

* * *

天气晴好，因为冬季寒风的功劳。只要有风，雾霾就能被驱散，不然，谁也没法对付幕布一样浓厚的雾霾。

要在高店街建高铁站的消息不胫而走，大家传得有鼻子有眼，有人说连开发办的人都默认了。一时间高店街沸腾了起来，走到哪儿，都是关于要修高铁站的议论，躲都躲不开。在这样密集的舆论下，下河洼还有耕地的人家便动起了心思：如果真的要征下河洼的地，那要补助的可不能光是地，还有地里的作物。有头脑活泛的人点拨说，地里种的是粮食，属于农作物，一般只补偿产量，粮食不值钱，一亩地最多补偿一两千元；要是果树就不一样了，属于经济作物，树龄长的每棵能赔两三百块钱，刚栽的也能补一两百呢。这样的账谁都会算，谁也不愿吃这种暗亏。为了多挣点儿补偿款，大家又纷纷在自家仅有的那点儿地里挖起了树坑，赶在征地前植下果树。下河洼一下子变得热闹了，到处是老弱的留守人员在自家的麦子地里挖树坑的身影，有些家庭实在没劳力，担心失去赚钱的机会，便花钱雇人。一个树坑二十块钱，在松软的冬麦地里挖树坑，捡钱似的，有些在近处打工的人都闻讯回来挖树坑了。

二舅本来没啥心思，他没有被征地的喜悦，而是发愁以后没地种了要买粮食吃。但儿子说他操心的都不是事儿，说他不分轻重。再看别的人家，二舅这才觉得自己真的是轻重不分了。不过，他在下河洼只有一亩多地，在他心里，那根本不算什么。他想的是，紫薇在下河洼也有地，她知不知道这个消息。可千万不要别人都忙得热火朝天，她连个音讯都没有，还守着那个补鞋摊，那可就失去了大好的机会。人可真是奇怪，老林没撮合二舅和紫薇时，二舅从不替人上这个心，一旦有了心思，什么事都忍不住要把紫薇放在心上，好像这样想一想，就真的替人家操了心，连情绪都莫名地好了很多。

为此，二舅专门到北街口去看紫薇，无论紫薇知不知道这个消息，他都要向紫薇传递一遍，以示对她的关心。还有，弥补一下那次没能把房子租给她亲戚的遗憾。到北街口，却没看到紫薇的补鞋摊。二舅有些失落，懊悔没能亲口对紫薇说这个消息，不然，他们还可以多说几句话。

二舅转回家准备拿工具去下河洼，却在途中遇见紫薇扛着工具匆匆往下河洼方向走。二舅赶紧上前招呼，说："正要去跟你说这个事呢，知道了就好！"紫薇笑笑，急匆匆地边走边说："整个高店街都传疯了，我想不知道都不行，你倒淡定得很。"二舅讪讪地说："我这正要去呢。"

到了地里真正干上了，二舅才明白就算只有一亩多地也不是那么简单，毕竟上年纪了，挖一个两个坑还行，十个二十个就撑不住了。再松软的麦子地，也只属于年轻人，对六十多岁的二舅来说，一天挖下来能看到天上的星光了，也只挖了二十个树坑。这还是咬着牙坚持下来的，不然，连二十个都挖不到。为了多得补偿款，就得多种果树，大家把树坑挖得很密集，比正常的要多一半以上，工作量也增加了一半。好在是庄稼人，身体底子厚实，二舅撑了下来。让二舅一直硬撑着把树坑挖完的，还有一个精神支柱，那就是紫薇。在众多的劳动者身影里，二舅看到了紫薇，她脱掉外衣，穿着水红色毛衣，很鲜亮很扎眼，隔老远看过去，她像一朵在风中摇曳的花儿。二舅暗暗脸红了一下，他和紫薇之间什么都没发生呢，连当时急吼吼的老林这些日子都没了踪影，他独自一人居然就酝酿出了那么多的情绪来，紫薇不知不觉就进驻了他的心，他就像这些挖好的树坑，等待着移栽紫薇这棵树苗。

在下河洼这些天，二舅始终关注着紫薇的动向，挖个坑，他就直起身去找寻紫薇的身影，有时正好看到紫薇也直着身子朝他这个方向望时，心想紫薇可能也关注着他呢，便又滋生一股甜蜜。在这样的关注下，他绝不能让自己表现得那么衰老无用，所以，他浑身是劲。

树坑还没挖完，儿子回来了，他不是来帮父亲挖树坑的，而是从这挖树坑的繁荣中看到了另一个商机：果树苗。大家都在埋头挖树坑，却没想到树苗的来源，况且，还不到植树的季节，苗圃也不会出售树苗的。儿子发现商机后回来一家一家去敲定需要的树苗量，没工夫帮父亲。二舅也不生气，他确实习惯了没人帮衬的生活。挖完树坑，二舅累得浑身散了架一般，在家睡了一天半，胳膊腿疼得不想动，可他却躺不住了，拎着一双挖树坑时裂口的胶鞋，来到北街口紫薇的鞋摊前。二舅想找借口与紫薇正式接触一下。

紫薇比其他人勤快，挖完树坑没休息，已经摆开了补鞋摊。

这天是个雾霾天，离老远，二舅看到没有生意的紫薇坐在太阳伞下发呆，他心里一阵难过，没了男人的女人看来日子比他还难过。二舅手里拎着胶鞋犹豫着要不要过去，他只是把胶鞋上的泥土大概刷了刷，擦拭的痕迹鲜明地附着在上面，像他的神情一样难堪。二舅不知道除了补鞋，他与紫薇还能说些什么，他的嘴已经开始颤动了，心里在预演跟紫薇找些什么话题。以前他可没这么复杂，跟紫薇遇见了，打声招呼，若是孩子在跟前，再说几句关于孩子的话，心情不好时，点个头也就过去了，哪还用得着在心里千绕百转，这么胆怯？迟迟疑疑间，紫薇已经看到了二舅和他手里拎着的胶鞋，忙站起来笑脸相迎。二舅只好走上前，接过紫薇双手递过的小板凳。小板凳一直在紫薇的屁股下焐着，一点儿都不凉。二舅能感觉到她热乎乎的体温正通过小板凳传递到他全身，甚至在他体内燃烧，使他高烧般语无伦次。这么体贴的女人怎么能没男人呢！二舅嗫嚅着，差点儿把他的那份怜惜之情说出来。幸亏，这时有个骑摩托车的陌生男人来了，才让二舅解脱出来。男人停住车没熄火，一只脚撑在地上，后座上竟然跳下来紫薇的一双儿女，他们放学了。二舅看着那对活蹦乱跳的孩子，眼睛酸酸的。男人跟紫薇打了声招呼，紫薇温婉地笑着，在二舅眼里，那笑容像阳光一样挣脱出灰沉沉的雾霾，闪烁出灿烂的光芒。

如果说，之前紫薇是一团挥散不去的雾，在二舅的心里盘旋，那么这之后，紫薇则更像是清风，细密绵柔，温存丰实，让他觉得踏实和满足。

* * *

接下来，联系果树苗、分配、栽种，儿子在网上从南方引进了一批八九年树龄的果树苗，挣了钱又解决了大家的燃眉之急。二舅也跟着忙乎，却没与儿子谈紫薇的事，在儿子的眼里满世界都蕴含着商机，看不到他父亲的日子枯成干草。待栽完果树，二舅也没啥事，一个人待在家里就觉出日子的漫长来，便时不时地到北街口紫薇的鞋摊上坐坐。紫薇没鞋可补时，也主动寻些话头跟二舅聊，有时说她自己，她生育晚，起初还以为不能生育，吃了好些日子的药，那时公公婆婆看她的眼神都带着怨恨，她都不知道接下来的日子怎么过了。等到终于有了女儿，公公婆婆先是高兴了一阵，不久又不乐意了，嫌是女孩儿家，好在一年后儿子又出生了。满心以为这日子从此就顺了，想不到公公却病倒了，熬了大半年撒手归西，没多久婆婆又卧病不起，不到一年也随了公公去。男人在外面打工赚钱养家，她一个人带着俩孩子就这么咬着牙一步一步走过来。可是天不遂人愿，当孩子一天一天长大，日子越过越顺，男人又出了车祸……这些事其实二舅都知道，乡里乡亲的，谁家那点儿长短都会被大家说来道去，只是这些事紫薇亲口一说，二舅对她的怜惜就越发多了。除了怜惜，还有敬佩，一个女人家，日子过得这么难，做的又是补鞋这样的营生，能赚几个钱呢？她却仍是这么妥帖，几乎看不到被生活压迫的萎靡和消沉。除了聊孩子，紫薇也会问二舅住楼房的感觉，住那么大的房子，是不是感觉跟皇帝一样。二舅被这样的话问得不好意思，他不能说自己孤单啊，挠着头想了想，很认真地说："皇帝有人伺候，我得伺候着自己。"这话倒把紫薇逗乐了。

等紫薇忙的时候，二舅不去打扰她，起了身，像紫薇一样把焐热的凳子递给顾客，他站立在一旁看着，或者去附近溜达一圈。这样过了好些天，高店街好多人看出些端倪来了，但也没人说穿，只是再见到二舅时，会暧昧地一笑。

卖完果树苗，儿子又不露面了，二舅打电话，又说不出口，想起紫薇有次跟他说起茶叶，紫薇说，茶是好茶，只是时间长了，味道变了，还是别再喝了，做别的用吧。他想问一下儿子，绿茶那么贵，为啥没味道。终是没问，却再也没耐心等下去，干脆打电话把女儿叫了回来。理由是他想吃自家蒸的馒头，就是用酵头发的面，而不是酵母。

女儿赶紧回来，到处去找酵头，高店街还有谁家能留酵头？

早不自己蒸馒头了，全在馒头店买。女儿几乎转遍了高店街，最终还是在一个老人家里找到了酵头。寻酵头时，女儿隐隐约约听到了父亲和紫薇的事——似乎也不关人家紫薇的事，只是父亲经常去北街口跟紫薇聊天。女儿回家给父亲蒸了一大锅馒头，透过白雾般的蒸汽，她看到父亲捧着馒头吃得香甜的样子，心想，父亲一个人守着这么大的楼房，实在太可怜了，连个酵头发面的普通馒头都吃不上，是得有个伴了。女儿含泪走出厨房，给弟弟拨通电话，说了父亲的孤单，也说了高店街传说父亲与紫薇的事。弟弟一点儿都没反对，让姐姐把这个意思跟父亲挑明，一定要表明他们姐弟的积极态度——只要父亲愿意，找个什么样的老伴都行。

二舅哭了。他被孩子们的孝心感动了，揣了那么多日子的心思，结果只是自己给自己结下的网，孩子们的心通透着呢，根本就没往房子最终的归属方面去想。二舅激动得一夜未眠，好不容易盼到天亮，赶紧去找老林——这种事，有个中间人终是方便——表明对紫薇的心迹。当然，主要是儿女们的心迹。这次，他在老林面前的态度明朗得像云层之上的阳光。

老林听完，一把将二舅按坐下，塞过一碗辣红油旺的豆花："先喝口烫嘴的，我去老黄家给你拿两个烧饼。这时节，吃啥都得趁热。"从二舅开始说起紫薇的态度上，老林就揣摩透了二舅的那点儿心思，只是不好说破罢了。时间说明了一切，明眼人哪个看不出来？紫薇也是要强的人，她又怎肯让人误认为自己是有企图的人？多难的日子都挺过来了，剩下的时间她还能过不下去？后来老林正经跟紫薇挑明这事，紫薇很婉转地表示以后不再提这档子事，她想安安静静地把孩子抚养成人。这几天老林苦于没法向二舅明说，这事缘他而起，看到二舅对紫薇的鞋摊光顾得频繁，他更不知怎么开口了。

这个时候的二舅哪有心思吃豆花，一把没扯住，让老林溜了。他觉得此刻老林的态度就像这浓重的雾霾，说不清，道不明，看不透，有点儿压他的心了。老林不该是这个态度，他一直是个爽快人，肚子里藏不住事儿，今儿个怎么了……二舅看着喧闹的背街，平视的背街与他在三楼俯瞰的原来并不是一个景致，他突然间看不明白了，到底哪个才更真切，更让他心里舒坦。这个问题纠缠着二舅，捧着豆花碗的手竟然抖了起来，直愣愣的眼神，灰扑扑的脸色，样子有点儿吓人。

老林的老伴从里间出来，看到二舅痴呆的样子，有点儿不忍心，上前拿下他手中的碗，说：“我给你再换碗烫点儿的，这碗豆花时间太长——凉了！”

驮水的日子

视野里没有“黑家伙”的影子了，上等兵才一下子感到心里有点空落，四面八方涌来的寂寞把他从那种无名的感动中揪了出来，他抖抖身子，寂寞原来已在刹那间浸淫到他的全身。

上等兵是半年前接手这个工作的。这个工作其实很简单，就是每天赶一头驴去山下的盖孜河边，往山上驮水。全连吃用的水都是这样一趟一趟由驴驮到山上的。

在此之前，是下士赶着一头牦牛驮水，可有一天牦牛死了，是老死的。连里本来是要再买一头牦牛驮水的，刚上任的司务长去了一趟石头城，牵回来的却是一头驴。连长问司务长怎么不买牦牛，司务长说驴便宜，一头牦牛的钱可以买两头驴呢。连长很赞赏地对司务长说了声“你还真会过日子”，就算认可了。但他们谁也没有想到，这驴是有点脾气的，第一天要去驮水时，就和原来负责驮水的下士犟上了。驴不愿意往它背上搁装水的挑子，第一次放上去，就被它摔下来。下士偏不信这个邪，唤几个兵过来帮忙硬给驴把挑子用绳子绑在身上，驴气得又跳又踢。下士抽了驴一鞭子，骂句：“不信你还能犟过人！”就一边抽打着赶驴去驮水了，一直到晚上才驮着两个半桶水回来，并且还是司务长带人去帮着下士才把驴硬拉回来的。司务长这才知道自己图省钱却干了件蠢事，找连长去承认错误并打算再用驴去换牦牛。连长却说还是用驴算了，换来换去，要耽误全连用水的。司务长说这驴不听话，不愿驮水。连长笑着说，它不愿驮就不叫它驮？这还不乱套了！司务长说，那咋办？连长说，调教呗！司务长一脸茫然地望着连长。连长说：“我的意思不是叫下士去调教，他的脾气比驴还犟，是调教不出来的，换个人吧。”连长就提出让上等兵去接驮水工作。

上等兵是第二年度兵，平时沉默寡言，和谁说个话都会脸红，让他去调教一头犟驴？司务长想着驮水可是个重要岗位，它关系着全连一日的生计问题，这么重要的工作交给平时话都难得说上半句的上等兵，他着实有点不放心。可连长说，让他试试吧。

上等兵接手驮水工作的第一天早上，还没有吹起床哨，他就提前起来把驴牵出圈，往驴背上搁装水的挑子。驴并没有因为换了一张生面孔就给对方面子，它还是极不情愿，一往它身上搁挑子就毫不留情地往下摔。上等兵一点也不性急，也不抽打驴，驴把挑子摔下来，他再搁上去，反正挑子两边装水的桶是皮囊的，又摔不坏。他一次又一次地放，用足够的耐心和驴较量着。最后把他和驴都折腾得出了一身汗，可上等兵硬叫驴没有再往下摔挑子的脾气了，才牵上驴下山。

连队所在的山上离盖孜河有八公里路程，八公里在新疆算不了什么，说起来是几步路的事。可上等兵赶着驴，走了近两小时，驴故意磨蹭着不好好走，上等兵也是一副不急不恼的样子，任它由着自己的性子走。到了河边，上等兵往挑子上的桶里装满水后，驴又闹腾开了，几次都把挑子摔了下来，弄得上等兵一身的水。上等兵也不生气，和来时一样，驴摔下来，他再搁上去，摔下来，再搁上去。他一脸的惬意样惹得驴更是气急，那动作就更大，折腾到最后，就累了。直到半下午时，上等兵才牵着驴驮了两个半桶水回来。连里本来等着用水，司务长准备带人去帮上等兵的，但连长不让去。连长说叫上等兵一个人折腾吧，人去多了，反倒是我们急了，让驴看出我们拿它没有办法，不定以后它多嚣张呢。

上等兵回来倒下水后，没有歇息，抓上两个馒头又要牵着驴去驮水。司务长怕天黑前回不来，说别去了。可上等兵说今天的水还不够用，一定要去。司务长就让上等兵去了。

天黑透了，上等兵牵着驴才回来，依然是两个半桶水。倒下水后，上等兵给驴喂了草料，自己吃过饭后，牵上驴一声不吭又往山下走。司务长追上来问他还去呀，上等兵说今天的水没有驮够！司务长说，没够就没够吧，只要吃喝的够了，洗脸都凑合点行了。上等兵说，反正水没有驮够，就不能歇。说这话时，上等兵瞪了犟头犟脑的驴一眼，驴此时正低头用力扯着上等兵手里的缰绳。司务长想着天黑透了不安全坚决不放上等兵走，去请示连长。连长说，让他去吧，对付这头犟驴也许只能用这种方法，反正这秃山上也没有野兽，让他带上手电筒去吧。司务长还是不放心。连长对他说："你带上人在暗中跟着不就行了。"

上等兵牵着驴，这天晚上又去驮了两次水，天快亮时，才让驴歇下。

第二天，刚吹起床哨，上等兵就把驴从圈里牵出来，喂过料后，就去驮水。这天虽然也驮到了半夜，可桶里的水基本上是满的。一连几天都是如此，如果不驮够四趟水，上等兵就不让驴休息，但他从没有抽打过驴一鞭子。驴以前是有过挨抽的经历的，不知驴对上等兵抱有知遇之恩，还是真的被驯服了，反正驴是渐渐地没有了脾气。

连里的驮水工作又正常了。

连长这才对司务长说："怎么样，我没看错上等兵吧，对付这种犟驴,就得上等兵这样比驴更能一磨到底的人才能整治得了。"

为此，连长在军人大会上表扬了上等兵。

上等兵就这样开始了驮水工作。刚开始他每天都牵着驴去驮水，慢慢地，驴的性格里也没了那份暴烈，在上等兵不愠不怒、不急不缓的调教中，心平气和得就像河边的水草。上等兵在日复一日的驮水工作中，感觉到驴已经真心实意地接纳了他，便对驴更加亲切和友好了。驴读懂了他眼中的那份亲近，朝空寂的山中吼叫几声，又在自己吼叫的回声里敲着鼓点一样的蹄音欢快地走着。上等兵感应着驴的那份欢快，明白驴对自己的认同，就更加知心地拍拍驴背，然后把缰绳往它的脖子上一盘，不再牵它，让它自己走，他跟在一边，一人一驴，走在上山或者下山的小道上。山道很窄，有些地方窄得只容一人通过，上等兵就走到了驴后面。时间一长，驴也熟悉了这种程序，上等兵基本上是跟在驴后面，下山上山都是这样。有时候，驴走得快了，见上等兵迟迟未跟上来，就立在路边候着，直到上等兵到它跟前，伸手摸摸它被山风吹得乱飞的鬃毛，说一声“走吧”，才又踢踏踢踏地往前走。到了河边，上等兵只需往驴背上的桶里装上水就行，水装满了，驴驮上水就走。到了夏天，盖孜河边长满了草，上等兵就让驴歇一歇，吃一阵嫩嫩的青草。他躺在草地上，感受盖孜河湿润的和风，看着不远处驴咀嚼着青草，被嚼碎的青草的芳香洋溢着喜悦一瓣一瓣又掉入草丛。他闭上眼睛，静静地听着一些小昆虫振翅跳跃，从这棵青草跳到另一棵青草的声响，还有风钻入草丛拱出一阵的声音。他那么醉心地聆听着，竟隐隐约约地捕捉到一些悠长的牧笛声。他蓦然睁眼，那悠长的声音没有了，只有夏日的阳光宁静地铺洒着，还有已在他近处的驴咀嚼着青草，不时抬头凝视他，那眼神竟如女人一般，湿湿的，平静中含着些许的温柔和多情。每当这时，上等兵就从草地上坐起来，看着驴吃青草的样子，想着这么多日子以来他和驴日渐深厚的情谊。他和驴彼此越来越对脾气了，他说走驴就走，说停驴就停，配合得好极了，他就觉出驴的可爱来。

上等兵觉出驴可爱的时候，突然想着该给这头驴起个名字了。每天在河边、山道上，和驴在一起，他叫驴走或者停时，不知叫什么好，总是硬邦邦地说“停”或“走”，太伤他们之间的感情了。起个名字叫着多好。有了这样一个念头，上等兵兴奋起来。他一点都没有犹豫，就给驴起了个“黑家伙”的名字。上等兵起这个名字，是受了连长的影响。连长喜欢叫兵们这个家伙那个家伙的，因为驴全身都是黑的，他就给它起了“黑家伙”。虽然驴不是兵，但也是连队的一员，也是他的战友之一，当然还是他的下属。这个名字叫起来顺口也切合实际。

上等兵就这么叫了。

起初，他一叫，“黑家伙”还不知道这几个字已是它自己的名字，见上等兵一直对着自己叫，就明白了。但它还是不大习惯这个名字，对上等兵不停的“黑家伙”“黑家伙”的呼叫显得很迟钝，总是在上等兵叫过几遍之后才反应过来。但随着呼叫次数的增多，它也无可奈何，就认可了自己叫“黑家伙”。

上等兵每天赶着“黑家伙”要到山下去驮四趟水，上午两趟，下午两趟，一次驮两桶水，共八桶水。其中四桶水给伙房，另外三桶给一、二、三班，还有一桶给连部。一般上午驮的第一趟水先给伙房做饭，第二趟水给一班和二班各一桶，供大家洗漱；下午的第一趟水还是给伙房，第二趟水给三班和连部各一桶。这样形成了套路，慢慢地，“黑家伙”就熟悉了，每天的第几趟水驮回来给哪里，“黑家伙”会主动走到哪里，绝不会错，倒叫上等兵省了不少事。

有一天，上等兵晚上睡觉时肚子受了凉，拉稀，上午驮第二次水回来的路上，他憋不住了，没有来得及喊声“黑家伙”停下等他，就到山沟里去解决问题。待他解决完了，回到路上一看，“黑家伙”没有接到叫它停的命令，已经走出好远，转过几个山腰了。他赶紧去追，一直追到连队，“黑家伙”已经把两桶水分别驮到一班和二班的门口，兵们帮着把水桶卸下了，“黑家伙”正等着上等兵给它取下挑子吃午饭呢。

司务长正焦急地等在院子里，以为上等兵出了什么事，还想着带人去找呢。

上等兵冲到“黑家伙”跟前。“黑家伙”以为自己做错了事，扑闪着大眼睛看着上等兵，等着上等兵给它不高兴的表情。上等兵不但没有骂它，反而伸手轻轻抚摸着它的背，表扬它真行。“黑家伙”冲天叫了几声，它的兴奋感染得大家都和它一块高兴起来。

有了第一次，上等兵就跟炊事班打好了招呼，决定让驴自己独自驮水回连。他在河边装上水后，对“黑家伙”说声你自己回去吧。“黑家伙”就自己上山了。上等兵第一次让“黑家伙”独自上路的时候，还有点不大放心，悄悄地跟在“黑家伙”的后面，走了好几里路。弯弯曲曲的山路上，“黑家伙”不受路两旁的任何干扰——其实也没有什么可以干扰“黑家伙”的东西。上等兵就立着，看“黑家伙”独自离去。上等兵远远地看着，发现“黑家伙”稳健的身影，竟是这山中唯一的动点。在上等兵的眼中，这唯一的动点，一下子使四周沉寂的山峰山谷多了些让人感动的东西。但究竟是什么样的感动，上等兵却又说不出来。上等兵就那样看着“黑家伙”一步一步走远，直到消失在他的视线里。视野里没有“黑家伙”的影子了，上等兵才一下子感到心里有点空落，四面八方涌来的寂寞把他从那种无名的感动中揪了出来，他抖抖身子，寂寞原来已在刹那间浸淫到他的全身。上等兵这才明白，原来“黑家伙”已在他的心中占了一大块位置。在平日的相处中，他倒没有太大的在意，而一旦“黑家伙”离开了他，哪怕像现在这样短短的离开，他的失落感便像春日的种子一样迅速钻出土来。上等兵望眼欲穿地盼着山道上“黑家伙”的身影出现。

过了一个多小时，果然“黑家伙”不负他望，驮着空挑子下山来到河边。上等兵高兴极了，扑上去竟亲了“黑家伙”一口，当场表扬“黑家伙”的勇敢，并把自己在河边等“黑家伙”时割的青草奖赏给它。嫩嫩的青草一根一根卷进“黑家伙”的嘴中，“黑家伙”吃着，还不停地甩着尾巴，表示着它的高兴。

上等兵托人从石头城里买了一个铃铛回来，拴到“黑家伙”的脖子上。铃铛声清脆悦耳，陪伴着“黑家伙”行走在寂静的山道上。“黑家伙”喜欢这铃铛声，它常常在离上等兵越来越近的时候，步子也越来越快，美妙的铃铛声也就越发地响亮，远远地传到在盖孜河边等候着它的上等兵耳朵里。到了山上，负重的“黑家伙”脖子上的铃铛声也可以早早地让连队的人意识到“黑家伙”回来了。上等兵每天在河边只负责装水，装完水，他很亲热地拍拍“黑家伙”的脖子，说一声“‘黑家伙’，路上不要贪玩”。“黑家伙”用它那湿湿的眼睛看一看上等兵，再低低叫唤几声，转身便又向连队走。上等兵再不用每趟都跟着“黑家伙”来回走了。

为了打发“黑家伙”不在身边的这段空闲时间，上等兵带上课本，送走“黑家伙”后，便坐在河边看看书，复习功课。上等兵的心里一直做着考军校的梦呢。复习累了，他会背着手，悠闲地在草地上散散步，呼吸盖孜河边纤尘不染的新鲜空气，感受远离尘世、天地合一的空旷感觉。在这里，人世间的痛苦与欢乐、幸福与失落、功利与欲望，都像是融进大自然中，被人看得那样淡薄。连“黑家伙”也一样，本来充满对抗的情绪，却慢慢地变得充满了灵性和善意。想到“黑家伙”，上等兵心里又忍不住漫过一阵留恋。他知道，只要他一考上军校，他就会和“黑家伙”分开，可他又不能为了“黑家伙”而放弃自己的理想。上等兵想着自己不管能不能考上军校，他迟早都得和“黑家伙”分开，这是注定的，心里好一阵难受，就扔开书本，拼命给“黑家伙”割青草。他想把“黑家伙”一个冬天甚至几个冬天要吃的草都割下、晒干、预备好，那样，“黑家伙”就不会忘记他，他也不会在分离的日子里备感难受。

在铃铛的响声中，又过了一年。这年夏天，已晋升为下士的上等兵考取军校。接到通知书的那天，连长对上等兵说：“你考上了军校，还得感谢‘黑家伙’呢，是它给你提供了复习功课的时间，你才能考出好成绩。”

上等兵激动地点着头说：“我是得感谢‘黑家伙’。”他这样说时，心里一阵难过，为这早早到来的他和“黑家伙”的分手，几天里都觉得心里沉甸甸的。离开高原去军校前的那一段日子，他一直坚持和“黑家伙”驮水驮到了他离开连队的前一天。他还给“黑家伙”割了一大堆青草。

走的那天，上等兵叫“黑家伙”驮着自己的行李下山，“黑家伙”似乎预感到什么，一路上走得很慢，慢得使刚接上驮水工作的新兵有点着急，几次想动手赶它，都被上等兵制止了。半晌午时才到了盖孜河边，上等兵给“黑家伙”背上的挑子里最后一次装上水，对它交代一番后，看着它往山上走去，直到“黑家伙”走出很远。等他恋恋不舍地背着行李要走时，突然听到熟悉的铃声由远及近急促而来。他猛然转过身，向山路望去，“黑家伙”正以他平时不曾见过的速度向他飞奔而来，纷乱的铃铛声大片大片地摔落在地，“黑家伙”又把它们踩得粉碎。上等兵被铃声惊扰着，心不由自主地一颤，眼睛被一种液体模糊了。模糊中，他发现，奔跑着的“黑家伙”是这凝固的群山中唯一的动点。

女孩

画家感叹着，这么美丽的女孩，连花都没见过。真是太残酷了，这个高原，能长出草，却不开一朵花。他摇着头。

女孩见画家一脸愁容，以为是自己没见过花，惹画家不高兴了，就轻声对画家说：“我的名字叫古丽，是和花一样的名字。”

女孩有一个美丽的名字——古丽。古丽就是花儿。

女孩就像她的名字一样，粉红的圆脸，弯弯的细眉，深深的眼窝，两只似蓝宝石一般的大眼睛，一道挺直的鼻梁下，红嘟嘟的小嘴，两角微微上翘，一副鲜嫩的微笑，像花蕊一样灿烂地开放着。还有她的衣着，头上的花帽，大红的长裙，墨绿色的裤子，脚上绣着雪莲的靴子，全身透露着花的鲜艳和芬芳。

女孩知道自己的美丽。每天把羊和牦牛赶到盖孜河边，她站在镜子似的河水边照着自己，用一双灵巧的小手在自己头上编起十几条细细的小辫子，把头巾披在肩上，转着圈子欣赏自己水里的影子。

水很静，清澈见底，可以看到天上的太阳像一个刚烤出的青稞馕，浮在水面上轻轻地晃动着，把自己鲜艳的影子晃得真人似的，楚楚动人。女孩浅浅地笑着，心里特别美气。她有着花儿一样的年龄，心里无忧无虑，放牧的大群羊和牦牛，是她家的一大半财产，她心里总有一种自豪感，像个大人儿似的。看着自家的羊群和牦牛一天天增多，一脸的满足，过早地懂得了与世无争的日子，就像这盖孜河的水一样，平平淡淡地流淌着，没有浪花也不会干枯。

羊儿在河边散开，似一朵朵飘浮的白云，慢慢移动着，专心地吃着青草，根本不用女孩操心。她放牧也不用鞭子，连一根红柳枝都不拿，如果哪只羊走远了，她只需轻轻地唤一声“回来”，羊就会站住，回头看下她。她永远微笑着，从不发怒，羊被女孩的微笑迷着，缓缓地走了回来，回到羊群里，懂事似的低下头，继续吃草。

在女孩眼里，羊像懂事的孩子，和她一样。父亲在她五岁那年，就把羊群和牦牛交给了她，让她到河边放牧。她点了点头，懂事地赶着羊群和牛群，来到了河边。女孩心里清楚，父亲就她和妹妹两个女孩，没有男孩，她是大女孩，应该承担家里的放牧工作。父亲要去很远的科克牙尔耕种那片青稞地，母亲在家忙着烧奶茶、做饭，带着刚会走路的妹妹，放牧的事理所当然地落在她的身上。按说放牧的事，应该是男孩子的事，可她母亲至今没有生出一个男孩。她也没有埋怨过父亲母亲，她应该做着既轻松又闲散的放牧，这样也不显得无聊。更何况，她也可以在河边欣赏到河水里自己美丽的影子。她已经到了爱美的年龄。

高原上牧人的孩子早熟，女孩也像其他小孩一样，每天把牛羊赶到盖孜河边，选一块草青的地方，把羊散开。然后把牦牛赶到河对面的山谷里，那里的草硬，没有河边的草嫩，但山谷里隐蔽，不怕被人割了牦牛尾巴。现在高原上有公路了，人和车多，经常有人乘牧人不备，停车去割牦牛的尾巴当拂尘用，高原上的牦牛又呆又傻，被割了尾巴也不反抗。所以，女孩把牦牛赶到山谷里，牦牛合群，不乱跑，不怕丢了。她只顾着羊群，羊又小又轻，被抓了，或者碰上鹰袭击，她也好照应。每到太阳快落山的时候，女孩望了望西天，又红又大的艳阳蹲在了冰山顶上，她就蹚过河去，到山谷里，把牦牛拉的一摊一摊牛屎用手捡了，装在两个大羊皮褡裢里，好带回去，一团一团地贴到墙上，晒干后当柴火烧。褡裢是搭在一个大牦牛背上的，女孩捡的牛屎一边一次地装进去。她人小劲小，不敢把褡裢放在地上，待装满了就放不到牛背上去。驮着褡裢的大牦牛很听话，她说走就走，说停就停。捡完草地上的牛屎，她喊一声“回家”，牦牛们便听话地走在她前面。来到河边，她蹲下，在河水里洗净手上的牛屎。牛屎在女孩眼里一点也不脏，都是牛吃的青草变的，散发着清香，只是比地上的草味要浓些。她把手上粘的牛屎洗到河水里，河水里也有了草的清香。她望着河水，自己的影子清清楚楚，泛着青草的香味。她很满足，把头巾从头上取下来，照着河水，又围到头上，帽子把头巾撑得方方正正，她才浅浅地一笑，站起来喊一声：“回咧！”便赶着羊群牛群回家了。

女孩的家离草场不太远，用石块堆砌的房子倚着山坡，不大，却很结实，风吹不动，太阳晒不透。女孩放牧归来，母亲牵着她的妹妹已迎了出来。她顾不上欢呼的妹妹，把驮着牛屎的大牦牛叫到房子跟前，从褡裢里一把一把地掏出牛屎，用手团成一团甩到墙上，牛屎排列得整齐又好看。

母亲这时会把羊、牛赶到房子旁边的圈里，来帮女孩甩牛屎，小妹也要帮忙，常抹得一身牛屎，惹得女孩哈哈大笑。每当这时，是女孩最高兴的时候。她一改在牧场的微笑，笑得全身颤动。这里也有回到家里喜悦的成分。

女孩的母亲肚子又大了，像一只怀了羔子的母羊，走路都是一颠一颠的。母亲怀着全家的喜悦，也怀着女孩的希望。她很想有一个弟弟，长大了可以同她一起去放羊，这也是全家最大的愿望。

屋子里的山墙根，堆起了一堵墙似的干牛粪，是母亲从墙上一个一个揭下来的，堆得齐整而结实，用来燃烧那漫长的冬季。房子里弥漫着干牛粪的香味，淡淡的，和着奶茶的甜香味，女孩满心欢喜，把小妹搂在怀里，坐到牛粪墙下的炕上，一口又一口地喝着温热的奶茶，心里暖乎乎的。

母亲一边忙乎着晚饭，一边问女孩中午带的馕饼是否吃完，说如果饿了，就先吃点奶酪垫垫。晚饭要等父亲回来才能开，这已成了习惯。

这天晚上，父亲回来得较晚。夜幕降临，青蓝色的夜晚很清静，女孩和母亲已经到屋外望了几遍，一轮圆月像透明的馕饼，蹲在了慕士塔格冰峰的顶上，散发出一圈圈银白色的光环，被晶莹的冰山折射着，洒在高原的角角落落。一切都变得朦胧而美丽，空气轻轻流动着，发出“滋滋”的响声，远处有牛羊的叫声，像呼唤儿女那般温柔，充满了亲情。

女孩喜爱这样的夜晚，与小妹在房前追逐嬉戏，不断发出“咯咯”的笑声。

父亲在她们的笑声中回来了。

和父亲一起回来的，还有一个人。

女孩停止了笑声，打量着和父亲一起回来的人。直到进了屋里，女孩才看清，来人是个男人，留着一头长发，戴着宽大的眼镜，背着个大包，一脸的笑容。

女孩听父亲说，这个人是个画家。她不知道画家是什么，以为是什么东西，与他的人无关。果然听这个人一说，女孩才弄明白一点，这个人能把人画到纸上，就叫画家。他拿出一张画着父亲的纸，给女孩一家人看。大家都围到酥油灯前，看清纸上画的，似乎有点像父亲，只是脸上画了不少皱纹。女孩就问：“这是我父亲吗？”

父亲笑着。

这个画家才注意到了女孩，他的眼睛躲在眼镜片后面，看人时有点可怕。女孩被看得有些怕了，往父亲身后躲，却一直盯着画家。

画家被女孩的神情吸引了，他不由自主地伸手去拉女孩。女孩躲了，画家摇头，嘴里发出“啧啧”的声音。女孩更怕了，她看到画家的脖子上还有一根金属链条，是拴在眼镜腿上的，他头摇着，金属链条在灯光下一闪一闪的。

半晌，画家才对女孩说了一句：“你真像一朵花，美极了！”

女孩心里不怕了。她的心里甜甜的，被人夸赞，使她的脸红了。牧区的人都说她长得美，只有到了牧场她才一个人对着河水，悄悄地欣赏自己的美，现在被人说破了，她有点羞了。

画家还在看着女孩，一边对她的父亲说：“你们的孩子真漂亮，那眼睛、鼻梁，尤其是那嘴，太美丽了，像一朵开放的玫瑰。”

女孩的父亲和母亲都满足地笑着。

女孩没有见过玫瑰，更不知道花朵是什么。在高原，就是最茂盛的草场，也见不到花是什么样子，这里鲜有能开花的草，所以女孩不知道画家说的花是什么东西。把她当作花来比喻，她认为花一定是很美丽的，因为她对自己的美是有信心的，整个牧区的人都说她姣丽，她也在河水中看到过自己美丽的影子。

女孩在心里幻想着花的样子，花是什么呢？也梳着无数小辫子，穿着红裙子？

父亲热情地招待着画家，他当即就要去杀羊，被画家拦住了。

一家人围着画家，其乐融融，反复看着画家给父亲的画像，感激的话说个不停。父亲在地头碰上画家，他给父亲画了大半天的像，父亲就静静地在地头坐了大半天，误了一天的耕种，也没有引起母亲的埋怨。画家能把父亲画到纸上，除了脸上多了些皱纹，画得那么像，真是神了，全家人高兴都来不及呢。

第二天，画家提出要给女孩画像，父亲也放下了耕种，一起把牛羊赶到了河边。女孩激动得满脸通红，不停地在河水里照自己，惹得画家嘴里不停地“啧啧”着。女孩的父亲则高兴地笑着，追赶着一只大肥羊，他要把肥羊赶到河里，把它洗净，回去后杀了招待画家。

女孩在河边站着，任凭画家摆布着，画到中午，画家才画出一张女孩的素描。女孩拿过画一看，她惊呆了。这就是自己呀，跟河水里的影子一模一样，只是没有颜色，但她已经被自己的画像迷住了。女孩看着画上自己的辫子、脸、眼睛、鼻子、嘴，都不敢相信这是真的。

画家一边给女孩指点着，一边感叹着：“花，花，花，比花还要美丽。”女孩不由自主地问道：“花是什么样子的呀？”

“花？”画家愣了一下，转头四处看了一下，茫茫高原，除了冰山、石头，就是青青的草地了，找不到花的影子。他微微叹了口气说：“这地方，连朵花都没有。”他打量着女孩，看到女孩脚上的靴子，就指着女孩的靴子说：“这里，你的靴子上有绣的花。”

女孩低头看了看自己的靴子，靴子上有白线绣的弯弯曲曲的雪莲。她用手抚摸着，心里暗了。

“这就是花呀？”女孩满心的失望。

画家赶紧解释，这是绣的，是假的，真花很美的，红的、黄的、蓝的，太漂亮了。

“不过，你比花更美！”画家说。女孩脸又红了，她的心里热热的，很满足，自己比花都美丽，大概真花也比靴子上的假花美不到哪里去。

画家感叹着，这么美丽的女孩，连花都没见过，真是太残酷了。这个高原，能长出草，却不开一朵花，他摇着头。

女孩见画家一脸愁容，以为是自己没见过花，惹画家不高兴了，就轻声对画家说："我的名字叫古丽，是和花一样的名字。"

画家点了点头，神情有些失落，心里空荡荡的。

中午回到女孩的家，父亲忙着去杀那只他洗得雪白的肥羊，母亲烧水，准备煮肉。女孩第一次没有帮父母干活，一个人呆呆地坐在屋里发呆，她在心里默念着：花，花，花……

画家心里也不是个滋味，后悔没带些自己画的花鸟之类的画来，让女孩见一下花的真面目。他望着女孩，坐在一堵牛粪墙前，像看着一朵鲜艳的花朵插在牛粪上，黯然神伤。他痛恨高原，它抹杀了艺术，也刺痛了他的心。他明白，自己完全可以在画中添上几笔画的花儿，衬托出女孩的美丽。但他觉得这样有点残忍，对不住这么一个天真的女孩。

画家心情不好，面对喷香的羊肉，没有胃口，在女孩一家人的劝说下，吃了几块肉，像嚼木渣，倒喝了不少酒，喝得头晕了，他对女孩说："古丽，你太亏了，像你这么大的女孩，哪个没见过花呢？"

女孩不吭气，神情有些木。

父亲喝着酒，说："生在这地方，就是这个命呀。"

“不行！”画家激动地说，“我要带女孩下山，到喀什，让她去看一下花。她的确比花美丽，不能让她连花是什么样子也没见过。”

父亲母亲都笑着，一脸的无奈。

画家望了望父亲，又望了望母亲，摇了摇头。

“为什么？为什么要这样？”画家哭了，他把大眼镜摘下来，任眼泪喷涌而出。

女孩心里乱极了，她的心里也很酸，自己没见过花倒惹得眼前这个画家伤心，她心里更不是滋味。画家说她比花还要美丽，也勾起了她想见到花的强烈欲望，但她要放牛羊，不可能下山到喀什去看花。花到底有多么好，能叫这么个大男人如此伤心？

“花，喀什，还有别的地方，到处都是，可花算什么呀，为什么不在高原长一朵呢？”画家哭道，“太残酷了，这太不公平了。”

画家和父亲都喝醉了。

画家走时，他说他一定要带些花上来，让女孩看到花。

“你就是比花美，花算什么东西，山上到处都是。”画家这样说着，走了，再没有出现过。

后来，父亲安慰女孩，等女孩的母亲生了，生个男孩，女孩就不用放牧了，到时，让她到山下看一回花去。

“花是什么东西呀，肯定不如我家古丽美丽。”父亲这样说着。

女孩有了心思，每天再到牧场，呆呆地站到河边，盯着自己的影子看着，心里想象着花的模样，又脱下脚上的靴子，仔细端详上面白线绣的雪莲，心想着花肯定很美，不然画家咋拿花来和她对照？花也有大眼睛、高鼻梁、红嘴唇，还有红裙子吧？那个画家不是说，花有红的、黄的，还有蓝的，一定很美丽。她盼望着能见到花，看看花的美丽。她期盼着母亲给她生一个弟弟，长大了能替她放牧，她就可以到山下去看花。

牧区放牧的女孩很少，只有像她家这样没有男孩的才让女孩来放牧。女孩慢慢地不喜欢放牧了。她盼着母亲生一个男孩。

母亲是在一个月后的一个午后开始肚子疼的。

女孩放牧回来，看到母亲疼得在炕上直打滚，汗水湿了母亲的衣服。女孩吓坏了，忙去叫回了父亲。父亲请来了接生的人。

一家人围着痛苦不堪的母亲，守了整整一夜，母亲也生不下小弟弟。

天亮后，母亲肚子不怎么疼了，女孩准备去放羊时，她的妹妹走过来，在母亲挺起的大肚子上用手轻轻拍了拍，用不太熟练的语言说道：“妹妹，妹妹！”

女孩一把打开了妹妹的手，走出屋子，把牛羊赶到了牧场。一整天，她都心神不定。

熬到晚上回来，女孩看到的是，母亲又为她生了一个妹妹。

女孩伤心极了，她跑到屋后，大哭了一场。

再没有人提叫女孩到山下去看花儿的事了，女孩一直做着的梦破了。她依然每天放牧，但无精打采，也不去河边照自己的影子了。

过了两年，女孩的大妹长到她当年开始放牧的年龄，她去问父亲，大妹能不能顶她去放牧。

父亲没有吭气。母亲却说女孩是老大，应该去放牧，就叫大妹在家吧。

一天早晨，女孩像往常一样起来，吃过早饭，带上中午的干粮走出了屋子，她没有朝羊圈走去。

女孩寻着下山的路，她要独自去山下的喀什看花儿。她没给父母讲她去山下。

留下一圈羊和牦牛，饿得叫唤个不停。

伶人

西秦是入西域越秦岭之要冲，以西秦山城宝鸡为界，东面山清水秀，西面秃山荒野。笔者出生在西秦岐山境内的一个小山村，有十七年的艰难成长经历……

关中道一条线，那是铁路。铁路两旁，皆是土沃人丰之宝地，无形中以铁路为界划开陕西。陕南秦岭层峦叠嶂逶迤起伏，陕北黄土垒筑高原，各有独立雄霸之势。秦地在南北大方向的下面，还分有东府渭南、西秦宝鸡。这些都在人们意识里存在而没有正式文字记载，叙说的时候并不以东府、西秦称之，只是在一些文艺活动划分时这些词语才代表一个地域圈子，泾渭分明，毫不含糊。

秦地也被渭水划开。渭水横穿关中。抛开东府及久负盛名的古都不提，单说西秦。笔者出生在西秦岐山境内的一个小山村，有十七年的艰难成长经历，故对西秦故土感情至深。

西秦是入西域越秦岭之要冲，以西秦山城宝鸡为界，东面山清水秀，西面秃山荒野。关里关外在陇原阳关划分之前预先划了个界线。关里关外虽不以宝鸡为准，但是民间从地形地貌上早已形成这种说法。就像秦地渭水其实比铁路更有划分陕南陕北的说服力。本来陕南陕北就是个大概的区分，没有什么规定，观点模糊。秦地渭水铁路沿线还叫关中呢。

是为闲语，像伶人出场前的道白。

伶人之一

秦腔是陕西的省粹，是陕西的文化艺术源远流长的见证。眉户戏是后来才出现的，虽陕腔陕语，可在艺术表现上与秦腔有很大的差别。眉户为何被称为眉户，大概不会是陕西有眉县和户县再加些传说故事之类就组成的吧？

宝鸡有一个戏剧团，是专唱眉户戏的。

当时眉户戏最有权威性的那出戏就是《梁秋燕》了。梁秋燕是妇女解放反抗封建婚姻、追求妇女自由的代表人物。宝鸡戏剧团唱梁秋燕这一角色的叫曹海棠。曹海棠唱红梁秋燕后，给宝鸡争了不少光。一个唱戏的会得到许多殊荣，怎么说能给一个地域争了光呢？可那个年代正是解放思想、文艺叫红的年代，赶上的也正是破除迷信、妇女要顶半边天的时候，《梁秋燕》正是生逢其时，所以曹海棠就唱红了。

曹海棠的红不像现在某些歌星、影星那样庸俗不堪，曹海棠完全是以艺术为重的演员，切合国家政策与形势，所以她唱得很红。

正当曹海棠红的时候，一列专列从太阳升起的地方沿关中铁路线驶到宝鸡停下。整个火车站军警密布如白杨树一般笔直。恰是秋意正浓的季节，一派丰收喜庆洋溢的气氛被这辆专列的到来冲淡成肃穆庄严。那时候宝鸡的火车站坐南朝北，没有现在的广场之类，出门就是街道，街道两边军警林立，后面是手举纸花的学生组成的欢迎场面。

专列上走下一穿浅灰中山装、面带微笑、气质非同一般的老人，后跟一女人向诸人招手致意。欢迎场面气势非凡，山城宝鸡空前风光了一回。后来才得知是北京的领导与夫人。

曹海棠得知要给北京领导和夫人唱戏时，激动又紧张。

曹海棠唱的是《梁秋燕》选段。这出戏是北京领导的夫人点的。

北京领导和夫人被市领导陪着坐在剧院前排观看了曹海棠的演出。

曹海棠虽然激动得有些紧张，可凭她娴熟的演技，竟然没出丝毫差错。

当曹海棠在凉爽的秋季出了一身汗唱完最后一句词，北京领导和夫人带头鼓起了掌。

掌声使红极一时的曹海棠流下了两行热泪。

当即，北京领导和夫人同曹海棠合了影。北京领导和夫人坐着，曹海棠穿着一身戏装站在后面，以妇女解放的代表人物梁秋燕的艺术形象留下了非常珍贵的瞬间。曹海棠还被省市领导安排陪宴北京领导及夫人。

宴罢，北京领导及夫人提议，让曹海棠又唱了一些《梁秋燕》的唱段后，北京领导激动地随即题一词：“宝鸡梁秋燕，我百看不厌”。

过后，宝鸡剧院门前及火车站旁各矗起一个大牌子，牌子上一边是画家精心描画的放大了的北京领导、夫人和曹海棠的合影，一边是书法家临摹的北京领导真迹“宝鸡梁秋燕，我百看不厌”十个大字。

能够得此殊荣的伶人，大概不多。至于在别的报刊上是怎样宣传山城曹海棠受北京领导赞许的，人们大多不太了解，只知曹海棠的名字比省长的更叫得响。那时候许多古装戏不让唱了，电视是什么玩意儿，在人们的意识里还没有形成一个固定的样子，唯一能够看到的电影从开始有声音后一直是《卖花姑娘》和《地道战》，并且还经常看不上。文娱方面全凭剩下的几个剧种满足人们的精神生活需求。曹海棠本来就是众人皆知的“梁秋燕”，这下子就成了人们每时每刻都在议论的中心人物了。

曹海棠因此成为全省文艺界的代表人物。她的演出也蒙上了神秘色彩，有一年多时间她基本上都在省城活动。西秦宝鸡只能看到火车站剧院前的大牌子上的曹海棠，原来真正看过曹海棠演出的和没细看过的，想看了只好去火车站或剧院旁的招牌前一睹曹海棠的风采。

曹海棠的长相其实很平凡，有关中水土养育的灵秀，肤色中透露着秦地特有的色泽，不黑也不白，只是那双眼睛和身段，如果放在现今社会，她也可以作为文艺名女人得到一些“性感明星”的赞誉，也能拿上轻重不一的这奖那奖的。可惜她没有那个机遇，她只是在她风光的那段时间里，享受到了别的艺人没法享受到的荣誉。

曹海棠最红的时候有一年时间没给宝鸡人民唱一次《梁秋

燕》，没回过一次宝鸡。山城人民从广播里经常听到曹海棠在省城及其他地方的声音，这样总觉得不过瘾，就到火车站或剧院前去看一眼她的尊容。

最终，曹海棠回到宝鸡，是她和北京领导夫妇合影一年之后，作为北京领导的“黑五类”被遣送回来的。这时候，宝鸡剧院和火车站前的广告牌上曾经有曹海棠和北京领导夫妇合影、题词的地方就有了新的内容。在“打倒 × × ×”几个字的下面是“揪出 × × × 的走狗宝鸡梁秋燕——曹海棠”。

曹海棠一夜之间从富丽堂皇的红星宝座上跌到“黑五类”的行列里，成为山城阶级斗争的重点人物。她的“罪行”像她的名气一样很快遍及西秦的每个角落。曹海棠作为前北京领导的代理人，几乎每天都出现在大街小巷，被一帮人推着，脖子上挂个大牌子游行，她这个“典型人物”为山城赢得了“阶级斗争模范城”的新荣誉。

和省长齐名的一代名人曹海棠怎受得了这么大的打击，待遇上一落千丈不说，脸面上更是抹不开。无尽的侮辱使她丧失了活着的信心，终于有一天，游行到火车站旁那块曾经使她风光过的大牌子前时，她挣脱了没有防备的热血青年之手，冲向红旗路一辆疾驶而来的公共汽车。公共汽车惊恐地停住时，已在曹海棠钻到车轮下的十米之外。那是一辆两节车厢连在一起的大公共汽车。

曹海棠似乎沉睡一般侧卧在公路中间，只是她的睡姿不太优美，昔日美好的身段也令人不忍目睹。

距曹海棠不远处是一摊像红旗一样鲜红的血。

那年，曹海棠正是女人能红能出名的年龄。

伶人之二

东府是人的名字。

东府什么时候开始唱戏的，没法知道也没有必要知道。反正他在旱塬公社的秦腔剧团里是个挑大梁的角色。那时候公社剧团刚成立，人少，公社一级的剧团又是业余的，忙时干农活，闲时排戏唱戏照样挣工分，也是村人向往的不晒日头就能挣满工分的职业。

东府在进公社剧团之前是懂些戏的，但没人知道他是从哪里学的。反正在台子上，他不是演《杨家将》中的杨宗保，就是演《白蛇传》里的许仙。有一阵子演现代戏，他还演了《洪湖赤卫队》中的刘闯。他演的角色不是勇猛干练的将才，就是英俊多情的相公。东府在台上演戏，台下的观众中就有许多情窦初开的少女在心里和他演着杨宗保与穆桂英的戏。

四婶就是那群少女中的一个。

那时四婶早已从学校回家挣工分了，因为她爹病死后棺材都是借别人的，她就被娘从学校叫了回来。四婶在心里和唱戏的东府演戏已是能挣七分工的时候了。

四婶长得秦岭华山一样挺拔俊秀，她的气质上让好多男人觉得高不可攀。她不但个子高，而且五官搭配得也似华山的西峰，秀丽得恰到好处。她的眼睛似深潭一般，深不可测，身段虽被农家装束包裹得严严实实，但不失其魅力。

东府在台上唱戏的时候，四婶就在台下姑娘群中用少女的目光追随台上东府的一举一动。四婶的心被东府看得清清楚楚，都在一个公社，公社不大，三个大队，谁不知道谁是谁呀。四婶长相出众，是公社年轻小伙们公认的，所以东府在台上唱戏的时候总能在观众中不费劲地搜寻到四婶深潭似的眼睛。

四婶与东府的爱恋从戏台前开始，于是就在幕后浪漫地进行，有点像戏中的才子佳人。村里人们都说他们是天生的一对。可四婶和东府的浪漫行径，在古老的秦岭就有些出格，村里人都受不了那种方式。东府毕竟是伶人，不同于其他年轻人，他台前台后都能演戏，戏演得有点过火的时候，四婶少女的肚子就隆了起来。

四婶的娘看到女儿的肚子，一气之下卧床再没有起来。四婶最终没有嫁给东府。自从四婶与东府的事作为丑闻败露后，东府就没敢上四婶的家门提亲。四婶的娘就更加证实了那句古训“伶人无义，婊子无情”，以死威逼女儿打掉肚里的货，随即托人找婆家嫁人。四婶成了一钱不值的破货。四婶哭天喊地，可惜没有天地能帮她。东府被四婶的族叔们硬是打断了一条腿，从此再不能上台唱戏。

四婶嫁给了四叔。四叔黑瘦且矮，三十四岁了还是光棍，却属正派庄稼人，平时连话都说不全。四婶也只能嫁四叔这样的人。成亲那天，四婶不哭不闹，只用一条绿围巾包着头脸被伴娘们推进洞房。新娘一般都是包红围巾的，可因四婶婚前破身，乡人皆知，人又长得标致，四叔的爹就坚持要儿媳包绿围巾，免得别人说把鲜花往牛粪上插，四叔的爹要证明他儿子和儿媳妇的结合是各取所需。

四婶就对绿围巾产生了恐惧。

那天东府一蹦一跳地瘸着追送亲的队伍，他呼喊着想叫四婶回过头来，四婶理也没理。东府就一屁股坐在地上狼一样撕扯自己，抓得满脸是血。

洞房花烛夜，四叔满怀激情地扒掉四婶身上的包裹，四婶像一本精美绝伦的书一般被打开。四叔头晕目眩，四叔想人这时候才叫活着。

四叔在感觉到人活着的巨大幸福时，被一阵急促而有力的砸门声惊得大骇。

东府破门而入，他满头满脸的血被钻入洞房的月光照得像鬼一般。与戏台上的杨宗保相比，东府的白袍将军年代已经永远过去了。

四婶当时光着身子跳下炕扑过去抠出了东府的一只眼珠。东府惨叫了一声，却不躲避，任那眼珠吊在脸上晃来晃去，他用另一只眼紧紧盯住呆傻了的四婶再不吭气，他想用好着的独眼剜出四婶白白胸部包裹着的那颗鲜红的心。

然后，东府被四叔家人可怜地送回他家。四叔家人没动他一下。

从此，瘸子东府又成了半个瞎子。东府也不再回家，到处流浪，以讨饭为生。

此后，四婶没生下一男半女。四叔四婶两人到医院检查，生理上都正常，可四婶的肚子就是没有隆起来。

日子在农人的田地里重复来重复去，总也能重复出一些新的东西，过去的一切就会在重复来重复去的岁月里慢慢消失，直到不见一点影子，新的东西就滋生了，并且新的东西生长起来就像庄稼一样自然。

多少年过去后，单眼东府有时要饭到四婶门下，四婶也像别的村妇一样给他一些剩饭之类的食物。原来东府是不到四婶家要饭的，不知什么时候东府也就上门要了，四婶也就给了，给的是与他人一样的剩饭，没有什么特别的。只是有一次四婶见东府穿得破烂，给他一件四叔穿过的旧衣服时，东府发怒走了，连剩饭也没有吃。

听说，有家私人团体创办皮影戏，请东府坐在灯影后面再唱杨宗保、许仙，东府拒绝了那份能吃饱肚子又能挣钱的美事，依然要饭度日。

过了一段时间，东府要饭又要到四婶门下时，四婶就问东府为啥不去唱皮影戏。

东府瞪着他的独眼说：“戏不是人唱的！”

第二部分 真情为谁放送

真情为谁放送

她的缜密与善辩在一个十五岁的孩子这里居然溃不成堤。她有点怀疑自己的能力，是不是自己过于自信，以致一叶障目，江小东也正是看透了她这点，所以才不屑与她直面交锋？

一

吕萌萌是从晚报夹缝里看到天使传媒文化有限公司招聘广告的。招聘要求的文凭、年龄，还有户口等条件，吕萌萌都符合，她抱着试一试的心态前去应聘。

按广告上的地址找到天使传媒文化有限公司一看，吕萌萌差点转身就走。没想到报纸夹缝里的广告也有这么大吸引力，居然有二三十个美女、帅哥在那里排队，等候老板挑牲口似的一遍又一遍筛选。吕萌萌仔细打量了一下，和队伍里那些花枝招展的女孩子相比，自己的外形实在没有任何优势可言。她不是那种假模假式，靠着脂粉叫人眼前一亮的美女，她勉强属中等偏上，打眼一看只能打个及格分，细看看，还能努力再加个十分八分的。倘若她还有那么一星半点光芒的话，往一群俊男靓女群里一站，哪里还有什么光芒，整个人几乎都被淹没了。要不是因为有这点遗憾，吕萌萌怎么会屈尊到报缝里找私营公司应聘？说什么也得去正规电视台挑战一下主持人的。可她的父母没给她配备一张能博得电视台领导欢心的脸蛋，她曾去过电视台应聘，被楼道里打扫卫生的大妈上上下下一番打量，没等招聘的人来，自己半道就跑了，为此，还懊恼过好长时间呢。后来才听人说，要成为某个电视台的金牌女主持人，可不是光靠随机应变的口才，最重要的是赢得领导的赏识。掂量掂量自己的分量，怎么也不够叫领导赏识的份，吕萌萌心里这才踏实下来，不再为自己的逃跑沮丧了。这次，吕萌萌没转身离去，能留下来参加天使传媒应聘，是她有张像欧元一样坚挺的广播电视学院的本科文凭。她心里有数，别看来应聘的帅哥、美女这么多，未必就有她这张王牌。所以，吕萌萌过五关斩六将，在那帮美女中脱颖而出，成为最后的赢家。但吕萌萌心里清楚，彻底征服老板的，不光是广播电视学院的本科文凭，主要还是她四年大学练就的一副能说会道的好口才。像何老板的这种私营公司，需要的是能言善辩的员工，而不是花容月貌的花瓶，他要招聘的人，首先得是挣钱机器，而不是花钱能手。

天使传媒文化有限公司，说白了就是为电视台制作各种社会生活节目的私营公司。这种公司除了不贩卖人口和毒品外，几乎什么都做，当然，大多与影视或者文化沾点边，有没有文化含量倒在其次，重要的是能赚钱。类似这样的公司，听说在市里的每座租用写字楼里，有不下百家。

吕萌萌还清楚地记得当时的情形，何老板坐在总经理室里，一脸的傲慢与偏见，听了吕萌萌的一番应聘辞，问了几个问题后，他的眼神就出卖了他，吕萌萌看到何老板眼中的赏识。在应聘成功的那一刻，吕萌萌有种预感，公司迟早要重用她。从何老板和她对答时的眼神里，她看出了老板对自己的满意程度。

果然，只熟悉了半个月情况，老板就叫吕萌萌去节目部做《真情放送》。这个栏目可是公司的王牌，每期制作的节目，通过各种渠道送审均能顺利过关，电视台的收购价格比较可观，基本上支撑着公司的大半边天。

听到这个消息，吕萌萌很兴奋，梦想终于要照进现实，该有番作为了，她劲头十足，去向节目部的高主任报到。高主任不像他的年龄那样老成持重，一点都不给何老板留情面，直截了当地打击吕萌萌，说她还不具备单独做节目的能力，做《真情放送》不仅仅要能说会道，还要反应敏捷，能应对各种突发事件。最重要的，是需要真正的感情投入，这样才能打动主人公，让其用心配合做好节目，最终征服观众。征服了观众，也就有了收视率，收视率的背后是赢得电视台的高额收购。

“你呢？能在关键时刻投入你的感情吗？”高主任摘下眼镜，一双深陷的鳄鱼眼死死盯着吕萌萌问道。

“您怎么知道我就不能投入感情？”除了长相没法与那些天生丽质的美女过招外，吕萌萌不是个轻易示弱的女孩，她绝不屈服于表面看问题的人，尤其是那些有些阅历，自认为已经很深刻的老男人。

高主任还算不上老男人，三十六七岁吧，再老，公司就不愿要了。高主任算是公司年富力强的干将，不然就不会在节目部挑着主任的大梁了。半个月来，吕萌萌对高主任很尊敬，离老远就赔上笑脸，为的是日后能跟着他博出一方天地。没想到，半个月的热脸碰上的却是个冷屁股。

高主任把摘下的眼镜又戴上，像真正的老男人那样用眼镜上方的目光看着吕萌萌，一字一句地说道："现在的女人，还能有几多感情可以投入与自己不相干的人身上？话倒说得比唱得好听，哼，真要上手了，全是中看不中用……不过，小吕，何老板推荐你，想必你有你的实力。我不是怀疑你的能力，只是，制作一个节目需要慎重，不然，预算花出去了，电视台那里通不过，这笔钱可就瞎了，到时，公司会把账算在我老高的头上……"

一盆凉水浇透了吕萌萌，她恨死了眼前这个几乎成了秃瓢的老男人，咬着牙说："依高主任的意思，我永远别想在这里混了？"

"小吕，话别说得这么难听。我知道老板不会随便把人放进来，不过，《真情放送》不是你们想象的那么好做。何老板高高在上，他是体会不到其中甘苦的。我是为你好，如果你听不进去，就当我没说。"高主任把眼镜推到正常位置，正色道，"何老板要你做《真情放送》，我没理由阻拦你，我也希望自己部门的员工个个都拿得起放得下，制作出一大批感人至深的节目，增加我的奖金呢，是不是？我只是在尽力提醒你，而不是拒绝你，就当作忠告好了。这样吧，如果有合适的时机，我会安排给你，让你尽早有锻炼的机会。"

吕萌萌没把这个老男人的话当回事，鬼都听得出他在敷衍她。从此以后，她不再像以前那样见到他就笑容满面了。有些人就不值得尊重。

二

天使传媒曾做过一期关于解救被拐卖妇女的节目，当时赚足了观众的眼泪，在社会上引起了强烈的反响，公司也从电视台那里赚得了不少的利润。按说，这期节目是相当成功的，挣名又得利。可没想到，就是这期节目，给公司带来了一系列的麻烦。当时在节目里背对着镜头字字血泪控诉人贩子的被拐卖妇女，被解救回西北自己的家后，竟无法适应老家的生活，加上想念亲生的孩子，竟然对蜂拥而去采访她的报纸、杂志、电视台等媒体记者，一把鼻涕一把泪地控诉天使传媒为做节目，制造假新闻，生生拆散了她与丈夫、子女的幸福家庭，把她从四川的富饶之地送回西北穷山沟里，让她又回到了以前连吃水都成问题的贫苦日子。当时看到这些报道，天使传媒非常气愤，只认为这个妇女尝到了被社会关注的甜头，学会用自我炒作来博取更多人的注目，说她不知好歹，大家并没往别处想。过了不久，不知是谁给那个女人出主意，说她被拐卖前在西北老家还没结婚，可以去四川找丈夫、子女，只要补办个结婚证，他们夫妻关系就合理合法了，她也可以名正言顺地到山清水秀的天府之国过正常的生活，不必一家人离散，在西北过苦日子。

那个女人立即照办，回到了四川的亲人身边。不久，她与自己的合法丈夫将天使传媒告上法庭，索赔名誉损失费十五万元。当初，何老板对这个案子没当回事，解救被拐卖妇女，做节目帮那个女人回到自己家，从哪方面说他们都没错，官司怎么打，理都在天使传媒这边，那个女人根本没赢的可能。但是，法院的最后判决叫何老板大吃一惊：那个女人起诉成功，法院责成天使传媒十日内赔偿给对方十五万元。费尽人力物力，倾尽感情不说，还要平白无故赔人家十五万元，凭什么呀？何老板这下急了，找律师上诉，很快被驳回，官司打到高院，还是输了。不知是谁在背后给出的高招，让那个女人在与丈夫领结婚证时，把日期改到被拐卖那年。虽是明显做了手脚的假日期，可白纸黑字，法律只认证据，天使传媒做这个节目的时间是几年后，他们败得一塌糊涂，不但赔给那女人十五万元，还出了诉讼费和请律师的费用。这些钱对天使传媒不是个大数目，可造成的后果却很严重，与电视台好不容易建立起来的伙伴关系受到了影响，其他同行公司乘虚而入。影视市场的竞争非常残酷，稍不留神就会叫别人钻了空子，把你挤对出局。当然，凭着天使传媒这些年与电视台铺垫的底子，还不会出现大的问题，可今后制作的节目再送到电视台，人家总会掂量掂量，或多或少打打折扣的，谁让你出过事，被告上法庭而且败诉了呢。

那期节目虽然不是高主任一手策划制作的，但他是节目部主任，负有不可推脱的领导责任。何老板为维护公司纪律，扣掉高主任等人的三个月工资。扣掉工资的其他员工还好说点，难辞其咎，可高主任有苦却没处说。

吕萌萌来公司还没把屁股坐热呢，就叫她上马做强档节目，公司上上下下对老板如此看重新手吕萌萌，还是有些想法的。《真情放送》有社会效益，也有经济效益，更重要的，节目成功的背后，还有名利，这对每个人都充满了诱惑，谁说不想进这个栏目那是假的，要想进却又不是那么容易。在公司做过几年都没能进《真情放送》栏目的人比比皆是，吕萌萌凭什么？上过四年专业课是她的优势，可她有实际操作的经验吗？在这个行当里，仅一纸文凭，代表不了什么。

但想法也只能是想法，关键是老板，何老板认为吕萌萌行，那她就行。领导欣赏，别的都不重要。高主任深知其中道理，他把该说的话还得说在前头，听不听得进去，就由着吕萌萌自己了。

"叫你赶上了，马上要做的这期节目，与两年前那个妇女被拐的节目有极其相似之处。"不久，高主任严肃地叫来吕萌萌，说，"何老板的意思很明确，叫你去做这个节目，尽快进入情况。我尊重他的意见，但我有必要再提醒你一下，遇事要沉着冷静，做到耳听八方，眼观六路，哪个方向有风吹草动，咱一定要搞清楚，千万不能不管不顾，轻易下结论。哪怕这个节目做不成，损失点费用，也比惹上麻烦，坏了名声，赔了夫人又折兵强。"

听到有了机会，吕萌萌想着终于能施展自己的才能了，心里高兴，把对高主任这番忠告的反感情绪压住，脸上堆起笑容使劲点头，一副牢记谆谆教诲，绝不辜负领导期望的样子。

高主任心里舒服了点，把眼镜摘下在手里玩弄着，语重心长地说："小吕，这个节目起点非常好，做好了肯定能叫响的，这对你今后的发展有相当大的帮助。你能言善辩，有做节目的实力，我也相信你的能力。所以，我会尽力支持你的工作，派最好的摄像师与你一起去，看你还有什么要求？"

吕萌萌略微沉思了一下，摇摇头说："主任想得很周全，我会努力完成任务。我唯一的要求，就是尽快见到这个小主人公，与她沟通一下，看能否商量好送她回家的行程。"

* * *

这次要做的，是送一个流浪在外的小女孩回西北老家。据项目部的人介绍，这个名叫马丽娟的女孩，今年十五岁，亲生父亲病亡后，母亲带着她改嫁，后爸对她另眼相看，她受不了后爸对她的歧视，偷跑离家已将近一年。她因年龄太小，找不到能打工养活自己的地方，一直靠捡破烂为生。要知道，现在破烂也不是那么好捡的，每个垃圾箱基本都有固定的人霸占着，马丽娟身单力薄，至今没给自己争下地盘，一直在打游击，动不动被人追打，活得很不容易。项目部的人是偶然遇到马丽娟的，当时马丽娟正扑向马路上一个空塑料瓶，差点被汽车撞到。项目部的人看到这个女孩眼神里流露出来的茫然，就感觉这个女孩有些不一般，在她身上也许隐藏着别的什么，当即把目标锁定。

下车一询问，果然是个绝好的素材，这个节目做好了，肯定会在社会上引起对流浪少年普遍的关注。见有人关心，马丽娟的眼泪哗哗直淌，哭着说她好想好想家，想妈妈，在外面流浪了这么长时间，也不知道妈妈咋样了，是不是病了。她没攒下回家的路费，才一直在外漂着回不了家。

项目部的人像发现了金子，当即给何老板打电话汇报情况。何老板一听，帮助一个流浪的少女回家，表面上看好像没多大意义，但往深里想，社会上有多少因为家庭问题而离家出走在外流浪的孩子？他们是不是也需要更多的人来关心和帮助？这样一挖，何老板品出其中的意味，当即同意项目部的建议。征得了老板同意，项目部的人将马丽娟领到附近的商场，给她买了身新衣服，又在招待所开了个房间，叫她洗澡换新衣服，然后领她去吃饭，还带她看了场电影，宝贝似的呵护着她。

吕萌萌跟着何老板坐他的奥迪车，与高主任一起去招待所。按说，为一个节目的小主人公，何老板不必亲自出马，完全可以交给部门主任处理，可自从因为上次的节目被告后，碰上摸不着底数的人，何老板还是要去瞅上一眼，问上几句话，在心里掂量掂量，权衡一下利弊，好做到心里有数。高主任也真心希望老板同去，看了情况，做与不做老板能在现场拍板，这就少了他几分风险。再说，此次节目又是老板力荐没有经验的吕萌萌来经手，深浅不知，以后万一有个闪失，老板就不能怪罪他了。所以，高主任的心情很好，喋喋不休地说东说西。吕萌萌没有听进去一句。

一路上，吕萌萌都处在兴奋和紧张之中。第一次即将参与制作节目，就像怀春的少女终于要做新娘一样激动，心里做着各种各样的设想。长到二十三岁，做了不下十年的明星梦，一直盼着这样的机会，虽然她做的只是一个简单的节目，跟明星梦没有一点关系，但不管怎么说，总算是要上镜了，没有明星的闪耀，却像明星一样在镜头里生动，一样会被镜头外成千上万的人关注。吕萌萌轻呼一口气，觉得自己其实一点也不比明星们差，自己长得也不是太差，之所以不像明星那样光彩夺人，那是因为她缺少有品位的修饰。她知道，每个明星都有自己的化妆师，长相再“难过”的明星，一化上妆，就有了先声夺人的气势。所以自己也绝不能马虎。昨天晚上，她得知今天要去看马丽娟，就把要穿什么衣服、口红用闪的还是艳的、脸上打不打脂粉、画什么颜色的眼影、戴多长的假睫毛、什么式样的发型等，在心里一直盘桓着，弄了大半夜，设想了好几套方案，又一一被自己推翻。最后实在睡不着，爬起来给男友江小东打电话，要他给自己出主意。睡得迷迷糊糊的江小东一听半夜打电话竟然是问他化妆的事，气不打一处来，骂了一声“神经病”，挂了电话。吕萌萌一颗热情的心遭遇到男友的寒流，霎时被冰冻起来，握着电话愣怔了许久。

一早起来，吕萌萌就发现自己有黑眼圈，眼袋也略显得大了点。这不是一个要上镜的人应有的状态！她用热毛巾敷了眼睛，往脸上打底霜的时候，老想着江小东那句“神经病”，心里凄凉苍茫得很。

江小东和吕萌萌是广播电视学院的同学。广播电视学院美女众多，依吕萌萌的貌不惊人，实在没理由赢得帅气十足的江小东的青睐，吕萌萌也不做那个灰姑娘的梦。再说了，江小东家在外地，吕萌萌是本市人，父母是大学的教授、副教授，住房待遇都不同于其他人，十足的高知家庭，她也不至于在乎一个小白脸呀。所以，吕萌萌对江小东并不像其他女孩那样表现出极端的热情，和对待其他男同学一样淡然。这让江小东很不解，以他能文能舞、方方面面都颇具才能的个人魅力，怎么会引不起这么一个平淡女孩的注意呢？刚开始他以为是吕萌萌自卑，便刻意藏了身上的光芒去亲近她，通过一段时间的接触后，才发现这个女孩其实是很傲的。她的傲，是大城市人天生就有的那种，不露声色，浅淡的，和风细雨式的。她的淡淡一笑，你以为她是在接受，实际上却是拒绝，不会叫人难堪的拒绝，是骨子里的。吕萌萌身上也含藏着一种执拗，这种执拗，让吕萌萌的专业课程在班上所有女孩里是最好的。江小东不清楚自己被吕萌萌身上的什么东西迷惑了，他奇怪地萌生了要全面了解这个女孩的愿望，这个愿望最终使他由被追随者，变成了吕萌萌的追随者。

吕萌萌并没有对江小东的追求表现得欣喜若狂，她其实很迷惑，风言风语传说江小东追求吕萌萌，是看上了她的高知家庭，将来毕业后在这个城市好有个落脚点，而不是真正看上了吕萌萌本人。传言不管是真是假，那阵子，吕萌萌躲江小东就像躲瘟神，可她越躲，江小东的追求越是执着。吕萌萌的心又不是冰，她的感情世界也充满了色彩，爱情于她，同样是梦幻和美丽的，何况江小东是这样一个既有才情又帅气十足的男孩呢，说不动心那是假的。动了心，两个人的爱情就变得顺理成章了。

被美丽的爱情填满的日子像个越飘越高的气球，轻盈的快乐飘得太高了就逐渐模糊起来，变成了一个小小的点，最终，什么也看不见。

吕萌萌不明白她和江小东之间到底缺点什么，临近毕业那阵，大家都忙着到处去逛人才市场，推销自己。起初，他们还像恋人似的一起商量就业问题，一起去应聘。广播电视系统很注重外在形象，对江小东比较感兴趣，对吕萌萌就冷淡多了，每次吕萌萌倒成了江小东的陪衬。很快，江小东被一家教育电视台相中，他跑来跑去地办手续，这个消息在同学之间都传遍了，江小东却没告诉吕萌萌。等走出校门，过了几天，他才打电话告诉她，教育电视台留下了他，台里决定让他来主持一档重要节目，还要派他去外地电视台考察学习一段时间，所以今后他会与她联系少一些。江小东说话的语气很淡然，跟转达一个会议通知似的，听不出一点温情的味道。吕萌萌知道，这是借口，是江小东用婉转的方式淡淡隐去他们的关系。他在这个城市里有落脚点了。爱情也许绚烂，但当绚烂落幕，剩下的就只有寂静和落寞。

后来，吕萌萌还是和江小东接触过几次，她觉得江小东对她越来越冷淡。每次她说什么时，他的眼睛分明是看着她，可眼神却是游离的，甚至她停下来不再说话了，他也觉察不到，依然带着迷蒙的眼神看着她微微笑着，她的心一片凄风苦雨。

吕萌萌不甘这样的落寞，原本她生活得自自在在，是江小东非要闯进来，如今却留下她一个人眼睁睁地看着和江小东最初的亲近与幸福变成一朵即将开败的花，那份凋零刺痛她的心。吕萌萌是个自尊心极强的人，但在江小东面前，她藏起自尊，装作很迟钝，对江小东依旧桃红柳绿、春风一派的样子。她要逼着江小东亮出他最锐利的刺痛，或者，这样她会更痛快一点。

关系到了这个份上，吕萌萌自然不会为脸上的妆深更半夜去给江小东打电话，之所以打了，总是有目的的，事实是她要江小东明白，她也要上镜了。甭看你江小东说自己是节目主持人，可至今未必真正在电视上露一回脸，而她吕萌萌，却要实实在在去做一档黄金节目，在镜头前亮相。

想到这里，吕萌萌心里快意了许多，心思也重新转到化妆上来了。她不知道马丽娟这个小姑娘长什么模样，这个很重要，虽说只是个流浪儿，可她的美与丑直接关系着吕萌萌的衣着。要是个漂亮的小姑娘，那她就不能穿太艳的衣服，化很浓的妆，这样就太突出对方的缺点，会招来一些观众，主要是一些爱挑剔的女观众的骂声。本想依靠在镜头里的表现赢来赞扬，因为化妆的不恰当适得其反就糟了。如果马丽娟长相一般，还不如她吕萌萌的话，那就好办多了，浓妆淡抹总相宜，反正旁边的小姑娘多少会起一些陪衬作用的。

* * *

到了招待所楼下，吕萌萌从车里钻出来，心跳加速了不少，额头已出了细密的汗珠。马上就要见到那个女孩了，真是奇怪，一个小女孩，竟平白地叫她紧张起来，好像农村姑娘第一次去相亲。她没有感觉到秋天的一丝凉爽。

几人上楼，在招待所的房间里没找到马丽娟和项目部的人。高主任打手机，得知他们还在楼下的餐厅里吃饭。高主任挂断电话，要喊服务员开房门，何老板说，去餐厅看看。

几人又下楼，曲里拐弯地找到餐厅。早过了午餐时间，偌大的餐厅里空荡荡的，只有靠窗口的一个餐桌边，坐着项目部的小阮和那个叫马丽娟的女孩。

摄影师小陈扛着一部老式摄像机，眯着左眼待在远处的屏风跟前正在实景拍摄。这类纪实性节目，实际上从开始寻找目标就得拍摄资料，不然后期制作时，缺东少西，要再补拍镜头非常麻烦。再说，拍摄经费也有限，不可能拍一期节目花两期的钱，那还有什么赚头。

吕萌萌不操心经费怎么花，她只想尽快进入角色，把节目做好。她紧盯着窗口餐桌边那个单薄的背影，她穿着一件浅底带些素花的外衣，扎着马尾辫，背对着门口，正在认真吃饭，这个角度看不见她的面目，仅从背影看，并不能引起特别的注意。

吕萌萌的心跳莫名地又加剧了。她奇怪，一个陌生的在外流浪的小孩子，能给她制造什么压力？真是太没出息了，亏自己还是广播电视学院出来的，以前的自信到哪里去了？难道她是纸糊的老虎，所以江小东才看轻了她，要离开她？

这个念头叫吕萌萌心里一紧，一阵酸麻的疼痛顿时由心头向周身弥漫开来。她微微闭目，待这阵疼痛过去，她已经镇静下来。

项目部的小阮看到何老板走进来，站起来叫了声“何总”。马丽娟坐着没动，只略微侧了一下头，嘴里塞满了面条。她停下咀嚼，手里拿着的筷子头上还挑着几根菜。她望着大家的目光里有一丝恐慌、畏缩，也有警惕，随即，就镇定了下来。吕萌萌注意到了这一点，眼前的这个马丽娟不是想象中那种农村小女孩，见到生人会惊恐或者羞涩。她没有，她只是略迟疑了一下，目光在每个人的脸上扫视一遍，便转过头继续嚼她的面条。

小阮伸手扯了一把，马丽娟站起来，目光在餐桌上留恋着。吕萌萌仔细打量马丽娟，她的个头不是太高，一米五左右吧，如果不是遗传，就是受家庭环境影响，营养不良。她的个头是矮了点。仅从这点来看，这个马丽娟家里的生活状况不太好。吕萌萌的同情心油然而生，她的眼圈开始发涩，走过去把手搭在马丽娟的肩上，零距离地与这个女孩对视着。谁说她不能投进自己的感情，一见这个女孩，她的同情不就是最好最原始的感情流露吗？马丽娟的肩膀摸上去很厚实，并没刚才看到背影时透出来的单薄感，或许是项目部的人买的衣服有些大。毕竟还是个孩子，没发育完全的身体总没有成年人感觉上的厚重。近了看，她的眼睛很小，脸圆圆的，有点胖，整体看上去很敦实、很健康。当时，吕萌萌有种想法，难道在外流浪，与别人争抢垃圾，内心充满了对家的渴望和思念，让她的生活反而是充盈和充实的？

马丽娟对吕萌萌的打量，一点都不慌张，脸上表情很淡，眼睛仍不停地扫视着餐桌上的饭菜。吕萌萌发现，马丽娟本人要比她的年龄更成熟一些，并没有吕萌萌想象的那么单纯。这是好是坏，吕萌萌心里没底。她下意识地看了一眼何老板，心想，她能和我配合好吗？

何老板没有给出答案，他也不了解吕萌萌此时的想法，他指指餐桌，对小女孩说："快吃快吃，饭别凉了。"

马丽娟看了一眼小阮，眼神里有征询的意思。

小阮点点头说："快吃吧，叔叔和阿姨都是来看你的。吃了这碗，不够了再盛。"

马丽娟一屁股坐下，埋头继续吃饭。自始至终，她没说一个字。但她没再吃一口菜，只对付那碗面条，吃得很慢，极不自然。好不容易吃完这碗，小阮要给她盛，她摇摇头。小阮还是拿过碗给她又盛了，她接过来，谁也不看，突然间飞快地几口吃完。小阮再给她盛，她站起来抱紧碗摇头，大家再劝，她只是摇头，把碗抱到身后，脸上憋出一丝微微的红晕，同时，额头也渗出一些汗珠。她还是没能一直坚持平静下去，在众人的目光中，紧张了。

她这时候显出孩子气了。吕萌萌递过去一张餐巾纸，马丽娟顺从地接过，擦了擦嘴。吕萌萌心里踏实了，这个举动说明马丽娟并不是特别排斥她，她还担心会碰上一个心理扭曲、性格古怪、倔强任性的孩子，你说东她偏偏向西，到时没法合作，会把节目弄砸。现在看来，这个小女孩实际上还是温顺、听话的。

三

秋季是这个城市最美的季节，难得见到的蓝天，还有白云，尽在这个时候展示着辽阔、高远、美好。人们享受到凉爽清新的空气，心情随之也变得敞亮起来。

见到主人公马丽娟，接下来就是进一步摸清她的家庭情况，好为后面开展工作拟订计划。制作这类节目，需要主持人与主人公的基本生活场景。这天晚上，吕萌萌与摄像小陈都住在招待所里，与马丽娟进一步接触交流。

吃过晚饭，吕萌萌到楼下超市买来一大堆话梅、巧克力、口香糖等女孩子爱吃的零食，撕开摊在马丽娟房间的床上，与她一边分享，一边聊些不着边际的话，试图打开马丽娟的话匣子。

可能为显示自己的镇定，马丽娟在吕萌萌的劝说下，吃了一颗巧克力。后来任吕萌萌怎么劝，她也不再吃第二颗，却拿起话梅，一连吃了一袋，吐出一小堆话梅核，看上去一点都不拘谨。吕萌萌心里高兴，只要她不和你拧着，凭着自己的真诚和随机应变能力，肯定能打破她的缄默，了解到更多她背后的故事。吕萌萌边吃边和马丽娟说女孩子天生爱吃零食，是因为女孩子的嘴比男孩子的嘴甜，需要这些玩意儿养着，才能长甜不衰。果然，她的谬论引来马丽娟的反驳。她说女孩子的嘴也不一定都是甜的，像她这样的女孩，就不甜，她没钱买这些东西养嘴，平时能把肚子吃饱就不错了。

说完，垂下眼帘，一副心事重重的样子。吕萌萌一看有戏，偷偷给坐在窗边的小陈做了手势，把话题往她家里引："一个女孩子光想着吃饱肚子可不成，你看你，小脸儿美着呢。如果在家里，有父母疼着爱着，肯定会被养得滋滋润润，比现在更俏。唉，想想你一个人只身在外受苦，你爸妈的心不知会有多痛呢。他们现在一定日思夜想盼你回家。告诉姐姐一些你家里的情况好吗？让姐姐多了解一下你的家庭，特别是你母亲，这样才能更好地送你回家。"

马丽娟低下头沉思了一阵，在吕萌萌的催促下，才小声说道："他们谁也不会为我担心的，都嫌我是个麻烦哩。"

"怎么会呢！想想你妈妈，她肯定盼望你回去呀。"

马丽娟一仰头："我说了她不会想我的，她巴不得我永远不回去呢！"

"丽娟，你怎么会这样想？那可是你的亲妈，世上有哪个妈妈不爱自己的孩子？也许是你不小心惹妈妈生气，她说些气话，可心里，永远都是爱你的，你说对不对？”

马丽娟看了一眼小陈的摄像机，没有回答。

吕萌萌摸了下马丽娟的头，递给她一颗话梅：“来，吃。丽娟，别理那个哥哥，说咱们的，就当他是隐形人，屋里就我们俩。说说你对妈妈的看法。”

小陈在马丽娟眼里无法隐形，面对小陈扛着的摄像机，马丽娟感觉像有架日本鬼子的小钢炮对准自己，心里很恐慌，她不停地看镜头，一点都不自然。小陈停住拍摄，不断提醒马丽娟自然些，不要看镜头。这下，马丽娟干脆闭口不语，低头谁也不理了。吕萌萌问得急了，她突然说道：“我不能说，你们拍下来拿给我妈看，她会打死我的。”

吕萌萌扫了一眼小陈，对马丽娟说：“我们不会给你妈看的，你放心吧。”

马丽娟怎么会信，她铁定了心，只要把那个大炮筒子对准她，她就一句话都不说。

这样僵持下去，说不定时间拖长了，马丽娟心里会生厌烦，如果她拒绝合作，不肯配合，这个节目就无法完成。这可是吕萌萌到天使传媒后第一次出马，不能刚出门还没上路就马失前蹄啊！吕萌萌有点着急，却又不能显示出急躁来，心里想着对策，她眼珠一转，灵机一动，可以不做实景拍摄，只要想法套出马丽娟与父母的实情，可以写成解说词，到后期做成画外音也行，不一定非要从马丽娟口中说出。有了这个想法，吕萌萌装作瞌睡来了，打了个哈欠，回身给小陈使了个眼色，说声有点犯困，叫他回房去睡，她再陪丽娟聊会儿女孩之间的事儿。

小陈收起机器走了。

吕萌萌上了趟卫生间，出来问马丽娟要不要冲澡，她帮着调热水。马丽娟摇摇头，说她中午刚洗过，晚上不洗了。吕萌萌知道她不会洗的，这样说是为了显示对她的关心和照顾。果然，马丽娟放松了些，有点感动地对吕萌萌说："姐姐，你困了就洗澡睡去吧，我现在还不想睡。"

吕萌萌一笑，贴心贴肺地说："没事，我不能把你一个人丢下自己去睡，咱们说点别的，或者干点什么吧。"说着，过去打开电视，把遥控器交到马丽娟手里，叫她换爱看的节目，想把气氛调节得宽松一些。

马丽娟接过遥控器，随手换了个台，是湖南卫视，正在播《超级女声》全国总决赛的十进八赛，台上是阳蕾和唐笑进行 PK，阳蕾的票数明显低于唐笑。马丽娟惊叫一声"坏了"，将遥控器摔到床上。吕萌萌忙问怎么了。马丽娟自知失态，偷看吕萌萌一眼，见她没有责怪的意思，便盯着电视屏幕，紧张地说："阳蕾要输了。"

吕萌萌不喜欢《超级女声》节目，尽管这档风头正劲的节目吸引了大量的观众，也调动起无数观众的情绪，更成就了很多女孩的明星梦，但吕萌萌不喜欢。原因很简单，她不喜欢那个光练自己嘴皮子的主持人。在她心目中，一个优秀的主持人，话不在多，得起到画龙点睛的作用，而不是一个碎嘴子，尽抢别人的风头。

此时，吕萌萌指着屏幕上已经泣不成声的阳蕾，问马丽娟：“你喜欢阳蕾的歌声？”

“我几乎没听过她唱歌，只有一次在火车站候车室看了一眼电视，那里的人不让看，把我赶出去。我趴在外面窗户玻璃上看了一阵，刚好看到阳蕾在成都唱区总决赛上哭着讲她家里，她爸爸妈妈在城里开个批发店，还住过大棚，她家不像别的参赛选手，有那么多的钱供她们唱歌、花费……”说着，眼泪涌了出来。此时的屏幕里，阳蕾已经被唐笑 PK 下去，她随升降机慢慢消失在人们的视线里。

吕萌萌第一次看到马丽娟流泪，她掏出纸巾递给马丽娟，轻轻地说：“丽娟真是个好孩子，有同情心。姐姐像你一样，也喜欢那种不靠家庭，凭自己能力闯出天地的人。”

“真的？”马丽娟的眼睛明显亮了一下，把吕萌萌的手紧紧抓住，“姐姐，你说为啥像阳蕾这样的苦孩子就不能唱到最后，也像去年的李宇春那样出名呢？”

“这个问题我不好回答，人除了自身的能力，还需要机遇和运气。还有，社会上的一些事很复杂，人为的东西很多，所以谁也无法保证什么。丽娟，你喜欢阳什么——”

“阳蕾。”

“噢，阳蕾。姐姐问你个问题，你喜欢她们这种穷苦人家出身的女孩，如果你也参加《超级女声》，你爸爸妈妈会同意你参加吗？”

“你是说我后爸？他才无所谓呢。至于我妈，她这个人一直是看我后爸眼色活着的，我后爸不出声，她肯定不敢点头。她不会为我和后爸闹翻的。”马丽娟低下头，“再说，我也没阳蕾长得那么可爱，歌也唱得不好，我要是参加《超级女声》，恐怕海选就被刷下来了。”说着，忍不住笑起来。

“姐姐还没听过你唱歌，你歌唱得肯定不错吧？”

“哪里呀？”马丽娟连连摆手，“我一点都不懂调子，只会乱哼哼。不过，上学时，音乐老师还叫我领过唱呢……”

这一刻，马丽娟是羞涩的。

从见到马丽娟到现在，大半天时间了，吕萌萌还没看到过她有这种表情呢。握着马丽娟的手，看着她此时的样子，一个画面在吕萌萌眼前浮现：灰扑扑的乡村学校教室里，马丽娟在同学们前面，正在放声高歌，她唱一句，下面的同学们跟着唱一句……那是怎样的情景啊，一个正在成长的苗子，却被家庭的变故突然拦腰斩断，她失去了正常生长的环境，忍受不了新家庭的压力，离家出走，在外流浪。这么小就受尽了人间的冷暖，他们的心灵不扭曲变形才怪呢。

吕萌萌心里异常难受，什么滋味都有。她深情地望着马丽娟，轻声说道：“那你想不想马上回到过去的那种生活？”

马丽娟脸上的表情变了，淡淡地说：“如果能回到过去，就轮不到我了。”

说的也是，谁能回到过去？能实现的愿望，都不属于普通人。

“请你相信姐姐，姐姐一定帮你再回到学校里去，你妈妈和后爸的工作由我们来做，必要时，我们会找当地政府，用法律手段解决。今后绝不再叫你后爸像以前那样对待你，你相信我的话吗？”

马丽娟没说相信，也没提出质疑。她没有回答吕萌萌的话，而是专注地盯着电视屏幕。此时，是《超级女声》的十进八比赛，尚雯婕终于把唐笑 PK 了下去。马丽娟兴奋地叫道：“好，太好了，谁叫你刚把阳蕾 PK 下去呢。别以为你唐笑是长沙人，就能永远站在《超级女声》的舞台上！”

看上去很解恨，马丽娟真是个没长大的孩子。

那一刻吕萌萌决定，这个节目她做定了。第二天回公司把了解的情况向老板做了汇报，老板说“只要你觉得可行，并且有信心，就交给你去做，我相信你的能力。”

何老板打电话把高主任叫来，向他交代立项的事尽快办理，上次节目被告上法庭，在圈子里受了影响，但凭着天使传媒和电视台的老交情，不会太为难天使传媒的。老板交代，还和以前一样，需要怎么做工作，一定要做在节目制作出来之前，不要临时再烧香，否则黄花菜都凉了。

高主任点点头，看了一眼吕萌萌，对老板建议道：“要不，等把项目跟电视台打通了，咱们再做节目，这样保险点。”

“这是什么话？一朝被蛇咬，还真十年怕井绳呀。”何老板说，“咱们是私营公司，没有人养咱，要是一天不把项目立好，咱就一天不开工？放心吧，这次选的项目关乎青少年失学问题，国家对此一直有所关注，这次咱正好赶上了。我刚听小吕汇报，这个小女孩很典型，等会儿你们再去谈谈。你安排人去给小吕他们搞车票，尽快出发。”

高主任又看了吕萌萌一眼，说：“既然何总这么有信心，加上小吕的才华，一定能制作出一部精良的节目，到时就等着好收视率吧。”

吕萌萌从高主任的话里，听出了些什么。她想，是不是她直接找老板，没先去找他，他心里不舒服了？从老板办公室出来，吕萌萌要向高主任解释，高主任却说：“小吕你不要多虑，你先跟我讲了，我还得给老板汇报。时间紧嘛，省了这道手续，也省去了麻烦，都是为了工作嘛，能理解。只要能做出一档好节目，别的不说，把我这个主任头衔交给你都心甘情愿啊！年轻人嘛，做事有气势，我这个老牛还是愿意为你们助助威的。”

吕萌萌听得一愣，看来还是少了历练，做事粗心，自己毕竟在高主任手下，越级汇报，这不明摆着是不把人家高主任放在眼里吗。但事已至此，说什么也多余，索性不解释了。

四

拿到车票，吕萌萌到招待所去接马丽娟，还是何老板给她派的奥迪车，说她第一次单独接受任务，坐他的车壮一壮威，希望她的这期节目能马到成功！吕萌萌很感动，心里油然生出一种使命感。坐在车上，望着外面来来往往的车流人流，她想自己人生崭新的一页就这样开始了。

吕萌萌被这样的激情激励着，一路上看什么都觉得很亲切。唯一叫她心里不痛快的，是在一个路口等绿灯时，无意中看到一个熟悉的身影——江小东。他的脸庞上挂满灿烂的笑容，只是这份灿烂不是给她吕萌萌的，而是他身边那个一脸傲慢，却又极其美丽的女孩。他们正手挽手走过人行道，那个女孩吕萌萌看着有些眼熟，想了半天，还是没想起来在哪儿见过。虽说他们分手是早晚的事，可亲眼看到分手前他与别的女孩在一起这么亲热，吕萌萌还是受不了，她狠狠抓着车门把手，牙咬得嘎嘣嘣响，努力克制自己没打开车门跳下去。她的快乐像被泼了水的火炭，随着江小东的出现，“刺”的一声灭了。

吕萌萌垂头丧气地到了招待所楼下，车刚停稳，守在那里的小陈一把拉开车门，小声说道：“楼上出了点事，去看看吧。”

吕萌萌心猛地一沉，不是马丽娟出事了吧？

小陈摇摇头，让她上去看看就知道了。

吕萌萌狐疑地看着小陈，不知他在搞什么名堂。小陈也不多说，拉着吕萌萌上楼，来到马丽娟的房间。招待所里的管理员牛大姐带着一个服务员正在打扫卫生，见他们进来，牛大姐抓起床上揉成一团的床单，说：

“吕小姐，你看看，这床单成啥样了。这睡觉能把床单睡成这德行，我在这里十几年，还是第一次看到。你说一个小姑娘，咋干这种事？”

牛大姐把床单展开。应该说，此时的床单已不能再称为床单，而是一片一片破碎的布条。这一片片布条因了一丝牵连而没有完全散落，像秋天树梢上的枯叶，在众人的目光中微微地颤抖着。

吕萌萌大脑暂时出现了空白。这样的情形她想都没想过，最多，她认为马丽娟心里会产生一丝抗拒，而这种抗拒是很容易消退的，只要对她真心，能感动她。但马丽娟一点也没有配合吕萌萌良好的感觉，这才一天一夜的时间，就给她制造了这种尴尬事。

吕萌萌把床单接过来，床单上的每一道口子都很整齐，显然是刀子割的。如果只有一道口子，或者还可以理解成是无意中划破的，这么多道口子，而且杂乱无序，当然是有意为之。一个十五岁的小女孩，在外流浪了一年，其间所受的苦难可以想象，可为什么她要做出这种事来？她到底想要干什么？她简单平淡的外表下难道还隐藏着更为复杂的东西？难不成是她对流浪的生活有了眷恋，心里有了变化，不想回老家了？可是，自始至终，她对回家的态度都是积极的，到现在，很快就要上火车出发了，她也没表示后悔呀！她这样做是针对谁呢？是天使传媒和她吕萌萌，还是这个招待所？吕萌萌一时找不到答案，就对牛大姐抱歉道：“实在对不起，我们赔你床单。”

“小陈已经赔过了。”牛大姐拿过床单说，“赔钱是小事，一条床单不值几个钱，只是，”她把声音压低，“吕小姐，我想问一句，这个小姑娘是不是心理有那个啥呀？”

吕萌萌又把床单拿过来，揉成一团塞进自己的包里：“大姐，我再次向你道歉。”

牛大姐说：“我没别的意思。还有件事本不想讲的，你们都在帮这个小姑娘回家，是做好事。但看到这床单，我想着会不会对你们有帮助，你们看——”

“什么事？与我们有关吗？”

“是这样，早晨我妹妹在值班室里睡觉，从门缝里看到你们的小姑娘，经过服务台时，绕到里面拉开抽屉，从里面拿走了钱，也不多，就 50 块……”

“啊，有这事？”吕萌萌叫道，“你妹妹没看错吧？”

牛大姐一笑：“怎么能看错呢，我早起刚收的退房款，转身去了趟卫生间，就……这么说吧，我也不是讹你们，要你们还这 50 块钱。你们住这么些天也是照顾我的生意，算是打个折吧。只是，我担心这女孩不学好，你们这份好心……”

吕萌萌没理由不相信牛大姐，人家把话都说到这个份上了。她掏出 50 块钱塞给牛大姐，拉上小陈就走。牛大姐追上来硬要把钱还回吕萌萌。她把钱顺手放到过道的卫生车上，走了。

走到楼梯口，吕萌萌问小陈：“你说这事该怎么办？”

小陈说：“这一路的事你说了算，我只管摄像……”

“我现在问你的意见呢。”

小陈犹豫了一下：“要我说，这事还不能直接问她。”

吕萌萌说：“我也是这么想，得想法子叫她自己说出来，承认这个错误。甭看是个小姑娘，她自尊心很强，又敏感，要伤了她的面子，这几天就没法合作了。”

小陈说：“刚才我叫你上来，说不定她会有点感觉呢。”

“有点感觉也好，叫她心里揣着点不安，或许这一路还能安分点。我真没想到，她会这么做。”

* * *

在硬卧车厢里，马丽娟不是躺在铺上睡觉，就是坐在窗前，不错眼珠地望着外面飞驰而过的风景发呆。对吕萌萌的问话，她基本以摇头回答，不说一个字。吕萌萌还以为她心里有愧疚，等待着她主动承认错误呢，可慢慢地发现并不是那么回事，也不好往那个话题上引，就没话找话地给她讲自己小时候的事，以为自己的那些旧事多少能引起马丽娟的一点共鸣。可马丽娟的目光依旧遥远茫然，分明是一副心不在焉的样子。吕萌萌顿感索然，自己像马丽娟这样年纪的时候还喜欢窝在妈妈怀里，挂在爸爸的脖子上，尽享年少时光的幸福，哪像马丽娟，孤单单地在外流浪，为了一堆被城里人远远躲避的垃圾而与人争斗，被人歧视，遭人殴打，历尽人世苍凉与悲欢。这样的女孩，怎么会对她这个优越的城市人感兴趣呢？这么一想，吕萌萌对马丽娟又心生不忍。虽然她不认为马丽娟在招待所的行为是可以理解和谅解的，但至少，现在她的心里不像开始那样愤怒和沉重了，一个被生活搓来揉去的小女孩，总会有心态异于常人的时候。而吕萌萌现在的责任，是将这个女孩送回正常的生活轨道上去，让她重新获得幸福。吕萌萌反身到自己铺上，从包里拿出零食来给马丽娟吃。起初，她怎么也不肯接，不断摇头，吕萌萌固执地把零食塞到她跟前。马丽娟躲闪不过，也可能是肚子有些饿的缘故，才勉强接住一块面包，慢慢地吃着，眼睛始终望着窗外越来越黄的田野。

车窗外，飞速而过的树木已淡化了绿色，放远目光，是枯黄的草，萧瑟、杂乱。偶尔也会看到远处慢慢往后移动的田地里，一两个农人在忙碌。已经是深秋季节，西北的秋色更浓一些，到处都是待收的玉米和成熟的大豆，田地里虽是金黄串着金黄，却很少看到劳作的农民。不知是节气没到，还是庄稼没有熟透，反正，田间缺少收获的农人。吕萌萌有些怅惘，那种收获的欢快竟还在浓浓的秋意里深沉地隐藏着，也许，等她送回马丽娟返回时，这沿路看到的，便会是无比的欢畅了。

由于怕旅客围观，在火车上小陈没开摄像机，他看似躺在铺上看杂志，其实一直竖着耳朵听吕萌萌跟马丽娟说话，不时地，他撑起身子，会看一下这边的情况。虽然他说这一路都听吕萌萌的，可他还是不敢掉以轻心，吕萌萌毕竟是第一次做节目，这中间真要出什么岔子，他这个随行的摄像也难逃其责。再说，来之前，老板专门对他交代过，要多给小吕做事的机会，要他多操点心，别除了扛机子就什么都不管不顾。这话已经很明确，此次出行，他担当的不仅仅是摄像。所以，他不能不多长个心眼，时时刻刻注意着马丽娟这边的动静。

每当这时，吕萌萌就会给小陈使眼色，小陈很会意地做出一副漫不经心的样子，继续看他的闲书。

其实，马丽娟把小陈的警觉，还有吕萌萌给他使的眼色全看在了眼里。她心里冷冷一笑，却不表现出自己的不高兴，只是故意不和他们说话，也不理吕萌萌的茬，她用冷冷的沉默来对抗他们。

列车停靠过一个大站后不久，天色微暗时，在一个叫武甸坡的小站停住。这是个小镇车站，也是他们的终点站。在这里下车的人不太多，稀稀拉拉几个人。车站的灯已经亮了，照着掩饰不住清冷的小站。一出站，几个下车的人都显出对地形的熟悉来，急匆匆地各奔东西了。吕萌萌领着马丽娟，后面跟着扛机子的小陈，他们没有像本地人那么仓促地选定一个方向疾行，而是一边走一边就着几盏懒洋洋的路灯打量街道两边。武甸坡镇的街道像别的小城街道一样，布满了店铺，有些店铺已经关门，有些店面依然敞着大门。店里的灯不太明亮，昏昏暗暗像人到老年的呼吸，艰难而浑浊。尽管夜色暗淡，但三个人的样子当地人一望便知是从外地来的，于是，就有站在各种小店门口冲着他们吆喝揽生意的人。

吕萌萌有点急躁，但他们行进的速度主要取决于马丽娟，她是这里的人，熟悉这里的一切，路得由她引。在火车上早已对马丽娟说好，下车后不直接去她家，先找个地方住下，一来马丽娟可以先调整一下情绪，离家在外流浪一年，毕竟和平常走亲戚住一晚两晚是不一样的；二来吕萌萌和小陈也需要熟悉一下这里的情况，和马丽娟家人取得联系，探一下对方的态度，接下来才好合作。所以，吕萌萌一直在注意街边高大些的建筑，她在找住宿的旅馆。她问马丽娟哪里有宾馆，问了几次，马丽娟才把手往前方一指，抿了抿嘴，简短地说了声：前面。到底在前面哪里，还有多远，她不多说一个字。吕萌萌不再多问，只跟着她走。

小陈从后面走过来问马丽娟，这里有没有出租车。

马丽娟白了小陈一眼："前面几步路就到了，还要打出租车呀？"语气里很不满。这是马丽娟第一次用这种口气说话，吕萌萌有点诧异，想着这可能是个契机，说不定能打开她的话匣子呢。因为后面的工作紧接着就要展开，没有马丽娟的配合，这个节目根本没法做。于是，吕萌萌和马丽娟套起近乎，对小陈说："丽娟说得对，几步路你就走不动了，我们两个女孩都能走，就你懒，还男生呢。"

小陈早过了当男生的年龄，他听着男生两个字心里别扭，但现在的话语环境已成这样，内地越来越香港化，谁也拿这种称呼没办法。小陈只好认了，他是个扎实稳重的摄影师，干这行五年多，经历过不少人和事，还能听不出吕萌萌的意思？他从肩上取下机器提在手里，说：“真是站着说话不腰疼，我扛这么多东西，再走下去，可吃不消了。”

马丽娟回过身来，看小陈背上压着沉甸甸的背包，要替小陈背东西。小陈心里一热，觉得这个女孩心地还是蛮善良的。他没让马丽娟背包，只叫她快带路，天黑透了，旅馆别关了门。

吕萌萌开玩笑道：“有丽娟妹妹在，这是她的地盘，看谁敢这么早关门。”

马丽娟不理这个茬，只说：“你们要住好点的，还是一般的？”

吕萌萌说：“当然是好点的，出门在外，可不能委屈自己。”

马丽娟哀怨地说：“反正，我没钱。要住好的，已经到了，路对面就是。”

吕萌萌往对面看去，是一幢三层楼，楼侧边挂着一块“武甸宾馆”的灯光牌，宾馆大门没有大城市宾馆的辉煌，但在这个暗淡平凡的小镇里，灯火还是要明亮许多，让人感觉温暖却不气派。吕萌萌拉住马丽娟的手说：“丽娟妹妹，咱们就住这吧。你放心，不用你掏钱，我们会照顾好你的。”

三人进宾馆登了记，原本吕萌萌要和马丽娟住一起，她担心上火车之前在招待所发生的一切会再度上演，但马丽娟说她从来没在这里的宾馆住过，想要一个人住一间感受一下。吕萌萌怕拒绝会引起马丽娟的猜忌和反感，便同意了，她要了对门的两间房，一间给小陈，另一间她住。

吃过晚饭，吕萌萌把马丽娟送回房间，叮嘱她早点休息，坐了一整天的车，肯定累了，明天早起还要赶二十多里山路去她家呢。马丽娟不说话，不说睡也不说不睡，显得异常镇定。吕萌萌从她身上看不到一点应有的激动，有点不安，老觉得这个女孩子心里有事，就问她有什么想法。

等了好长时间，马丽娟才摇着头说没事，就是第一次睡镇上最高级的宾馆，不想太早睡，想看会儿电视。

这个不难，小陈打开电视，把遥控器交到马丽娟手里，叫她自己选台。马丽娟把遥控器抓在手里，却没换台，望着电视的目光里异常空洞。吕萌萌注意到了这个细节，心里反倒踏实了，她上去揽住马丽娟的肩膀，轻声说："丽娟，你是不是想快点到家呀？好好睡一晚，明天就能见到你妈了。你妈看到你回家，该多高兴呀。"

马丽娟愣着不说话，过了一会儿，才愣怔过来叫两人早点回去睡觉，甭管她，她想看一会儿电视。

吕萌萌尊重她的意见，与小陈退了出来。小陈还得去联系明天租车的事，吕萌萌回自己房间，给公司打电话汇报这里的情况。这次，她学聪明了，先给高主任打通电话，将情况讲完后，高主任问她老板是啥意见，一切都按老板的意思办就行。吕萌萌知道高主任心里还打着结，就说："我哪知道老板啥意见啊，你是我的上司，我直接向你汇报情况，老板的指示那也该你传达给我才对啊！"高主任在电话里一笑，说他代替老板指示了，工作还没真正展开，明天才进入情况，现在就好好睡觉吧。吕萌萌听出高主任心情好转，看来这个电话打得还是比较成功的。

放下电话和衣躺到床上，吕萌萌没一点睡意，她爬起来走到门口，侧耳听对门的动静。隔着门，听不到那边的动静，刚才隔门传来的电视里的音乐声完全消失了。马丽娟可能已经关掉电视了，她再镇定，终究还是个孩子，都到家门口了，马上就要见到自己的妈妈，她哪里还能若无其事一门心思看电视？此刻她一定是躺在床上，看着家的方向想象着回到家时的那份欢喜呢。

吕萌萌心里踏实下来，这时候她才觉得疲惫不堪，绷了十几个小时的弦，终于可以松弛一下了，这一松弛，昨天在十字路口见到江小东和那个漂亮女孩的一幕像滴落在纸巾上的水一样，迅速在她脑海里弥散开来，甩也甩不掉。她知道江小东本来就不属于她，在他面前，她是丑小鸭。可谁说丑小鸭就没自己的尊严？她可以放弃江小东，不是因为她是丑小鸭，而是她从一开始就抱定了这样的想法。可是后来，她是付出真感情的，是他在广播电视学院最灿烂光华的时候给过她爱，她被感动了；她恨江小东，是他对于淡漠了的感情想一抹了之。事实上，她不会牵绊他，只要他有勇气站到她面前，对她说上一声，结束吧，这一切本来就不应该有！她一定不会为难他，对他挥挥手。他为什么不说？他怕担骂名，承担同居过的责任，怕她会到他单位去闹，影响他的形象。他要她体会情人间的冷漠意味着什么，是要她识相地从中抽身，既给她面子，又省了自己心理上的负担。只是江小东偏偏不明白，她吕萌萌是不吃这一套的，她就是要他面对面地挥一把利器斩断他们的关系，就好像古时杀人，被杀者往往希望一刀结果自己的性命，那种一刀一刀剐着却永远也不会叫你死去的痛才是真正最利最深的痛。吕萌萌不要这样没有止境的痛。一刀结束，从此忘却前生旧世，进入一个全新的开始，一个干干净净的开始，有什么不好？想得心酸，吕萌萌忍不住落下泪来，但很快，她又擦干眼泪，现在绝不是掉泪的时候，只要这次把节目做好，她也会有出头之日，丑小鸭最终是可以变成天鹅的！到时候，她倒要看看，你江小东将怎样来仰脖看我吕萌萌。她想象自己已成为黄金节目主持人，像个明星一样气派地接受各路娱记的采访，在耀眼的闪光灯中面带微笑……慢慢地，吕萌萌有了睡意，在兴奋与疲惫、激动与悲恸中，抱着枕头睡着了。

突然的开门声惊醒了睡梦中的吕萌萌。她惊醒过来，却不知身在何处，愣了一阵，才反应过来。她跳下床跑过去拉开门一看，对面的房门半开着，里面没有灯光，也没一丝声息传出来。她心里有一丝不祥划过，上去敲了几下门，轻声叫着马丽娟，没有应声。她推门进去，摸到开关打开灯，房间里不见马丽娟，连柜子上的包都没了。她又喊了两声，还下意识地往桌子下面瞅了瞅，又到卫生间看了，连个影子都没有。这一惊非同小可，吕萌萌脸色大变，冲出房间，到斜对门猛敲小陈的房门，大声叫道："快，小陈，马丽娟不见了！"

小陈不愧是个好摄像师，他很快打开门，手里已经提着摄像机了。看来，他的应变能力比吕萌萌强："什么时间发现的？"

"刚才，我隐约听到开门声，跑出来一看，人就没影了。"

"快，肯定没走远，追！"小陈打开摄像机开关，把机器扛到肩膀上。果然是有经验的摄像，知道这个时候的场景很重要，无论是对做节目还是找人，能起到直接的证据作用。

吕萌萌又是跑动又是惊叫的声音，惊动了服务员，她从值班室出来问怎么回事。吕萌萌问她看到302室的那个女孩了吗，服务员揉着眼睛，不满地说没看见。吕萌萌说女孩不见了。服务员没好气地说："知道了，你不是在满楼道喊吗？"

幸亏这个宾馆里再没住别人，不然非得惊动好多看热闹的人。吕萌萌对自己的不冷静感到羞愧，对服务员说了声对不起，和小陈往楼下冲去。

到一楼楼梯口拐角处，吕萌萌看到一个黑影站在那里，她不管三七二十一，冲着那黑影就喊马丽娟。小陈把摄像机上面的聚光灯照准那个黑影，果然是马丽娟。她一副寂寞孤独的样子，背着包靠在墙上一动不动地凝望着窗外的夜空。小陈打过去的聚光灯也没能使她的姿势有一点改变。

吕萌萌扑上去抱住马丽娟，几乎是喜极而泣："丽娟，你怎么……乱跑啊？"

马丽娟侧头看了吕萌萌一眼，抬手挡住强烈的灯光，摇了摇头："我没乱跑，只是想——出来看看星星。"

吕萌萌透过楼梯口的窗户，向夜空瞭望，果然是灿烂的星空，辽阔深沉的天幕，数也数不清的星星忽明忽暗，把夜空装饰得极其绚烂。在大城市是看不到这种景象的，吕萌萌还是第一次见到这样清澈透亮的夜空，美得让人不敢相信。城市就是这样，给人很多生活的安逸，但也会不经意间夺走很多东西，只是，为生活而忙碌奔走的城市人，只对与生活有关的东西斤斤计较，对生活以外的并不懂得珍惜。

小陈见吕萌萌只顾和马丽娟看星空，急了，轻轻晃了晃镜头，用摇动的灯光来提醒她。见吕萌萌没反应，又轻轻咳嗽了两声。吕萌萌的心思被小陈的两声咳嗽带了回来，她扯扯马丽娟肩上的包，说："看星星，背着包干什么？丽娟，你是要自己回去呀，还是另有打算？"

马丽娟不吭声。

小陈忍不住说："不管你有什么想法，都得跟我们打个招呼才对，不然，天这么晚，你一个女孩子去了哪儿我们都不知道，到时可怎么向你妈交代？"

马丽娟这才闷了声说："我没想走。只是……明天去我家，我怕他们不让我回家……"

"怎么会呢？有我们在，一定会做通你爸妈的工作的。"吕萌萌说，"来时不是跟你说了吗？如果你后爸不要你，我们会找当地政府出面，绝对不会让他胡来的。丽娟，你放心吧。"

马丽娟转身向楼上走。吕萌萌跟上说："你不用怕，我们会安排好一切的。你只要听话，跟着我们就行。刚才吓死我了，在房间里找不到你，我还真担心把你弄丢了呢……咱们虽说相处的日子不长，可说句心里话，我对你还真是舍不得，这感情可不是论时间长短的，你说是吧？我想，你没把我和小陈哥哥扔在这个陌生的地方，说明你对我们也是有感情的，对不对？"

这回，马丽娟点了点头。

"既然咱们都处出感情来了，如果不能把你安全地送到家，那我和小陈哥哥岂不内疚死了？所以，你千万不要再这样一声不吭地跑出来了，想要做什么，喊上姐姐一起。你看，这儿的夜空多美啊，刚才你要叫上我，那我们可就享受了！"吕萌萌没看马丽娟的反应，但直觉告诉她，马丽娟听进去她的话了。

回到房间，三人默坐了一会儿，吕萌萌叫小陈回屋去睡，她要陪马丽娟再说会儿话。马丽娟却说："姐姐你也回去睡吧，相信我，不会再跑的。我要真走，早不见影了，还能再回来？"

吕萌萌说："姐姐当然相信你说的是真的。我只是想和你一起看看星星，我好多年没见过这么多的星星了。"

马丽娟嘴角微微一撇，冷冷地说："你屋里也是一样可以看到星星的。你还是不相信我，要留下看着我吧！"

吕萌萌被噎得说不出话，这个时时处处都表现得特别冷静的女孩简直深不可测，她总是能看透吕萌萌的心思，而自己却摸不透她的想法。吕萌萌一直以为自己也算是个心思缜密、能言善辩的人，可她的缜密与善辩在一个十五岁的孩子这里居然溃不成堤。她有点怀疑自己的能力，是不是自己过于自信，以致一叶障目，江小东也正是看透了她这点，所以才不屑与她直面相对？

怅怅地回到自己房间，吕萌萌一夜没敢合眼，她穿戴整齐地搬把椅子坐在门跟前，耳朵贴在门上听着外面的动静，一旦有个风吹草动，她好冲出去。

小镇的夜安静得连秋风都没声没息。一门之隔的过道在吕萌萌高度紧张的神经中更寂静得可怕。

五

吃过早饭，小陈联系租用的面包车已经候在宾馆楼下，马丽娟却迟迟不愿下楼。一夜几乎未睡，眼圈发黑，声音也晦涩沙哑的吕萌萌，无奈地问她到底要干什么。

马丽娟浅浅地看了一眼吕萌萌说，她还不知道她妈和后爸的意见，就这么突然回去，他们不要她怎么办？

还是老问题。吕萌萌有些烦躁，她不知道这个女孩到底为什么总是纠缠着这个问题，她耐心地劝道："丽娟，不是跟你说过了吗？我们会做通他们的工作，他们的心也是肉长的，你是他们的女儿，他们不会那么绝情的，天下有几个人能真心舍得下自己的孩子？若真是这样，我们……"

马丽娟打断吕萌萌的话，说："我不想今天回家。不知道他们的态度，我不能回去。"

话说得很坚决，好像没有回旋的余地。吕萌萌不好再说什么。马丽娟也再次闭上口，任你说破嘴皮，她只是沉默。

吕萌萌没办法，把小陈叫到一边商量对策。小陈说总不能硬把她塞进车拉回家吧，这样拍不成节目，就是拍成了也是负面的，而且容易引起当地派出所的注意，以为我们拐卖人口呢。

吕萌萌打断小陈，极其认真地说："要不，就让她留在宾馆，咱们先去探探她家里人的态度？"

"这个主意我不能拿，得你来定。万一，她趁咱们不在，跑掉怎么办？昨晚又不是没闹过这出戏。"

"我就是担心这个，不然，早定下了。"一向自恃能言善辩的吕萌萌，没想到现实这么厉害，把足智多谋的她逼到如此境地。在这种实践面前，她能退缩吗？这可是她第一次做节目啊，绝对不能半途而废。她可是一心想要凭着这期节目打开局面，从此一马平川，青云直上，不比他江小东做那个从未出过镜的正规电视台节目主持人差。再说，她也不能给高主任留下取笑她的把柄，还得对得起器重她的何老板呀，他对自己抱着多大的希望啊，可不能在困难面前就失了主张，乱了分寸。当初，自己可是凭着一张三寸不烂之舌，攻下何老板这个堡垒的，眼下，不能就这么怯阵，叫他失望。

吕萌萌想了很多，最后，还是把球踢给了马丽娟。她今天不回家，可以，只是，把她一个人扔在宾馆有点于心不忍，让她出去玩吧，万一她起别的心思怎么办？可别他们把什么都联系好了，最后主角不出场，那可就尴尬了。

马丽娟明白吕萌萌的意思，竟然笑了一下，昂了昂头说:“姐姐，你还说对我信任呢，我算看出来了，你是怀疑我。那好吧，我跟你们一起去，只是，我不进家门，就坐在车上，你要还不放心，就把我绑在车上。但不能叫家里人知道我已回来，得不到他们明确的态度，我绝不回家！”

看马丽娟的样子，比地下党奔赴刑场还坚决。吕萌萌再不做解释，这是最好的解决方法了，再解释只能是画蛇添足。

吕萌萌走到一边，打电话向高主任汇报了这面的情况。高主任表扬吕萌萌考虑周全，不怕一万，就怕万一，不管怎样，前提就是不出事，不能把这个女孩子弄丢，咱是真情护送她回家的，如果人跑丢了，这真情可就要打折扣了。既然马丽娟说可以绑着她，就照她说的做好了，以防万一嘛。

吕萌萌打过电话就后悔了，她当然不愿意出事，可要叫她真把马丽娟绑起来，那还不是一样失了“真情”二字？再说，一个小姑娘随口说一句把她绑起来，她就真把人家给绑了，这传出去不就成笑话了？也真亏高主任能动这个心思。想了想，她又给何老板打电话，把高主任的意思说了。老板一听，急了，千万不能绑人，随便绑人犯法呢，不就是做个节目吗，至于弄到这种地步？别搞得太玄乎，到时不好收场。再想别的招，我还不信了，活人能叫尿憋死？

那怎么办？就两个人，一个主持，一个摄像，缺一不可，哪还能分得出身来看马丽娟？吕萌萌当然不会傻到向老板讨主意，一件小事都搞不定，以后她还怎么在公司里混？她只要老板知道她是怎样克服重重障碍来做节目的就行了。

挂断电话，吕萌萌叫小陈去跟司机商量，多给他两百块钱，请他帮忙看着马丽娟，不让她随便下车就行。司机一听这么容易就多赚两百块，自然满心欢喜。他说这个差事好办，到时把车门全锁上，由他把着开关，保证把守得比监狱还严。

终于上路了。车离开武甸坡镇，走了半个多小时，经过一条河，吕萌萌看马丽娟像在火车上一样倚着车窗凝神望着外面，就指着河问她，这河叫什么名，怎么没多少水。

马丽娟本不想回答的，但见吕萌萌问得真诚，碍于面子，只好回答这是玉河，多年来玉河的水就这样少，她不知道是什么原因。

司机接过话说，其实玉河早些年水很多，也很清，两岸的人畜饮水都靠这条河。这些年干旱，水越来越少，河里流的那点水，又被上游的工厂污染，早饮用不成了，几里外都能闻到臭气，成了一条大排污沟。

果然，上桥后，看到桥下的河床里流动的不是清冽的水，而是黑乎乎的浊流，散发出刺鼻的恶臭。司机摁住自动开关，将车窗全部关闭。望着窗外的马丽娟收回目光，头靠在座垫上，眯起眼睛。

吕萌萌与小陈对视一眼，小陈一脸的无奈。吕萌萌打消了与马丽娟说话的念头，思考着待会儿见了她母亲和后爸，该怎样应对。

下了桥，汽车一直向南驶去，走不多久，下了柏油路，拐上一条黄土路。起先，车过之处，后面扬起一条黄色的灰尘，慢慢地，路越来越窄，可能是行车少的缘故，路被即将枯黄的野草覆盖，只留下两条笔直的辙印，证明它还是公路。可车后面再也扬不起尘土了，打开车窗，一股清新略带湿润的泥土味扑面而来。吕萌萌用眼角的余光捕捉到，马丽娟微闭着的眼睛动了几动，她的睫毛一直在颤抖。踏上故土看来还是让马丽娟内心有些激动的，不然，她就不会掩饰性地闭着眼睛了。

吕萌萌轻轻嘘了一口气，想这个女孩终究还是没有多么复杂。她不复杂就好，虽然现在还不知道她父母的态度，只要马丽娟本人不再添乱，事情就会少许多麻烦。

经过一道道盘山公路，汽车爬上一个黄土塬。被成熟的秋庄稼遮蔽住的村庄，像生长在青纱帐中的迷宫，在马丽娟的正确指引下，左冲右突了半天，终于停在离她家不远的一个路口。

吕萌萌和小陈步行到马丽娟的家。这是一个看上去十分破败的农家小院，穿过长长的门廊，进到院内，才发现这个院子相当小，三间坐北朝南的土瓦房占去了院子的三分之二，余下的三分之一堆满了柴草和农具。几只鸡在院子里走来走去，一头猪还在柴草堆那里哼哼叽叽地乱拱，不知是在寻找食物还是在搞破坏。见有人进来，猪不拱了，睁着细长的眼睛辨认了一会儿，见是两个陌生人，便扭着肥厚的屁股颠颠地跑了。没有猪的哼叽声，院子和屋子里静悄悄的，是一种凝滞、温暖的安静。

小陈打开机器，把镜头对准屋门，等待着里面走出人来。

吕萌萌手握话筒，站到镜头前，这是她在这次节目里首次正式出场，瞅着机器上那闪亮的红灯，她心头又闪过江小东：江小东，我已经在镜头前了。她稳了稳神，对着镜头说了一句简单的开场白："这就是马丽娟的家，院子里静悄悄的，但屋里肯定有人，不然，院门不会大开着。"然后，她对着屋子喊："请问有人吗？我们要找马丽娟的家人。"

话音刚落，里面走出一个满头花发的妇女。她的头发不是那种自然变白的银色，而像是缺少水分的庄稼，发出枯燥的苍白。她骨骼突出，松弛的两颊长满了疣痣。看到眼前的情景，她满脸惊恐，极不自然地抬手捋捋头上的枯发，目光慌张地望着吕萌萌，还有那个小钢炮似的摄像机。

吕萌萌凑上去，亲切地问道："如果我没猜错，您就是马丽娟小妹妹的母亲、李玉花大娘吧？"

李玉花不知所措地点点头。她点头的样子像极了马丽娟。

吕萌萌转过身，对着镜头说："站在我眼前的这位，就是马丽娟的母亲李玉花大娘。"又转回身，对李玉花说，"大娘，我们是电视台的，专门为您的女儿马丽娟来的。"

李玉花愣了片刻，才简短地说："她不在家。"

"我知道她不在家，请问您想见您的女儿丽娟吗？"

李玉花点点头，随即又摇摇头："她好久不在家了，我没法见到她。"

吕萌萌说："大娘，我可以帮您见到她，就是不知道您愿不愿意让她回家？丽娟小妹妹离开家快一年了，这一年里，您知道她是怎么过的吗？一个十五岁的小女孩……多么不易！"说到这里，吕萌萌的眼里泛起泪花，这种时候，自然是最流露真情的时候，她要适时地用眼泪增强"真情"的感染力，"现在，丽娟很想很想回家见到妈妈，只是，她怕您怪她，才不敢回来。"

李玉花的眼泪涌了出来，她抬手抹了一把："我没怪她呀，她这一走，把摊子扔下什么也不用管，她倒省心了……"她伤心地哭起来。

这正是节目最需要的画面，吕萌萌没立即安慰这个可怜的妇人，她反而向后退了一步，让小陈全方位地拍到李玉花悲恸的模样。过了会儿，她掏出面巾纸递给李玉花。李玉花没接，用粗糙的手抹着眼窝，随手拧了一把清鼻涕甩到地上，两根手指在鞋帮上擦了。

两只鸡飞奔而来，其中一只抢到地上的清鼻涕，咯咯叫着吸进嘴里。另一只鸡很失望，头一晃一晃地望着吕萌萌和李玉花，眼里充满期待。

吕萌萌挥手轰开鸡。刚才听到李玉花的态度，她心里一块石头落了地，但她替这个被生活折磨得近于干枯的老妇人难过，这种难过是真实的，但也是多余的，她必须要李玉花亲口说出让马丽娟回家的话。

“大娘，丽娟每时每刻都在想念您哩，她说做梦都梦到您，哭着求您让她回家。只要您答应她回家，她马上就回来看您。”

李玉花的哭声戛然而止，眼里含着泪花问道：“你们见到丽娟了？”

“是呀，她现在……就在我们那儿，等着您的回话，您答应了，我们立即把她送回来。”

李玉花一抹眼泪，警惕地问：“你们送她回来？为啥要这么做？她是不是在外面出啥事了？”

“看您想到哪儿去了，丽娟还是个孩子，她能出啥事？我们送她回来，是正赶上要制作一个节目，顺便的。”她还不敢说是专门制作这个节目，怕人家会因此提出什么要求。

“噢！”李玉花的脸上松弛下来，又抹了把湿湿的眼窝，把吕萌萌他们往屋里让。

吕萌萌说：“大娘，我们不进屋了，您答应让女儿回来就好，我们马上可以送丽娟回家。”

“马上？你是说丽娟已经被你们送回来了？”李玉花突然转变了态度，“这可不行，她能不能回家，我说了不算，得她叔——噢，就是她后爸同意才成。我叫她回家当然没啥问题，只是……这个家是她叔的，她叔说了才算。”

面对突如其来的变故，吕萌萌不知说什么好，她愣怔了许久，才结结巴巴说道：“那……那大叔在家吗？”

“他去给别人家盖房子了，天黑才能回来。”李玉花说，“姑娘，不是我作难，我的女儿我能不心疼？实在是丽娟没做下好事，我没脸替她应承……她，她临走时偷拿了她叔的两百块钱，那可是给二小子攒的上学的钱啊。”说着，她又哭开了，“死女子不懂事，偷拿上钱跑了，一去不回，害得二小子上不成学。她叔骂我、打我，我哭都不敢哭，有啥法子，亲闺女做的事，我哪还抬得起头？这个丧门星可把我害死了，我命咋这么苦呀，不到三十岁死了男人，拖着个闺女改嫁，原以为有了奔头，却叫亲闺女给害得……天知道我上辈子做下啥亏心事，老天要这样惩罚我啊……”

李玉花说得难过，不管不顾一把鼻涕一把泪地哭起来。吕萌萌心里咯噔一声，落下的心忽悠一下又悬起来。怪不得呢，马丽娟不敢回家，三番五次都说家里不会要她，这里面是有原因的。看来招待所牛大姐的提醒是对的，这个女孩有问题。这下，可该怎么办？如果马丽娟的后爸坚持不让她进家门，节目就没法往下做，真情在这里夭折，没法放送了。

吕萌萌没再劝哭泣的李玉花，而是给小陈一个手势，叫他关掉摄像机。然后，她走到一边掏出手机给高主任打电话，想请他跟老板说一下，能否通过关系，与这里的乡政府取得联系，请组织出面调解。

高主任听完，想了半天才说：“小吕，你以为这政府的关系是那么好用的？这点小事也要组织来出面，要我们干什么？

让你单独做节目就是为锻炼你应付突发事件的应变能力。当时我就说过，你还年轻，不要急于求成，你还不乐意，这一撞上事就慌不择路了？你不知道，凡事都要用关系，联系当地政府，那得打通多少关节？从电视台开始，到省里，再到市里、县里，才能到乡级政府。单从时间上来说，没一个月两个月，门都没有。就算你能耗得起这时间，也耗不起这精力，经费的问题就更甭说了，估计最后下来整个节目能不赔本都是万幸了。看来，让你单独去经历一次也好，不然，你还以为先前跟你说的话都是在阻挠你，现在明白了吧……”

吕萌萌从高主任愠怒的语气里慢慢听出了幸灾乐祸的意思，心里明白，这个老男人的心里其实还是对她耿耿于怀的。

她索性挂了电话，懒得听这个老男人啰唆，没支个正着，还净讲些没用的。

吕萌萌握着手机犹豫了一会儿，还是给何老板打了电话，这种时候，她希望背后能有个支撑。老板倒没埋怨她，只说你不是还没见到吕萌萌的后爸吗，怎么仗还没开打，自己倒先丢盔弃甲，溃不成军了？别慌，还没到绝望的时候呢。真要到了做不下去的那步，咱们再想别的办法。老板绝口不提当时说的找地方政府的话，看来之前高主任说的也不是没有道理。

挂断电话，吕萌萌心情异常沉重。看来自己还是把事情想简单了，以前的那些善变能力全是空谈，没有在实践中锤炼过，现在真正遇到困难，还没想办法呢，就手足无措起来，一点都不冷静。这下可好，老板的话里没留一点可钻营的缝隙，也等于是堵死了她的路，往下可怎么进行呀？

李玉花还在哭，这个苦命的女人，夹在亲生女儿与现在所依赖的丈夫之间，才真正叫难活人呢。

吕萌萌可怜起这个女人，她上前揽住李玉花的肩膀，轻轻地拍着她的背，劝说的话却一句都说不出来。此时，自认为能言善辩的吕萌萌才知道，自己以前的纸上谈兵有多可悲。

李玉花在吕萌萌的安慰下，慢慢止住哭声，拉住吕萌萌的手说："丽娟在哪里？我想见这个死女子。"

吕萌萌当然不会这个时候叫她见马丽娟了，她看了看小陈。小陈轻轻摇摇头，打开机器又开始拍摄。

吕萌萌说："大娘，您现在还见不到您女儿，我们——没把她带来。"

李玉花肯定识破不了吕萌萌的谎话，她失神的目光望着吕萌萌说："我只想问一下这死女子，她为啥要往死里害我。"

吕萌萌的心里又是一凉，还想着母女情深，再犯什么错，做母亲的总会护着女儿的，没想到却是这样一句伤到心肺的话。这就更不能让她见了。吕萌萌打定主意，微笑着说："大娘，您不要太记恨丽娟妹妹，她终究还是个孩子，有些事她做错了，您得好好引导她才对，如果连您都不原谅她，她更觉得没有指望，会走上邪路的。"

李玉花呆呆地看着吕萌萌，眼里又涌起泪花，话说得再硬，心还是软的。吕萌萌看出来，其实李玉花心里还是想女儿的。

再待下去也不会有实质性的进展，吕萌萌担心车里的马丽娟会再生事端，就对李玉花说："这样吧，大娘，大叔晚上才能回来，我们就不等了，晚上再过来听听大叔的意思，再商量要不要把丽娟送回来，好吗？"

李玉花点点头，目光里带着期盼。

六

村子周围没一个饭馆，只好回到武甸坡镇吃午饭。饭后，他们刚出饭馆门，早已等候的一老一少两个乞丐围上来。小陈一把推开就走。吕萌萌皱皱眉，也绕开了。剩下马丽娟一人，看着伸到眼前的两双脏手，略犹豫了一下，从身上掏出一张五十块钱，冲前面的吕萌萌道："姐姐，能给我换点零钱吗？"吕萌萌随口说："我都是整的，换不开。"小陈接过来说："快走，别给他们钱，现在的乞丐都是假的，他们其实比我们有钱。"

马丽娟转身进了饭馆，很快换好零钱出来，给两个乞丐每人一块钱。装好余钱，在吕萌萌和小陈两人的注视下，马丽娟越过他们往前走去。吕萌萌与小陈尴尬地互相看看，谁也没开口。

给司机安排好晚上活动后，小陈问马丽娟在车上的情况，司机说她一直老实地待在车上，刚开始还有点急躁，老趴在车窗上往外看，中间有几次想开门下车，可看到司机虎视眈眈的眼神，就放弃了，后来慢慢地安静下来，还在车上睡着了，可能是晚上没睡好吧。

马丽娟怎么会睡好？她心里一直处在矛盾之中，说不想家是假的，可到了家门口，她又觉得家是陌生的，那里没有她想要的亲情，后爸永远带着寒气的眼神，从来没一丝温度的说话语调，想一想都会浑身发冷。母亲当然是疼她的，可母亲畏惧继父的权威，只知道看继父的脸色行事，继父略有不快，她便诚惶诚恐，不知所措。马丽娟也害怕孤身一人在外流浪的日子，那一个个白昼是别人的繁华和热闹，却是她的寒碜和凄凉，那些霓虹绚丽的夜是漫长和惊恐的。那样的时候，家在她的心里就变得实在起来。她要回家！这个念头在捡拾垃圾的那段日子，深埋在她的心里，所以当天使传媒项目部的人发现她时，她毫不犹豫地说出了自己的心愿。有了温饱的依靠之后，她才发现家其实是她心里的一盏灯，在又黑又寒的夜紧紧地贴着她，温暖着她。而一旦走出黑夜的境地，灯光便变得微弱许多，且摇摇晃晃。昨天夜里，她把吕萌萌和小陈赶出自己的房间后，便关了电视，一个人静静地躺在黑暗中想着，家就在伸手可及的地方，可家会容纳她吗？她感到害怕，害怕被家拒绝的滋味，一个人如果被家拒绝了，那是多么可怕的事情啊！她突然强烈地想要逃走，逃离这片熟悉的地方。她真的抱起自己的东西跑了，趁着黑夜，趁着没有她熟悉的人看到她这张历经沧桑的脸。跑到宾馆外面，门口的灯依旧明亮着，夜晚却让外面的小镇显出深深的寂寞来。微寒的秋风迎面扑过来，拥抱住她，她打了个寒战。她犹豫了，只要一个多小时，她就回家了。难道她真的要把家，把那个为她而不得不看人脸色、委曲求全的妈妈抛开吗？她到底没有逃走，近在咫尺，她要看一眼家的。

昨晚跟着吕萌萌回到房间，马丽娟又胆怯了。一个十五岁的女孩，承受着过去，她不敢面对。但她需要一个承诺，一个能给她极大勇气的承诺。辗转反侧了一夜，马丽娟又怎能睡得好呢？

中午休息时，高主任打来电话，询问这里的情况后，开始埋怨吕萌萌，不该动不动就打电话烦扰老板。“我知道老板很器重你，所以你才更要独立去应对。”高主任说，“老板最近心情很不好，电视台总编室新来一个女博士，卡着天使传媒的节目不安排播出，节目部和审片部都通过签字了，可她就是不给安排，该做的工作都做了，也不知什么原因她就是不放手，何老板很窝火。所以，这边有什么情况，尽量跟我说，不要去打扰老板。”

吕萌萌不清楚高主任怎么知道她给老板打过电话。难道是老板告诉了他？吕萌萌说不出话来，心情复杂地听完高主任的一番教导，收了线。

这时，小陈进来了。说起刚才电话里的事，小陈告诉吕萌萌，最近公司很不顺，尤其是和电视台的关系不大好，何老板该打点的都打点了，能送的都送了，但节目收购率不行，主要原因是播出的太少，没人惦记着，收视率自然就下来了。电视台是看播出效果收购节目的。

“以前不是挺顺利吗？听说公司制作的节目大多赢了利，并且收购价看涨，怎么现在突然就不行了？”

小陈说：“看来你真不知道，电视台总编室新来的一个女博士很厉害，她是个金刚之身，水泼不进，送去的红包都退了回来。何老板以为她嫌少，又加了几个数，还是被退了。快没辙时，听说她至今未婚，可能是感情上空虚，这才明白人家不要钱的原因，便托人给她介绍男朋友，介绍了几个英俊小伙子，最后她选择了一个，总算把她给拿下了。老板很高兴，以为从此风调雨顺了，没想到时间不长，就是你刚进公司那阵，介绍给那个女博士的小伙子不干了，具体是什么原因，我也不知道，只听人说，那个博士只管索取，根本不给小伙子真感情，小伙子很伤心，一气之下与她分手了。那个博士可不得把气又撒在何老板身上，这下，咱们公司更惨了。”

吕萌萌还不懂制作方与播出方的复杂关系，听小陈这么一说，越发弄不懂。她担心地说：“如果我们的这个节目能顺利完成，到时播出也这么麻烦吗？”

小陈说：“此一时，彼一时，你相信何老板的能耐吧，没有他拿不下的山头。不就是一个女博士吗？已经掌握了她的游戏规则，就好办多了。这个小伙子不干，再找一个，说不定那个女博士巴不得换个新鲜的玩呢。”

真龌龊！吕萌萌在心里骂了一句，胃里的东西突然往上涌，她竭力抑制着，没当着小陈的面做出不妥的行为来。小陈看出她的脸上变化，安慰两句，赶紧溜了。

吕萌萌心里不舒服，喉咙里往上冒酸水，跑进卫生间吐出中午吃的那点饭食，才觉得畅快了点。

挨到天快黑，顾不上吃晚饭，他们拉上马丽娟又赶到她家里。马丽娟的后爸回来了，一家人正在吃晚饭。继父是个过早谢顶的男人，脸黝黑光滑，看上去不太显老，比马丽娟的母亲还显年轻一些。他光着背，一身的肌肉，在凉爽的秋夜里，端个大老碗呼噜呼噜地吃面条。灯光下，他裸露的背上油光闪闪。

见来人了，马丽娟的后爸放下大老碗，象征性地叫李玉花给客人盛饭。李玉花端起他的大老碗要走不走，一副不知所措的样子。

吕萌萌赶紧说："不用不用，我们吃过了，你们吃你们的。"

马丽娟的继父不再礼让，扯件衣服披上，也不让座，站在灯影里看着扛摄像机的小陈。吕萌萌解释一番，把马丽娟回家的事说了一遍。马丽娟的后爸望着镜头说："你们为送丽娟，跑这么远路，真不知该咋说，丽娟回来是好事，她回来就是了，没人阻拦她呀。"

吕萌萌悬在心里的石头终于落了地。似乎胜利来得太轻易了，她有点不太踏实。

"大叔，听您这么说，我们很高兴，我这里先替丽娟妹妹谢谢您了。"吕萌萌真心实意地说。

马丽娟的继父看了一眼李玉花，不高兴地说："这是啥话，我没说啥嘛，我刚回来，丽娟她妈只说你们要来，再没说啥呀，咋回事，从你话里听着，好像是我不愿意叫丽娟回来似的？"

吕萌萌说："不是这个意思，大叔，我是太高兴了，话说得可能不对，您千万别多想。"

"我没多想，你们可能听说了啥，那我也就直说了，我从来没说过不让丽娟回家的话，她是有错，可这是她的家，她回来是应该的。她去年拿了小二子的学费走后，一直没消息，我和她妈还托人寻过她哩，可没找到，当时心里还挺难受的。她虽然不是我亲生的，可她毕竟是个孩子，是孩子就不会不犯错，是不是？她要回来了，还是我闺女，难不成我还能拿她咋的？可她一直不回来，是不是？你看，还要你们来给说情，这给外人造成啥影响？说我不让养女回来？为这事，我没少和她妈怄气。"男人又瞥了一眼身旁的女人。

李玉花埋下头，双手捂着嘴压抑地哭开了。

马丽娟的后爸皱着眉头说："看看，她还哭上了。"

李玉花抽泣道："是我没养下个好女子，害得村里人都怪她叔呢。其实她叔对她很好，从来没打骂过她。去年偷钱的事后，丽娟又翻墙去偷了邻居家的东西……她不是个好女子……"

马丽娟的后爸打断李玉花："别说了，在外人跟前净说孩子的坏话，今后叫孩子咋活人呀。说句实话，丽娟一直仇恨我，可我真没动过她一指头，她是自己做下的事把自己吓跑了，一年不敢回家。十五六岁的女孩，也不知她在外面咋活的人。你们还不知道，她原来就跑过一次，那时才十二岁吧，为啥事来……和她弟闹别扭吧，她妈骂了她，就跑了，一个多月才回来。这下可好，快一年了。她要回来，叫她自己回来好了，我绝不提她偷钱的事。她也不用怕，这里是她的家，啥时回来都成。”

“这可太好了！”吕萌萌兴奋地说，“大叔，您干一天的活，也累了，早点休息吧，我们——明天就送丽娟妹妹回来。”

“好，好，不用麻烦你们送，叫她自己回来好了。”

七

回来的车上，吕萌萌把继父的态度告诉马丽娟。马丽娟一点都不激动，她没说一句话，只望着车窗外的黑夜，不知在想什么。吕萌萌本想劝劝马丽娟今后回家了，应该好好听大人的话，别做错事之类的话，但看着马丽娟的态度，她忍住没说。这个时候，马丽娟是该好好想想了。

回到宾馆吃晚饭时，小陈把吕萌萌拉到一边，问她为什么今天晚上不把马丽娟交给她父母，早送早省心。

吕萌萌说：“你看她那个家，晚上连吃的都没了，黑灯瞎火的，叫她这时回去，我不忍心。我一直在想，中午她给乞丐钱，说明她心地是很善良的。你也看到那五十块钱了，我还想给她一次机会，要她承认在招待所犯的错误，不然，我心里这个结一直解不开。”

“谁知道她给乞丐钱是不是做样子给我们看的？”小陈说，“你也别太天真，她要说，早就说了，连在家里以前做的那些事也抖搂给你了。”

“我们得想法引导她，让她意识到自己错了，不然，就这么把她送回去，说不定下次她还犯同样的错误，还要再离家，那我们做的这个节目就是失败的，没从根本上帮助她，达到拯救她的目的。”

小陈说：“那就不关我们的事了。我们只是做节目，承担不了那么多责任。把马丽娟安全地送回家，就是我们现在的责任。”

吕萌萌说：“一个没解决问题的节目做出来又有什么分量呢？如果一个电视节目没有一点社会责任感，只有新鲜和猎奇，时间一久，肯定会失去观众的。”

小陈摇头：“我只知道摄像，其余的我不想操心。任务完成了，我就想轻轻松松回去，可不愿把自己弄得一身沉重。”

“我们的节目叫《真情放送》，仅仅是送一个小姑娘回家，这样的真情是不是太单薄了？”吕萌萌却不依不饶地要和小陈理论下去。

小陈疑惑地看着吕萌萌，没再说一个字。

吕萌萌心想，如果马丽娟到分手时还不承认，要不要拿出包里的那条破床单给她看？

八

饭后，吕萌萌陪马丽娟回到她的房间。她打开卫生间浴盆的热水开关，一边放水，一边对马丽娟说，待会儿好好泡个澡，睡个好觉，明天一早就送你回家。

马丽娟嘟囔了一句不用送，她自己能回去。见吕萌萌看着她，又叫吕萌萌早点回房间去睡，今天大家都累了。

从马丽娟家回来一直到现在，她几乎没怎么说话，谁也猜不透她的想法。

该是时候了，再不说就没机会了。吕萌萌想拿中午给乞丐钱的事做引子，可当时她和小陈的那种态度，不知该怎么开口，便说："我当然会去睡，今天很高兴，见到你母亲，她真的很想你。你后爸的态度也很积极，他还担心你在外面是怎么生活的呢。丽娟你看，家就是家，它永远都在守候你，包容你。明天一早把你送回家，我们的任务也算完成，姐姐就要回去了，咱们处了这几天，难道你就没什么话要对姐姐说？"

马丽娟快速看了吕萌萌一眼："谢谢姐姐了。"

"谢谢就不必了，这是我的工作。"吕萌萌说，"有没别的话想跟姐姐说？心里话，什么都行，从咱们见面那天起，你埋藏在心里的话和一些事，你曾经的经历，难道真的不想跟姐姐聊聊？有这么一个忠诚的听众不好吗？"

马丽娟似乎听出了吕萌萌的暗示，但她不吭声了。吕萌萌等了半天，又不能直接说出来，怕伤她自尊，想了想便说："你要没想好，就再想想，咱们明天路上说也行。时间不早了，你早点睡，从明天起，你回家了，不用再流浪了，就要开始正常的生活了。晚安。”

马丽娟没跟吕萌萌说晚安。她把吕萌萌送出门，在门口看着她进自己的房间，才慢慢关上自己的房门。

虽说一切顺利，吕萌萌还是不敢掉以轻心。她的耳朵贴到门上听着门外的动静，只要熬过今夜，明天把马丽娟安全地送回家，她的心才会真正落到实处。

马丽娟是在半个多小时后，敲开吕萌萌房间门的。她终于承认了在招待所的不轨行为。吕萌萌很高兴，都不知怎么来形容她的高兴了，她紧紧抱住马丽娟，夸她是个勇于承认错误的好孩子，能有这份勇气，她以后一定会做得很好。马丽娟似乎受了吕萌萌情绪的影响，难得地笑了笑，说她心里此刻也轻松多了。

再把马丽娟送回房间安顿好，吕萌萌的心彻底放松了，她觉得自己挽救了一个在生活边缘徘徊的孩子，有了一种高看自己的味道。她不再把耳朵贴在门上听外面的声音，而是洗了个热水澡，放心地睡了。

天还没亮，吕萌萌被手机铃声吵醒，一看号码，是江小东打来的。江小东的声音暗哑、晦涩，第一句话就说：“萌萌，我想和你结婚。”

吕萌萌大吃一惊，睡意顿时全消。这时候来这么一句话，无异于一声惊雷，惊得她浑身震颤。但她很快稳住自己的情绪，淡淡地问江小东在哪里。江小东说："我能在哪儿？在通宵酒吧。"吕萌萌问："你喝了很多酒吧？怎么现在还不回家？天都快亮了，快回家休息吧，下午还要做节目吧？别被电视机前的人看出疲惫来。"江小东声音哽咽起来："节目……狗屁节目，我被人家耍了，那个浑蛋台长骗了我，说要让我当金牌节目的主持人，可他又压着我不让出镜。什么看中我的学识和才华，都是借口，他是有目的的……他一个半打老头，想老牛吃嫩草，原来把我弄进台里，是想用我捏弄女主持陈珊珊，逼那个臭女人跟他上床。起初，那个女人不愿意，嫌死老头烟抽得凶口臭太重。死老头就拿我替换那个女人，逼她就范。那个女人也不是好货，一看风向不对，很快跟死老头上了床，还跟死老头告状，说我对她有不轨行为……"

电话里，江小东哭得泣不成声。

吕萌萌已经没了感觉，痛、酸、苦抑或甜，都没有，一个不择手段的男人实在不值得同情。她甚至很奇怪，自己怎么会等着这样一个男人拿着利器来分割过去，其实他们本来就是分开的，哪怕在他们中间插上十把刀也不一定有多痛。这样想来，所有的痛都是她自找的。

吕萌萌狠狠地摁断电话，并且关了机。

又一个问题解决了，吕萌萌终于意识到，一个人没了负担是多么痛快的事啊！

天已经大亮，很快就要出发了。一段发人深省的真情节目也即将放送。

吕萌萌起床洗把脸，去敲马丽娟的房门时，才发现她早不见影了。

吕萌萌和小陈分头去找。小陈去了汽车站。吕萌萌在宾馆附近找了一圈，问了几个早起的人，没得到一点马丽娟的消息。吕萌萌心里倒不是太紧张，她还抱着一丝幻想，马丽娟肯定不愿打扰他们，一大早自己回家去了。

早饭都没顾上吃，吕萌萌给小陈打了个电话，当即坐出租车赶到马丽娟的家。远远地，她就看到马丽娟的妈妈和后爸在大门外站着，正往大路这边瞅呢。见到出租车，李玉花颠着步子往车跟前跑，被马丽娟的后爸一把拽住了。

车在马丽娟的妈妈和后爸跟前停下，吕萌萌拉开门跳下车就问："丽娟回来了吧？"

马丽娟的妈妈和后爸奇怪地看着吕萌萌，半天缓不过神来。

吕萌萌从他们的神情里看出了答案，这才惊慌失措地叫道："天哪，我还以为丽娟自己回来了呢。"当即给小陈打电话。

小陈找遍了武甸坡大小车站，问遍了附近的人，都说没见过他描述的女孩。

"啊，难道马丽娟又跑了？"吕萌萌像泄了气的皮球，无力地说，"不会吧，她昨晚主动承认了错误，我还以为她真心悔过……"

马丽娟的后爸指着吕萌萌，一字一顿地说："你把人弄丢了？"

吕萌萌点点头，又摇摇头。

马丽娟的妈妈张大嘴，刚才满是期盼的眼神变滞了，她腿软了，往地上一坐，手抓着地上的泥土，好半天才号啕大哭起来。

马丽娟的后爸上前扯住吕萌萌，吼道："你还我丽娟！还，你还！"

马丽娟妈妈的哭声引来一大堆村民，他们有的还端着饭碗，有的扛着铁锨锄头准备去收秋。他们将吕萌萌和那辆出租车团团围住，要她交出马丽娟来。

吕萌萌在慌乱中给小陈打电话，叫他赶紧过来。小陈还在电话里要问个究竟，吕萌萌一时也说不清，她握着手机，已经六神无主，慌乱的目光透过这帮愤怒的农民，看到一群早起的山雀突然受到惊吓，"轰"的一声冲起，向不远处飘荡着落叶的小树林飞去。远处清冷的天空，被一抹红霞染得血红。

第三部分 桑那小传

把式

为了保留下来这块难得一见的玉中极品，他差点连命都搭上。就凭这一点，这个女人明白她无论如何也是斗不过丙把式的。

她是失败的，彻头彻尾的失败，守着这样一个男人，她的一生又有什么意义呢？

桑那镇是个小镇，只有一条弯弯曲曲的小街道，又窄又短，抽一根烟的工夫就可以走一个来回。住在镇街上的人家，都开着一间门面房，大多卖些各种各样与农家有关的便宜小商品，平时冷冷清清的，只有每月的初一和十五逢集的时候，四乡八村的农民都到镇街上来赶集购买针头线脑，修补农具，才会热闹上一回。平时没有多少人来买东西，但各家的店依旧开着门，即使街面上空荡荡的，像被风刮过一样干净，没有一个人影，还是有人守着那间小门面，趴在柜台上打瞌睡，或者到隔壁打打扑克，说说闲话。偶尔几个男人也会凑到一起，东家拿来一包花生米，西家从自己的酒缸里舀来一斤半斤散白酒，就在谁家的店门口摆上几把小凳子，几个人边喝边大声说笑，无拘无束。慢慢地，就会聚起一大堆男人，还有一些流着涎水的小孩，看起来也很热闹。要是再赶上谁扯起一件新鲜的话题，就能喝着酒议论上大半天。

在这些喝酒扎堆的男人里，从来没见过丙把式。丙把式是一年前从外地来的，来得几乎悄无声息，加上镇上的人排外，没有人主动与丙把式来往。丙把式做的又是大家不太懂也不感兴趣的玉器生意，在镇子西头租了老曲家的一间门面房，开着一家玉器加工店。玉器加工店的生意就和丙把式卖的玉一样，很清淡。镇子上几乎没有人踏进他家的店门，丙把式夫妻二人却在桑那镇长住了下来。

镇子上的人把手艺人都叫作把式。打铁的叫铁把式，做木工的就叫木把式。

丙把式当然就是玉把式了。可小镇的人都不懂什么玉器，也根本看不上这个沉默寡言的外来户，就不把他像其他的手艺人那样叫作玉把式。只听租给他房子的老曲说他的名字叫什么丙，小镇的大人从自家上学的娃儿那里知道“丙”是个不好的学习成绩，就随口把他叫成了“丙把式”。丙把式对这个称呼从来没有说过什么，他和别人打交道少，除了偶尔来收房租的老曲外，没几个人正眼看过他，他们夫妻两人就像不存在似的，根本没有人在意过他们。丙把式夫妻俩除了守着没有一个客人的店面和冷冷清清的日子外，偶尔也会关上店门，到老马家的“羊肉泡”馆子里去吃碗羊肉泡馍。吃完后，只要是天气好，不管是晌午还是傍晚，两口子都不急着回店，就从镇街上穿过，两人毫无顾忌地手拉着手，有时女的还会依偎在男人的怀里，两人相拥着走过镇街两旁或明或暗的目光，去镇子外面的小河边转悠。

桑那镇是个落后闭塞的小地方，这里的男人女人、老人小孩都很守旧，夫妻在外面一起走路都不会挨得太近，就别说拉着手了，相互拥抱只有在电视电影上看过。丙把式两口子毫无顾忌地在众人面前表现他们的亲热，叫桑那镇的人们大开眼界，只要是丙把式两口子从街上走过，人们便停下手中的活，像看一幕生动有趣的情景剧似的，目光定定地跟着他们夫妻俩的身影一路看着，直到看不见他们的影子，才恍惚回过神来。一回过神，有一种很酸的东西从心底泛起来，便有了一种不平衡，想着：凭什么这两个外地人比他们过得更有滋味，更有情调呢？就在背后边议论边骂。特别是那些成年男人和女人，怎么难听就怎么骂。被骂的人虽然损失不了什么，但多少还是能让骂人的心里得到一些补偿。但骂归骂，谁也管不了人家两口子的事，丙把式两口子下次照样手拉着手，相依偎着目中无人地从人们面前走过。其实，最不高兴的，是男人们。曾有男人扬言，要和丙把式谈谈。可看着人家丙把式一副冷淡的、根本不搭理人的样子，又怕是自讨没趣，也就强自忍了，可憋在胸口的气却越聚越多，怎么也出不来。就有人对老曲说，叫他把丙把式两口子赶走。在这样一条寡淡且清冷的镇街上，老曲好不容易才把房子租出去，他哪里会赶走丙把式，但为了给丙把式这种伤风败俗的行为一些惩罚，就在众人的教唆下，每月增加了十块钱房租。丙把式对提高房租一点怨言都没有，竟然同意多出十块钱，气得别人一点办法都没有，倒是老曲平白每个月多了十块钱，都乐到心坎里去了。

到了这年冬天，下过大雪的一个黄昏，一个高大粗壮、两颊酡红的妇人，走路像匹母马似的，一扭一扭地牵着一儿一女来到桑那镇。她见人就打听，说是要找自己的丈夫。大家还没有整明白她的丈夫是谁，正要细细盘问一番，好给自己沉闷无聊的生活增加一点新鲜感时，刚好丙把式两口子从老马家的“羊肉泡”馆子里吃完出来，两人仍是深情款款地手拉着手准备去河边踏雪。那个母马一样的妇人目光敏锐地越过众人，一眼就发现了丙把式，她的神情一下子生动起来，在别人都还没有弄明白时，一阵旋风似的冲上去，与丙把式两口子在雪地上厮打了起来。

打骂声把小镇的人都吸引过来了，大家从杂乱的打闹声里明白了，丙把式就是这个妇人的丈夫，并且他们已经有了一儿一女两个孩子，丙把式有了相好，就抛下老婆儿女，和相好私奔到了桑那镇。就说呢，在这么偏僻的小镇开个玉器店，哪有生意做呢？原来丙把式是为了和相好躲藏在这里偷情。这下，看热闹的人们更不高兴了，看着往日里在他们眼里颇有些孤傲的丙把式被自己母马似的老婆掀翻在地，骑在身下挨打，不但没有一个人上去劝架，相反，好像一个日积月累已经被蓄满得快要溢出来的泉水，终于找到一个缺口，那水便一路奔涌，通畅而欢快。不但如此，为了更加解恨，小镇上的人还帮着母马似的女人声讨丙把式和与他私奔的那个女人。

在不逢集的时候，小镇很难得有这样的热闹看。大家都兴奋地围观着，看丙把式怎么收场。

丙把式他们一直闹到天黑透了，好多人手脚冻得冰凉，实在撑不住，才恋恋不舍地回家去了。丙把式的这个场面是咋收场的，有人在家里猜想，忍不住又穿上衣服出来看。外面已风平浪静，只是街道上的那片雪地被折腾得不成样子，凄凄凉凉的，残存着刚才疯狂打闹的痕迹。没有看到结果，人们还是兴致勃勃地猜想了半夜。只有高兴了没多长时间的老曲，却发了一夜的愁，他想着丙把式这下肯定要退房了，他的这间门面房可再租给谁去。

第二天没有一点吵闹声，第三天、第四天……已经有了忧患意识的老曲一直没有等到丙把式来退房，却看到丙把式把紧闭了三天的店门打开。丙把式又像正常做生意的样子，只是再没有看到那个和丙把式私奔的女人了，他的老婆孩子却留了下来，在原来的床上又架了个高低床。丙把式的老婆长得手笨脚粗，家务料理得也不地道，但一家人还是平静地住了下来。

在房东老曲的眼里，生活依然照旧，只是改变了一些小小的细节，可是这些细节，对他来说，又算得了什么呢？老曲心里踏实下来，到月底去收房租时，他又加了十块钱房租，原因是走了一个女人，又来了一个女人，还增加了两个孩子，水电肯定用得多，多收十块钱算是水电费。丙把式二话没说，多交了十块钱。

从此，人们很少再看到丙把式在镇街上出现，偶尔见他出来一次，也是一个人急匆匆地从镇街上穿过，随着他而过的，是一阵轻轻的尘烟。他也不到老马家去吃羊肉泡馍了，直接去镇子外面的小河边转悠。小河还是原来的小河，谁也不知道那河水到底是深了还是浅了，那水，总是不动声色地流着。倒是丙把式那个母马似的女人时不时地会牵着儿女，出来到别的店里买日用品。母子三人目光都怯怯的，很少说话，那一对儿女见了人就赶紧藏在母亲身后，像一对小老鼠。人们对这个女人还算客气，却无法把她和那天看到的母马样子联系起来。人们多少有点失望，认为她应该和丙把式再闹闹，治治这个不要脸的男人。大家都同情她，会站在她这一边的。可她没有，大家只看到她一脸的平静，一脸的怯懦，连句多余的话都不说，人们只好收起对她的同情，心里有点看不起她了，男人被别的女人夺走，都私奔了一回，她却能平静得几近麻木，真够窝囊的。

不管怎么说，丙把式一家四口在桑那镇过起了平静的生活，他们的生意还是那么清淡，根本见不到丙把式挣什么钱，可他从没有向别人借过钱，也没有拖欠过房租，谁也不知道他的钱是从什么地方来的。慢慢地，有人开始对丙把式的生意起了疑心，上门去想套些他生意上的真话，总是得不到满意的答案。后来，除老曲定时去收房租外，小镇上没有人再去注意丙把式一家人了。丙把式一家人就像是几株野外自生自长的树木，人们对于自己的生活尚且力不从心，对他们的存在就更淡漠，或者说遗忘了。

* * *

一晃，两年就过去了。

这两年间，桑那镇发生了不小的变化，从外地来桑那镇做生意的人渐渐多了起来，本地人趁机扩大自己的门面房，把一半或者整个门面出租给外地人开饭馆、开服装店。老马家的“羊肉泡”生意一直不好，干脆收了摊子，把房子租给外地人开了发廊，收来的租金倒比他开“羊肉泡”时赚的钱还多。

老马家“羊肉泡”改做的发廊，装修得很华丽，是桑那镇目前最好的门面，但没有人去那里理发。小镇的人们还是喜欢那种简单的对他们心理构不成压力的理发店，还不习惯剪一次头发也要在这么豪华的地方，在他们看来，那是大材小用，是浪费资源。所以发廊的生意一点都不好，可发廊里招收的人手却不少，清一色的年轻丫头，一个个打扮得比城里人还花哨，整天倚靠在发廊门口，噘着那血红的嘴唇，扑闪着蓝得发光的眼皮，盯着街上走过的男人，不停地抛媚眼。桑那镇的大多数男人，就像被勾走魂魄似的，身不由己地每天总要到发廊门口去转悠几圈。女人们看着男人们没出息的样子，心里有气，对着发廊骂了不少脏话。

桑那镇在骂声中繁荣起来。

就是在这时候，一直沉寂冷清的玉器生意也有了起色，来桑那镇的外地人多了，似乎懂得欣赏的人也多了，不时地有一些红男绿女开始出入丙把式的玉器店。

这年夏天的一个中午，有个骑着高头大马的男人，给丙把式送来一块鸡蛋般大的羊脂玉，上面还隐隐约约有块淡红色的擦痕。羊脂玉是玉中的极品。丙把式一看到羊脂玉，眼睛都瞪圆了，他从骑马的人手里接过玉，握在手心，慢慢地抚摸着，他的细腻与温润，眼里的那份专注，就好像是在抚摸一个年轻女人嫩滑的肌肤，他的手心里马上生出了一层羊油般细腻的汗水，他看着玉石上面的那道擦痕，心尖一颤一颤的。骑马的男人看出了丙把式脸上的变化，就对丙把式说："你看这能磨件啥玩意儿？"

丙把式盯着手里的羊脂玉，沉吟半天，还是没发一言。玉的主人急躁地一连催促了几次，丙把式才把手中的玉石递过来，慢慢吞吞地说了句："这活儿，可不好做，你另请高明吧……"

骑马的男人急了，扯着嗓门对丙把式说："我已经找过好多玉把式，他们都这么说。实话对你说吧，这是我祖上传下来的，一直没有打磨成器。不打磨成器，这玉还不就是一块石头？以前没觉着啥，放着就放着呗，也碍不了啥。可现在我手头紧，想到它，你就看着给打磨打磨吧，算我——求你了……"

丙把式听着，收回手，抚摸着手中的物件，还是刚才那副专注的神态。过了半晌，才对骑马的人说："既然这样，那我就试试看吧，不过——你可不能急，我得把它琢磨透，才能下手。"

"那得多长时间？"

"少则一个月，多则半年！"

“什么？”骑马的男人倒吸一口气，皱紧眉头，他想了好长时间，才牙疼似的吸了口气说：“那……好吧，可我……怎么信你？”

丙把式用很奇怪的眼神看了看骑马的男人，才漫不经心地用手指一下自己的柜台，说：“你随便挑一件玩意儿拿去，先寄存在你那里。”

骑马的男人挑了一对玉手镯，就跨上马背走了。

从这以后，丙把式手里整天握着这块羊脂玉，一边端详着，一边抚摸着，他那陶醉的神情就像是抚摸心爱女人光滑细腻的皮肤，连晚上睡觉都把这块玉石握在手里，生怕一不小心那玉石就飞走了似的。有时睡到半夜，他还会突然爬起来，一个人钻进操作间里，也不见他动手操作，只是一个劲地端详，像患了痴呆症似的。他的脾气也变坏了，要么一言不发，要么就乱发脾气。他的女人和两个孩子经常被骂得慌手慌脚，母马似的女人像挨过打的马似的急促地喘着粗气，脸憋得通红，却连一句嘴都不敢还，只能唉声叹气。他们刚刚平静了两年的生活，就被这块突如其来的羊脂玉搅乱了。

过了一个多月，那个骑马的男人来了，但他看到的，还是原样的玉石，只是玉石似乎比原先更加光滑和圆润。骑马的男人象征性地说了句催促的话，显得有足够耐心的样子，又骑着马走了。

这样又过了一段时光，突然有一天，丙把式把手里握了近两个月的羊脂玉放下，一个人急匆匆出了家门，到镇街上转了一圈，天快黑时，他买了一只肥羊牵回来。丙把式租的这间房子本来就不太大，中间用木板隔开，里间的一半做了卧室还担负着厨房的功能，外间摆着放玉器的柜台，在墙角用木板隔了一个小操作间，空间就显得更加局促。丙把式的女人侧着她母马似的粗壮身子，在前屋后屋走了几个来回，正发愁这只羊放哪里养时，丙把式已把羊牵进操作间，把自己和羊关在里面。操作间本来就够小的，再加上一只羊，便越发拥挤，也不知道丙把式是咋过的，反正整整一个晚上他都待在里面，没有出来。就是从这天开始，丙把式晚上就进操作间，天亮才把自己放出来，给那只羊弄些吃的，自己也胡乱吃点东西，然后倒头就睡。有时可能是做了啥梦，睡着睡着突然爬起来，跳下床冲到操作间去看上一会儿，再回来接着睡觉。丙把式的女人也不知道他到底在干什么，又不敢问，只好默默地操持着一家人的生活。有一次，她曾小心翼翼地想把那只羊从操作间牵出来，到外面去放，却遭到丙把式强硬粗暴的拒绝。直到半个月后，丙把式才把那只羊牵出操作间，自己牵着羊到镇子外面的树林去放。从这以后，丙把式每天都去放羊，不要别人插手，他的女人几次想要帮他，都被他骂得狗血喷头。她不敢还嘴，越来越害怕丙把式，以为丙把式是用这种方式来表达对自己拆散了他和他的相好的痛恨，他整天和羊在一起，就是故意冷落她呢。她为了不失去男人，两个孩子不失去父亲，只能一个人躲在屋子里偷偷地哭。

半年后，当那个骑马的男人第六次来找丙把式时，丙把式把那块雕琢成型的羊脂玉交给了他。

骑马的男人接过这件琢成的玉器，双手捧着已成尤物的羊脂玉，惊得眼睛瞪得溜圆。其实玉石本身并没有怎么打磨，倒是那道擦痕，丙把式把它雕磨成一轮弯弯的月牙儿。月牙儿是淡红色的，在月牙尖上，还挂着一丝淡淡的若有若无的云彩。这轮弯月在晶莹剔透的玉体上，似乎散发着真切的毫光。

骑马的男人被丙把式的手艺镇住了，好半天脸上的震惊才一点点地褪下去。他把这件尤物放在唇边亲了又亲，说了不少感叹的话，然后把自己身上所有的钱财，还有那对作为押证的玉手镯全部给了丙把式，骑上他的马走了。

丙把式完成了这件手工，得到一笔可观的手工费，按说他这下可以松口气，好好地过平静的日子了。可他看上去却一点都不高兴，相反，他心神不宁起来，目光散淡，像是在看着什么，却什么也不在他的眼里。这还不算，他在骑马的男人拿走那块羊脂玉后，突然收拾东西，要离开这个地方。他的女人这下不干了，因为两个孩子已在桑那镇小学上学，一家人刚稳定下来，不想就这么不明不白地离开。她难得地拾掇起两年前为捍卫她的婚姻所显露出来的强悍，非要问出丙把式突然要走的原因。丙把式躲躲闪闪，回答不上来，只是一个劲地坚持要走。女人终于愤怒了，认为丙把式又有了别的用心，和他吵闹起来，她怕他逃离他们母子又去找他以前的相好。这个母马似的女人耍起了脾气，以她身强力壮的优势把丙把式牢牢地困在家里，一步都不让他离开。丙把式在体力上干不过他的女人，只要他稍微有点动静，他的女人就像抓小鸡似的把他扔到墙角，他根本走不出屋子一步。丙把式就没有离开桑那镇。

灾难是在两天后发生的。

那个骑着马的男人，在这天清晨突然又来了。这次，他还带着另外两个骑马的男人，这两个男人身体看上去都很强壮，他们从马背上跳下，冲过来一脚就把丙把式家的店门给踹开了。

那时，丙把式还在他女人的粗胳膊下睡觉呢。

骑马的男人带着另两个壮男人冲进屋子，什么话也没说，就把丙把式从床上抓起来扔到地上，一顿拳打脚踢。要不是他母马似的女人大叫一声，穿着花裤衩从床上跳下来，扑上去替他挨几下，估计他的小命就玩完了。

骑马的男人是来要他的那块真羊脂玉的。他说他拿到的这块上面有红色弯月的玉是假的，这只是一块普通的岫玉，上面的弯月是一块搪皮。

丙把式躺在地上，坚决否认调换了那块羊脂玉。骑马的男人叫另外两个男人在屋子乱翻一阵，却没有找到他们要找的真品。骑马的男人当着丙把式的面，把手里的这块假羊脂玉摔碎在地。这块碎了的玉渣质底生涩白硬，根本没有一点羊脂玉高贵气派的油质感，果然是一块岫玉。丙把式还是坚决不承认他做过手脚。骑马的男人气疯了，叫另外两个男人看住丙把式的女人，自己上去把丙把式踢翻在地，硬要丙把式交出那块真羊脂玉。丙把式拒不承认这块碎了的玉是假的，愤怒的男人把丙把式的头踩到碎玉渣上，要他看个清楚。

碎玉渣轻而易举地刺破了丙把式的脸，锐利的疼痛感使他忍不住惨叫起来，血从他的脸上流下来，把碎玉渣都染红了。骑马的男人仍不罢休，照着丙把式的身上乱踢。

丙把式的女人实在看不下去，奋力挣脱那两个男人，冲过来解救自己的男人。女流之辈，终究敌不过三个身强力壮的男人，她挨了不少打不说，丙把式的一条腿还在混乱中被踢断，他疼得昏死过去。

后来，要不是老曲怕在他家闹出人命不好交代，跑去派出所叫来警察，制止了这场恶斗，丙把式那天可真就没命了。

丙把式的命算是保住了，可他被打得不轻。在家卧了几个月后，丙把式走出家门，人们看到他戴着一顶破毡帽，把帽檐压得很低，遮挡着半边脸上的伤疤，还拖着一条残腿，一瘸一拐地从镇街上走过，去镇子外边的那条河边，一个人坐在河边，痴痴地望着平缓流动的河水发呆。

丙把式的故事讲到这里本来就结束了。但因为丙把式是这么一个奇怪的人，发生在他身上的事肯定不会太简单。可是，后来发生的事，还有丙把式以前的一些事情，桑那镇的人都没有亲眼看到，只是听房东老曲讲的，也不知是真是假。

老曲说是从丙把式的那个母马似的女人那里听到的。

老曲说，丙把式的这个高大粗壮的女人，是丙把式师傅的女儿，也就是他的师姐，是师傅硬要他娶的，他一点都不情愿。大家可能还记得吧，那年丙把式的女人找到他时对他的那顿暴打，够厉害吧？丙把式这样的人，怎么会甘心和这样的女人过一辈子呢？他和母马女人结婚前，其实喜欢的是他师傅的另外一个女儿，也就是和丙把式私奔来桑那镇的那个年轻漂亮的相好。那个女人是丙把式师傅的后妻生的，也就是丙把式的师妹，她和丙把式早就眉来眼去，可丙把式的师傅哪里能容忍这样的恋情，坚决不同意他们结合。多年之后，鼓足勇气的丙把式不得已选择了和师妹私奔这条路。后来的情形大家都知道，丙把式的女人听说了她男人和她妹妹落脚的地方，便拖着儿女，辗转来到桑那镇，找到自己的男人和妹妹。她只动手打自己的男人，却没有和自己的妹妹打闹，倒不是她有多大的心胸能宽容她妹妹，或者认为是夺了妹妹的所爱而有所愧疚，而是她觉得妹妹是父亲的掌上明珠，她怕动了妹妹会伤害到父亲。至于后来，残废了的丙把式突然提出要和他的女人离婚，女人竟什么也没说，也没有闹。到底这个母马似的女人为什么在这个时候没有表现出过激的行为，房东老曲说，可能是这个女人看着丙把式可怜，不忍心吧。

也许，这个母马似的女人亲眼看到了丙把式用刀子割开他喂养的那只肥羊尾巴，从流油的肉里取出一块沾着羊油的羊脂玉来，玉的正面有一轮弯弯的油汪汪的红月亮，这个女人才一下子明白过来：丙把式为了能留下这块真正的羊脂玉，把一块普通的岫玉仿造成羊脂玉的形状，植进了羊的尾巴，等过上几个月，岫玉的外层浸透了一些羊的油脂后，油润的感觉让外行人难以分辨，他想以假乱真，骗过那个骑马的男人，又把真正的羊脂玉藏在羊尾巴里。为了保留下来这块难得一见的玉中极品，他差点连命都搭上。就凭这一点，这个女人明白她无论如何也是斗不过丙把式的。她是失败的，彻头彻尾的失败，守着这样一个男人，她的一生又有什么意义呢？她动了放弃的念头。还有，她阻止不了丙把式的另外一个原因，就是她太了解自己的父亲了。父亲也是玉把式，面对这块天然生成一弯红月的羊脂玉，他又何尝不会认为这是无价之宝，是世间罕有的玉中极品呢？

所以，这个母马似的女人一句话也没有说，就放自己的男人走了。

至于丙把式把这块他拼着命留下来的羊脂玉献给他的师傅，从此是不是能和他的师妹在一起，就没有人知道了。反正，丙把式走后，就再也没有在桑那镇出现过。

桑那镇还是太小，虽然繁华的气息也远远地从外面飘了进来，可外面的世界变化得太快，而桑那镇的人们也缺乏了解外面的欲望。

蚊帐

麦医生闭着的眼睛忽然睁开，费劲地抬头望着黄狗。阿盲看到，麦医生咧着受伤的嘴角，竟然冲着黄狗笑了。

他的笑看上去清澈透明，像夏天雨后的天空。

阿盲将洗净的绷带抱到院子里，拽出个头，往那根已经绷不直的铁丝上缠挂。绷带像松懈了的白色弹簧，松松垮垮地绕出一个一个圈向前伸延，直到铁丝的另一端。铁丝分别缠在两棵碗口粗的槐树上，有些年头了，铁丝勒进树干里，看不见铁丝，留下一道深深的缝隙。树像戴上了刑具，被一把不利索的手术刀划开粗糙的口子，似两瓣肥嘟嘟的嘴唇大张着口，要是有人愿意倾听，便要诉说它的痛苦。好多次，阿盲都想将铁丝解开，给槐树松松绑，他甚至都寻了老虎钳来，下手要剪时却终没敢动手。他只不过是卫生院的一个可有可无的帮手，卫生院里的一切，其实跟他没有实际关系。卫生院真正的主人是麦医生，麦医生不开口，阿盲有什么权力？再说，剪断这根铁丝，到哪儿晾晒绷带？这个院子像谢顶的秃子，能拴铁丝的只有这两棵槐树，它们逃不脱这个命运。

随它去吧。

这是个多雨的季节，刚刚下过的一场暴雨，将燥热的天空清洗得一尘不染，天蓝得像画片上的一样美丽，看上去遥远又空旷，缺乏了真实感。雨后的阳光清澈透亮，似金色的瀑布从天而降，喷溅到有些发黄的绷带上，晃得眼目酸胀。每次，阿盲晾晒完绷带，都会在槐树下发呆，槐树是静默的，在阳光下闪着墨绿的光泽。但趴在枝头鸣叫的知了，却是不甘寂寞，跟谁叫板似的拼上了老命，那撕心裂肺的叫声吵得人也绷不住要撕心裂肺了。阿盲把知了声抛在脑后，抚摸着被铁丝勒得变形的树身，觉得这道铁丝并没影响树的正常生长，它依然枝繁叶茂，阴凉满地，只是偶有轻风过往时，从枝叶缝隙掉落的细碎阳光，会摇晃一下，斑驳闪烁。他的心里便也能做到像树荫外的阳光一样坦然。

卫生院不是经常有绷带洗的，没断胳膊断腿的病人，就用不着绷带。阿盲中学没毕业，身体单薄干不动农活，寡居的母亲费了很大的劲，不知通过什么关系把他弄进卫生院，给麦医生当帮手。平时，阿盲清闲的时候比较多，有病人时，麦医生也很少叫他帮忙。在空荡荡的说一句话都会听到回声的卫生院里，阿盲更像游手好闲的浪荡子。可是，只要阿盲坐在回廊的长椅上翻看《医药手册》，麦医生准会瞅到，立马喊他去关紧滴水的龙头，或者叫他去赶走垃圾堆里翻找吃食的野狗。水龙头在回廊的另一头，里边的皮垫磨损久了，滴滴答答漏水，不用劲拧，就关不紧，只要是阿盲用过，都会使劲拧紧。往往是麦医生，每看过一个病人、取过一片药，或者摸过医疗器材，他都得洗一遍手，可是，他总是忘记水龙头漏水这一点。如果不是阿盲看医书，就算水漏得都要成线状，麦医生也不会提醒阿盲去关紧，更不管野狗从垃圾堆里叼出带血的棉纱。麦医生原是县医院外科的主治大夫，传说县长的老婆下楼时一脚踩空，把股骨摔裂了，找麦医生治疗。县长嫌他摸了自己老婆的屁股，找碴把他下放到小镇卫生院。麦医生的性格稀奇古怪，从没说过阿盲是他的帮手，也没传授医术的打算，平时像半个哑巴，话非常少，连叫阿盲的名字，也只叫一个“阿”字。不到万不得已，他从不多说一个字，对病人也是能省就省，听完病人的陈述就搭脉观舌，很少主动提问，除非是哪个病人实在表述不清自己的症状。对于住院的病人，就更不用说啦，麦医生全用眼神和动作与病人交流，碰到病人提问，不得不答时，也只回答简短的几个字词，言语吝啬得不像医生，倒像政府里的机要员，严谨得每时每刻都怕泄密似的。

阿盲算是看清楚了，麦医生根本无心传授他一点医术。所谓帮手，不过是他的一种自我安慰罢了。可是，为了母亲，阿盲只能待在卫生院忍受。

夏末了，阳光还和盛夏时一样，没有章法，刚晾上去不久的绷带转眼间蒸腾起一片雾气，瞬间就干了。阿盲从回廊长椅上爬起来，头顶着热辣辣的太阳，顺着铁丝从这头摸到那头，绷带在他手下像飞动的鸽子，扑棱棱飞起又落下。绷带洗的次数多了，晒干了就变得粗粝，不似在水里那般温软细腻。但阿盲还是喜欢干透的绷带，洁净，没有病菌，在阳光下晒过，散发出清新的阳光味道，一点也没有沾过血迹或浸过药的味儿。

除了洗绷带，望着槐树发呆，阿盲的这一天就没多少事做了。在知了的吵闹声中，他很无聊。一般情况，下午病人会多些，上午凉快，很多人便在这相对较凉快的时间留在田里干农活，下午闷热时，他们才顾得上看病。可这个下午没一个病人来，卫生院冷清得像深山里的寺庙。麦医生躲在药房里，半个下午都没出来。阿盲不知道他在那间狭小的药房里干什么，又不敢随便进去，便寻了几块不大不小的石子，朝槐树的顶冠上扔。一两只知了歇息下来，不一会儿，发现没危险了，它们又拼命嘶叫起来。阿盲无聊得很，从阳光下又回到长椅上躺下发呆。长椅已被沾满泥土的各种屁股磨得没了漆皮，分不清是蓝是绿，木条上的纹路被污秽描绘得清晰可辨。阿盲头枕在这样的木条上，感觉比躺在床上凉爽，回廊偶尔会刮些穿堂风。整个夏天的午后，阿盲大多躺在这张长椅上打盹，如果不是晚上蚊子多，他晚上都愿意睡在这儿。没办法，卫生院后边是条不大的河流，叫叶尔羌河，名字好听，却是条排污河，水肥草厚，是蚊子最好的藏身处，全是些长腿大个的花肚蚊子，一个赛一个彪悍能干。

有一天傍晚，给供销社食堂做饭的陈老伯来卫生院拿几片感冒药，取药、拿药的几分钟时间，被蚊子咬得急了，顺手拍死一只凑到灯下照看，惊叫这蚊子够大的，三只准能炒盘菜。

好久没吃肉的阿盲兴奋了，这容易，不用凭票供应，我这就去抓几只蚊子回来，让陈伯给咱炒盘肉菜解馋。

卫生院太小，没自己的食堂，与供销社搭伙，做饭的陈老伯再有能耐，没肉票，也炒不出肉味道的菜来。阿盲经常催问肉票什么时候发下来，他都快忘记肉是什么味儿了。

陈老伯看一眼在昏黄灯光下一言不发只管分药的麦医生，拍了一把阿盲的头说："话是这么说，蚊子怎么能吃，太脏啦。"

阿盲呆头呆脑地说："蚊子怎么脏了？它吸的是人血，吃它等于把自己的血收回……"

这时，麦医生突然抬起头，指着外面院子晾绷带的铁丝说："阿——去——收！"

阿盲没动，他本想说，他听过天气预报，今晚晴天，不会有雨，收不收都没关系。这时，陈老伯取过药，谢过麦医生，拉了阿盲一把。阿盲跟着陈老伯一起出来。

到院子里，陈老伯趴在阿盲耳边神秘地说："过两天我让你吃狗肉。"没等阿盲反应过来，陈老伯已颠着步走了。

夏末秋初的夜晚，天空清澄高远，没有银盘似的月亮，却是满天的星斗，闪耀着洁净明亮的光芒。阿盲望着天空，星星在冲他眨巴着眼，似在提醒他不要与麦医生犟，收晾绷带应该是他这个帮手料理的事情，何况绷带他本该下午就收起的，干透的绷带晚上不收，不光会浸了露水，还会有一些小虫子在上面落脚、产卵。以往晾晒绷带，阿盲都会及时收起，今儿个下午在长椅上睡得过了头，犯迷糊了。

他默默地一圈一圈往怀里扯绷带，从屋里射出的灯光里，他看到无数蚊虫在灯光中翻飞，发出嗡嗡嘤嘤一片吼叫声。阿盲真想把怀里的绷带做成一面网，像小时候网鱼一样把蚊虫网到里面，然后把它们送到陈老伯那儿，让他做顿蚊虫宴，偏要叫麦医生看看，卫生院的蚊子有多大。收完绷带，阿盲抱着绷带冲进灯光下的蚊群中，把这场蚊虫盛会冲散。可这没用，不一会儿，阿盲回头看，门口的灯影里，它们又在群魔乱舞。

对阿盲来说，每晚睡觉就像吃不到肉一样痛苦。蚊虫太多，别说咬人吸血了，单那裹在一起的嗡嗡声，就能把人搅得烦躁不安。每晚天快黑时，阿盲到叶尔羌河边拔来艾蒿，给自己住的屋子点堆火，用艾蒿熏蚊子。这招是当地人惯用的方法，自然灵验。麦医生坚决不用艾蒿熏蚊子，他不是本地人，闻不惯艾蒿的臭味，他只撑自己带来的那顶厚纱蚊帐。在桑那镇这种偏僻的小地方，蚊帐是个稀罕物，供销社的货架上从不摆这种奢侈品。当然，摆着也没人买，没那闲钱。蚊帐的确是个好东西，搭挂在四根细竹竿上，就能撑起一个小空间，蚊子被隔离在外，除了在蚊帐外面哼叫几声，嘴长莫及。以前，麦医生在他的蚊帐里能安稳地一觉睡到天大亮。不像艾蒿熏过的屋子，只能上半夜睡个安稳觉，下半夜艾蒿的味道慢慢淡了，散失后，灵敏的蚊子便伺机从门窗缝隙钻进来，终于找到报仇机会似的，把人咬醒。所以，阿盲每天被蚊子逼得早起，将病房、回廊、院子打扫一遍，天还没大亮，他就在清凉的晨曦中去镇街上跑几圈，消耗身上多余的力气。要不，他实在想不出还有什么办法，能使他熬过清晨的这段时光。

在这个蚊子猖獗的夏天，阿盲却再没见到麦医生撑起蚊帐。刚开春那阵，有个农妇逆产，眼看婴儿的一条腿都伸出来了，找来的接生婆费尽力气也没把婴儿拽出来，反而致使产妇大出血，怎么也止不住。大人孩子的命眼看都难保住，接生婆这下才害怕了，催促产妇的家人赶紧往卫生院送。男女老少一大帮，呼啦啦跑了十几里山路，将产妇抬到卫生院。麦医生把产妇家人轰出病房，他们对这个男医生独自接生不大愿意，挤在门窗口，瞪大眼要看医生怎么操作。卫生院条件简陋，门窗连个帘子都没有，众目睽睽之下，没法给产妇接生。麦医生不想费口舌耗时间，情急之下喊阿盲拿来他的蚊帐给产妇撑在床上，隔开众人的目光，他一人钻进蚊帐，打开裹着产妇的被子，发现产妇早已咽气，婴儿伸出的那条腿，像产妇的尾巴，往下滴着血水。麦医生闭上眼睛给产妇重新盖上被子，钻出蚊帐，轻轻向那些瞪圆的眼睛无奈地摇了摇头，自始至终没说一句话。在一片号哭声中，麦医生默默走出病房，去叶尔羌河边一人闷头坐到了天黑。

产妇的尸体被拉走后，阿盲从病床上取下麦医生的蚊帐去洗，被麦医生强硬地喝住。阿盲不管，依然抱起蚊帐去回廊尽头的水龙头下，刚拧开水，麦医生在身后断喝一声：“放下！”冲过来指着阿盲怀里的蚊帐，很粗暴地又叫道：“叫你放下！”

阿盲看惯了麦医生的冷漠，第一次见他如此粗鲁，心里很不高兴：又不是我的蚊帐，真是好心没好报！他犹豫一下，看着麦医生僵在脸上的烦躁和厌恶，果断地将蚊帐狠狠扔在脚下，也不看麦医生，转身走了。后来，也不知麦医生洗没洗蚊帐，反正，夏天来临后，蚊子猖獗，却没见麦医生挂那顶蚊帐，也没见他到河边拔艾蒿熏蚊子。真不知他这个夏天是怎么熬的，他不说，阿盲绝不去问。

反正，蚊帐的用途自那次之后，被彻底改变了。

* * *

卫生院原来有条黄狗，是麦医生从镇街边捡回来的流浪狗，当时有三四个月大，背上有一道被铁锹之类的利器砍下的伤口，因为感染化脓，隔好几步远就能闻到狗身上的臭味。麦医生费很大劲才把这条小狗逮住抱回卫生院，给它的伤口清洗、消炎、上药，还打了几针。被治好的小狗不愿离开麦医生，从此就留在了卫生院。可这只慢慢长大的小黄狗很奇怪，能分辨来卫生院的人，哪些是病人，哪些不是病人。对真正来看病的人，它从不吠叫，还像个保镖似的，跟在病人后面到麦医生的诊疗室。但对陪同病人一起来的亲属，就冲着他们一顿狂吠，跟前世有仇似的，疯狂得有时候连麦医生都喝不住。这样，病人都有意见，说卫生院是看病的地方，又不是银行怕人抢劫，养条狗算什么事。麦医生经不住人们的闲话，把黄狗送了人。可是黄狗不愿易主，三番五次从新主人那儿跑回卫生院，每次都被麦医生给赶走。那条黄狗可能知道麦医生真的不愿留它，以后不再进卫生院，只是有时蹲在叶尔羌河对面，远远地看着卫生院，见麦医生出来，便呜咽几声。麦医生置之不理，它便耷拉下尾巴，失望而去。慢慢地，再没人见过黄狗在卫生院附近转悠了。

陈老伯盯上了这条黄狗，他在镇街上发现这条黄狗时常卧在路边，冲一个方向痴痴地望着，有人走近，瞬间跑得不见影儿。阿盲听陈老伯一说，心动了，莫非这条黄狗是在等麦医生？麦医生是在镇街上把它捡回来的，它大概是等他再次把它捡回来吧。这么一想，阿盲心里有些犹豫，这么痴情的狗，能打死它吃了吗？陈老伯拍拍阿盲的脑袋说：“看这孩子，心地倒善良，可如今人都顾不上啦，哪还顾得了狗？咱不去打它，别人也迟早会下手的。你看看，现在镇街上很少见到狗影子，还不是被别人打死吃啦。”

阿盲一想也是，肉要凭票买，就算是攥着肉票，也不一定买得上，没见供销社肉铺的那扇门，都被蜘蛛网罩严实了。可是，这条黄狗跟麦医生有瓜葛，阿盲不敢轻易下手，想趁陈老伯再来卫生院时，与他一起去问麦医生。

麦医生不让打这条狗。

“好久没闻到肉腥味儿了。”有陈老伯撑腰，阿盲鼓足勇气辩了一句。

“狗身上携带有病菌，尤其是野狗。”麦医生淡淡地说，“你要是吃了狗肉，以后就不要再踏进卫生院的门！”

阿盲像被撒了气的车胎，瞬间瘪了。陈老伯是个胆小的人，他二话不说，扯起阿盲到院子的槐树下，眯着眼往高处看。天空白得晃眼，倒是槐树叶子，簇在一起浓绿着，没心没肺的样子。只是细了眼神再看，发现在白晃晃的阳光下，那片绿没了神气，蔫不拉叽，不如以前绿得那般彻底，很多叶片泛了黄，浅浅淡淡，是绿色遮都遮不住的。没变的倒是那块树荫，只要太阳在天上晃动，它们就在槐树周围变换着位置。

没说任何话，陈老伯只是很长辈地拍拍阿盲的肩膀，叹口气，走了。

又是一个寂寞的午后。

* * *

夏末的暴雨一场接一场，雷电非常厉害，有一次击中了一个壮年男子，烧得像截黑炭，被人们抬到卫生院时，他还有知觉，疼得大喊大叫。麦医生可能没见过这么惨的病人，往他的嘴里塞几粒止痛片，又打了镇定针，却不知怎么下手治疗。卫生院也没有治疗烧伤的药，阿盲抱来一大堆洗得干干净净的绷带，随时准备往那截黑炭上缠绕。麦医生看上去有些束手无策，在大家七嘴八舌的建议下，勉强同意他们采些马齿苋，捣烂后给伤者涂上疗伤。

地头坡坎上到处都是马齿苋，大家分头去采。阿盲一马当先，正要往河边跑时，却被麦医生叫住了：“阿，你——别去啦。”

阿盲站住，回身望着麦医生，他没问为什么，也不需要问。麦医生不说，问也白问。阿盲来卫生院这么久，已经摸清他的德行，只要他开口，没有为什么，照做就行。

阿盲按照麦医生的吩咐，将冷落在病房角落的那顶蚊帐，用四根竹竿撑挂在烧伤的病人床上。这样做时，阿盲心里很温暖，有伤的病人怕蚊蝇飞虫之类落到伤处引起痒痛，痛还能忍，痒就无法忍受了。甭看麦医生外表冷漠，对待病人还是想得很细致的。

可是，谁也没想到，等大伙采来马齿苋，用石窝捣烂，还没将黑炭似的男人用马齿苋涂成绿色，病人就咽气了。麦医生从蚊帐里钻出来，脸阴得要下雨似的，看都不看蚊帐外眼巴巴瞅着他的那些人。阿盲一屁股坐到地上，望着那顶四四方方的蚊帐心里发颤。看来，麦医生早就预料到了这个结果，他的束手无策，就是知道用什么方法也救不下这条命了。

又是在蚊帐里送走了一个生命。在阿盲眼里，这顶蚊帐成为不祥之兆，他本想将它偷偷抱到叶尔羌河边点把火烧掉，又怕麦医生怪罪，便趁他不注意时，将它塞进堆杂物的屋子角落，不想叫它再见天日。

麦医生却没忘记他的那顶蚊帐，而且似乎也默认蚊帐的不祥之意，只要有人病危，他准能把它翻找出来，像举行临终仪式似的，给即将离世的人罩在床上。

只要见到麦医生往病床上罩蚊帐，阿盲心里就很恐惧，他恨死了这顶蚊帐，它不再是抵挡蚊虫叮咬的工具，而是一道隔离生命与人世的屏障。阿盲不希望有人被罩进蚊帐里，但他又不敢私自把它烧毁，只好东藏西放，想法把它扔到麦医生找不到的地方。可是，麦医生像一条嗅觉灵敏的猎犬，每次需要时，准能找得到。

蚊帐本来已经很旧了，在阿盲塞来藏去的过程中，变得越发肮脏不堪，但阿盲早没了洗净它的想法。麦医生似乎看不到蚊帐的脏，或者，脏就脏了，既然是极其无奈地送走一个生命，不是多么喜庆的事，自然用不着洗净。麦医生不说，阿盲绝不主动去洗，这个与死亡紧紧联系在一起的不祥之物，阿盲想，躲得越远越好。

麦医生这顶蚊帐的用途，没多久就传开了。小镇之小，就像井底之蛙眼里的那块天，再大也不过巴掌一般。一顶蚊帐的说法，一阵风足以传遍全镇。

立秋后不久，上河湾阿西家的喝农药寻死，因为她一直生不出男娃，生下四个丫头，每生一个丫头，就得挨男人的一顿毒打。阿西家的这次生出的第五个又是丫头，她挨打后看不到一丝希望，便喝农药自尽。家人发现后看还有救，便背到卫生院抢救。麦医生当即给阿西家的灌肠洗胃，折腾了一夜，总算把她救下。可是，人救活了，她却不肯睁眼，怕是一睁眼再看到的还是她的末日吧。麦医生也不多说，把阿西家人赶到病房外边，说是要再观察观察。没多大会儿，麦医生阴着脸，大声唤阿盲去拿蚊帐。

这次，阿盲出乎意料地没听麦医生的话，说声“我不拿”，拒绝去拿那个不祥之物。麦医生看了阿盲一眼，没责怪他，自己寻来蚊帐，往阿西家的病床上撑。阿盲冲上去紧紧抓住蚊帐说：“你不能这么做，她还有救！”

麦医生瞪圆眼睛示意阿盲放手。

这次，阿盲犟到底了，坚决不放手。

麦医生大吼一声，放手！从阿盲手中抽出蚊帐，像撒渔网似的，将蚊帐罩在阿西家的头顶。阿盲再也不管自己是不是帮手，麦医生要是不叫他在卫生院干，他就不干了，反正，这个地方再待下去也没意义，一点医术也学不会。他呼哧呼哧喘着粗气，冲上去要把蚊帐扯下来，一副拼命的架势。

麦医生像是看透了阿盲，也不拦他，把手搭在阿盲肩上，被他轻易甩开了。麦医生苦笑一下，却没恼怒，把阿盲扯落的蚊帐一角重新挂好，然后粗暴地推开阿盲。没容阿盲反应过来，麦医生已将外面的阿西家人喊进来，让他们自己看。

一见老婆头顶撑起的蚊帐，阿西当场腿就软了，哆嗦着道："不是刚……还有口气吗……"

麦医生这时的话比平时多了。他说："那是刚才。病人没有求生的愿望，一口气能撑多久？何况，她连眼睛都没睁开，现在，你自己去看吧！"

阿西不敢看。他父母爹着胆子，惊恐地上前想掀开蚊帐看个究竟，被麦医生严厉地拦住，他说："还是先别急，保护好现场，等公安来取过证后你们才能动，谁要乱动破坏了现场，谁负责任！"

麦医生明显是在胡诌，人都送到医院，哪里还有什么现场？可阿西的父母不懂这些，听麦医生说得这么严重，吓得不敢动蚊帐。麦医生又要阿盲去派出所喊人。阿西的父母扑通一声跪在麦医生面前，哭成一团，边哭边诉说："人命关天，千万不能说是阿西逼得媳妇自杀，他们就阿西一根独苗，要是阿西被抓走，他们可怎么活啊……"

麦医生说："这可不是你们说了算，怪只怪你们平时把阿西家的不当人看。"

阿西的母亲哭道："麦医生求求你，救救她吧，只要能把人救活，我们保证以后好好待她。"

麦医生不说话，只望着一旁的阿西。阿西赶紧叩起头来："麦医生你行行好，只要能救活人，我不要儿子，不要啦，以后再不打她啦……"

一旁的阿盲这才明白麦医生的心机，怨气顿时消散了。

* * *

中秋过后，日子慢慢变得短了，过得也快了。转眼就到了深秋，树叶飘落，剩下两棵光秃秃的树干，苍凉地立在卫生院里边。卫生院像是被人遗忘了似的，好几天没来一个病人。这种季节气候很凉爽，蚊子的疯狂劲已过，很少见到它们的影子了。没有蚊虫的侵扰，阿盲不起那么早了，起了床，能干什么呢？

麦医生在这种清闲的日子里也没显出几分清闲来，他整天都待在药房里，阿盲不明白在那间充满浓浓药味的小屋子里，能有什么事可做。他懒得去想，实在闲得无聊，就把那些旧绷带翻出来搓洗，照他这种洗法，再洗几次，就烂了。麦医生还是很少说话，也不管他，他有时候抱着医药书看，麦医生看见了，也不叫他去关水龙头或驱赶野狗了，阿盲知道，那是因为他把水龙头修好了，那些野狗也不见影子儿。日子越来越寡淡了。

一场秋雨过后，天气由凉爽变得寒冷。再过几天就立冬了，也该冷了。

一天凌晨，阿盲被一阵杂乱的跑步声吵醒。他竖起耳朵听外面的动静，脚步很急促，绝不是麦医生制造出的跑步声。一大早跑得这么慌乱，一定是来了急诊。阿盲不敢赖被窝，爬起来穿好衣服，听到病房那边有了动静。看来麦医生已经到了病房，他得去病房帮忙。

推开门，看到麦医生和一个满脸胡子的人手忙脚乱地往病床上撑蚊帐。阿盲的头“嗡”的一声大了：又是谁不行了，刚送来就罩蚊帐？从半撑起的蚊帐空隙里，阿盲看到病床上根本没人，他惊愕地问：“又有人……”

麦医生手上没停，侧过头说：“阿，没你的事，回去睡觉！”

阿盲愣怔在那儿，疑惑地看了满脸胡子的人一眼，慢慢退出病房。回到自己屋里钻进被窝，还在想到底是怎么回事，病人还没来就撑起蚊帐？阿盲越来越揣摩不透麦医生了。正揣测着，又听到一阵急促的脚步声冲进卫生院。这次有一伙人，他们又喊又叫，很粗暴，不是踢门，就是拍窗，好像在找什么人。阿盲侧耳听到麦医生的声音，说叫他们随便搜，就这么大地方，除了两个活的，还有一个患传染病的尸体……

咚的一声，阿盲的门被踢开，进来一个扎腰带的小伙，连瞎子都能看出阿盲狭窄的床上只躺着他一人，小伙子还是把被子掀到地下，在屋子里搜索。屋子摆设很简单，靠床摆着一张旧桌子，上面摆着两三本翘角的医药书，连个椅子都没有。除了这被窝，实在找不出能藏人的地方。小伙子把桌上的书拂到地下，好像那书里面能夹住他要找的东西似的。见阿盲茫然地看着他，小伙子厉声喝道："看到马宏文没有？"

马宏文是谁？阿盲怎么知道？他胆怯地摇摇头。那个小伙子骂骂咧咧地出去了。

阿盲从地下扯回被子，他的心咚咚跳着，心想千万别出啥事。他感觉身上发冷，便把自己裹紧，偎在床上不敢动弹。

过不多久，那帮人吵闹着走了，声音越来越小，最后没音了。因为刚才的吵嚷，卫生院这会儿显得更加空荡寂静。阿盲这才壮着胆子跳下床，没穿鞋，奔过去"咣"一声关上敞开的屋门，再回到被窝把自己裹紧。

几天后的一个黄昏，红彤彤的夕阳把卫生院染得异常鲜红，温暖得都不像初冬了。阿盲站在院子里的槐树下面，看着头顶光秃秃的树枝上，几只麻雀跳来跳去地吵闹，稍有点动静，它们便一哄而散，飞得没了踪影。阿盲回头望着被染红的西天，莫名地被冬天少有的温暖打动。麦医生从药房出来，冲阿盲挥挥手里的碗，示意他该去供销社吃晚饭了。阿盲反身回屋，把自己的碗拿上，跟在麦医生身后。

这时，一帮年轻人突然喊叫着冲过来，不由分说，将麦医生和阿盲两人的胳膊拧到背后。两个被打掉的碗落到地上碎了，阿盲从这伙人推搡的声音中又听到“马宏文”这三个字。在他们的拳脚正要落下时，麦医生高声喊叫道：“别打他，马宏文是我一人藏的，与阿盲无关，他根本不知道！”

第一次，麦医生把阿盲的名字叫全了。

抓着麦医生的年轻人“啪”地抽了他一个响亮的嘴巴，血立马从嘴角流出来，比夕阳的颜色还要艳丽。

麦医生歇斯底里地叫道：“打我吧，来，是我一人干的，确实不关这孩子的事！”

又是“啪”的一声脆响。

阿盲哆嗦了。扭他胳膊的人，举起拳头吓唬道：“你真的不知道？马宏文是他一人藏的？”

阿盲不知自己摇头还是点头了，他的脑子完全蒙了。他被推倒在地，眼睁睁看着一伙人将麦医生连打带踢地押走了。阿盲惊恐得一夜没睡，睁眼闭眼全是落在麦医生身上的拳头和他嘴角流出来的血，恐惧占据着他的心头，使他彻夜难眠。

第二天早晨，麦医生被人用平板车送回来，倒在回廊前的地上。他的衣服被撕烂了，缩在地上冻得瑟瑟发抖。他的腿被踢折，嘴角裂了，一只眼睛肿得只剩条缝，另一只眼血红，看上去有气无力，已经爬不起来。煎熬了一夜的阿盲扶起麦医生，不知该说什么，想着还是把他扶回屋子。麦医生却不愿回屋，拖着伤残的身体叫阿盲扶他到病房。

病房一片狼藉，一张病床被掀翻，另一张被砸断了一条腿，铺盖斜扔在地。那张撑挂着蚊帐的病床倒是完好无损，可蚊帐被撕成碎条，像撕碎了另一个世界。寒冷的西北风从关不严实的窗户钻进来，将肮脏的蚊帐布条吹起，经幡似的飘来荡去。

麦医生慢慢地挪到这张床前，示意阿盲将他扶进蚊帐里。阿盲迟疑着没动手，麦医生急了，气喘得很粗，阿盲怕他一口气上不来，便扶他上床，小心翼翼地将他放平躺下。

这下，麦医生像有了依靠似的，长长地吐出一口气，然后闭上眼睛。阿盲不知道接下来该做什么，看着麦医生像个死人一样，他鼻子酸酸地走出病房，想着去供销社找陈老伯弄些吃的来，眼下麦医生这么虚弱，得想办法弄点有营养的吃食，不然，他很难撑得住。

突然，一道黄色的影子箭一般射来，擦着阿盲腿边，冲进病房。

阿盲反身回到病房，见是麦医生以前救过的那条黄狗，它逃过不少劫数，毛肮脏不堪，背上还带着一道道未愈合的伤口，散发出叶尔羌河水一样的恶臭味。它警惕地望了阿盲一眼，敏捷地跳上床钻进蚊帐，倚在麦医生脚边。

麦医生闭着的眼睛忽然睁开，费劲地抬头望着黄狗。阿盲看到，麦医生咧着受伤的嘴角，竟然冲着黄狗笑了。

他的笑看上去清澈透明，像夏天雨后的天空。

地烟

小曼的眼睛被冰面反射的绚丽光芒照耀得睁不开，她不敢看河面，怕自己被那种惊心的美丽蛊惑住。她把目光投向不远处的桑那镇。镇子在叶尔羌河的南岸，地势偏高，就有了仰望巨人的感觉。

一

正月初五这天，小曼早早起来，赶在别人家前边去放“破五”的炮仗。今年冬天不冷，地气热，蒸发的地烟就多，烟雾浓得像夜色一样，把天地罩得严严实实，根本看不清院子里的东西。已有人家在放炮仗了，不时有零星的炮仗声炸响，声音遥远得像从天边传来。小曼心里着急，摸索着把鞭炮挂到沙枣树上，捂着打火机光找药捻。药捻足有三厘米长，够小曼点燃后躲开。这时，却刮过一股风，打火机熄灭了。再打，只闪出几星火花，还叫风给带走了。小曼背过身挡住风，哆嗦着终于打着火点燃药捻，蛇信子一样的药捻“刺刺”蹿得飞快，小曼抽身跑到屋檐下躲避。还没捂上耳朵，火光乱溅，炸声骤起。这串鞭炮小曼放在炕上烘烤了一夜，炸起来嘎嘣脆响，像在耳朵跟前炸似的，她的右耳膜受到震荡，里面嗡嗡乱叫，像钻进许多蚊子。但小曼还是很高兴，她的鞭炮声压过了别人家的。

小曼揉着耳朵进到厨房，烧火准备早饭。“破五”是有讲究的，这天早饭得吃玉米面搅团，就是把“破了的五”搅成一团，再拾掇完整。小曼像她妈一样，平时就爱吃搅团，可搅团是杂粮，次等饭食，过年这几天一直没吃上，赶上“破五”，她打了满满一锅搅团。蹲在灶间捣蒜泥时，父亲披着棉衣进来，揭开锅盖看了看还在冒泡的搅团，脸立马耷拉下来，嘴唇动了动，却没责怪女儿，叹口气，走了。

小曼往铁勺里倒上油，伸进灶洞里烧热，泼在蒜泥碗里，“哧啦”一声，蒜香味扑鼻升起，瞬间溢满了厨房。小曼忍不住打个喷嚏，嗡嗡叫的右耳安静了一下，随即又乱叫起来。小曼不去管它，在浓浓的蒜香里，往蒜泥里撒点盐，加入醋汁、酱油，还有红汪汪的辣椒油，拌匀后浇了两碗搅团，给父母端到东屋。

何婉云已经起来，拖着受伤的左腿，歪在炕沿边洗脸。她的腿是过年前摔伤的。去条儿沟给小曼买旱獭肉回来的路上，看到路沟边朝阳的枯草丛中，竟然开放着几朵黄灿灿的迎春花，在浅淡的冬日阳光下泛着金黄的光泽。这是个吉兆，还没开春呢，迎春花倒先开了。金黄色花朵灵光似的在何婉云心头一闪，花开得心疼人呢，在这个季节，凝聚了春夏秋冬四季的精华，嫣然绽放，人要是多闻闻花香，不是把四季的精华都吸进身体里，增添精气神呀。何婉云想采下那几朵花带回去给小曼。她没细想，就把篮子放下，抓住一把枯草，探出身子去够那簇迎春花。凑近一看，才看清是几片碎塑料纸夹杂在枯草里，哪有迎春花。真是人老了眼神不济了，何婉云很失望，反身往上爬时，沟沿土质松软，枯草也不柔韧，何婉云一脚踩空跌进了沟里，腿撞到沟边的石头，伤得不轻，小腿骨裂，在镇卫生院住院治疗，大年三十前一天才回家。

顾远山拿条毛巾，静静地侍候老婆洗脸。大冷天出门去买旱獭，按理是他这个爷们该做的事。自从小曼的病讨到偏方后，买旱獭肉的事都是顾远山去，可过年前那阵，像商量好似的，桑那镇有几家赶在鼠年之前嫁女娶媳妇，一家紧跟一家地往顾远山的裁缝店跑，他们要赶做杂七杂八的结婚用品。顾远山受宠若惊，心里明白那些人家是照顾他的生意，小曼的病需要钱治，每月光买一次旱獭肉就得近千元。桑那镇可不止顾远山一人开裁缝店，他不能耽搁。放在平时，十天半月不见一个人影上裁缝店，现在的人图方便，穿衣戴帽都去商品市场买现成的，那里的服饰应有尽有，板型好，样子好看，大号小号随意挑选，又能砍价，比较之下，比买布做衣服划算，也简单得多。早些年，顾远山可是个忙人，东家请西家叫，靠着裁缝手艺，把日子过得红红火火。可近几年，生意越来越不行，一年到头，只有过年前那阵有点生意，平时裁缝店相当清闲，偶尔有人收个裤边、缝个被套，才来找他，让他赚几个加工费。裁缝这手艺，已是日薄西山，越来越没前程了。

何婉云想让老头安心干活，为小曼挣些治病的费用，便自告奋勇去买旱獭，谁料想她却摔伤了腿。老头年前赚的那点钱，变成了何婉云的医药费。顾远山长吁短叹，却没责怪老婆。

显然，顾远山已对老婆说过小曼打了一大锅搅团的事，因此何婉云对端饭进来的小曼视而不见。

小曼将碗放到炕沿，待母亲洗完脸，正要端脸盆出去，何婉云抽了下鼻子，望着油汪汪的搅团，叫住小曼：“曼啊，跟你说过多少遍了，今儿个人家上门……”

小曼看了父亲一眼，对母亲说：“我知道，今儿是‘破五’，得吃搅团。去年，小林家‘破五’没吃搅团，倒霉了一年。”

何婉云把眼睛从搅团碗里拔出来，瞪着女儿道：“你总有理由！”

“干什么呀你？”顾远山对老婆的这种态度不满，从她手里扯回毛巾，怨道，“小曼知道你爱吃搅团，一大早忙个不停，瞧，孩子给你调的蒜汁油汪汪的，你还埋怨……”

“没你的事，一边待着去！”何婉云白了老头一眼，仍对女儿说，“可是，今天咱家有事不是，打一大锅搅团，三天也吃不完啊，叫人看到像什么话！”

小曼从父亲手中夺过毛巾，拧身往外走时丢下一句：“妈，你别忘了，是你说的，‘破五’不吃搅团，一年都不得安生！”

顾远山为阻止老婆唠叨，赶紧端碗搅团塞在她手里。何婉云的眼泪蓄满眼眶，忍了忍，没忍住，掉进碗里，溅起两颗油花。她抹把泪，一抽抽地，用筷子捣着搅团。她不想和女儿较这个劲，她没这个底气，只能把一肚子委屈发泄在浇了蒜汁的搅团里。但，她还是把捣碎的搅团吃了。

小曼在厨房吃完饭，来收碗时，母亲眼睛红红的，却微笑着对她说：“小曼泼的蒜汁能把人香死，搅团也打得好，不软不硬，筋道。我还想吃，给妈再盛半碗来。”

小曼脸上松和了一些，接过碗说：“搅团摊在案板上已经凉啦，我给你炒点热的吧。”

这回，何婉云真正笑了，她望着女儿的背影，笑脸上挂满了泪珠。多惹人疼的丫头啊，从小就人见人爱，都夸她是个俏女子，可是……老天爷太不公平，好端端地，为什么偏偏把不幸降临到这孩子身上，过了这个年，小曼才二十二岁，该享受的都没享受啊。

自小曼查出有怪病，何婉云和老伴不知偷偷哭过多少回，他们才五十出头，头发一夜之间愁成了花白。那次去喀什大医院给小曼检查，何婉云从医生的话里听出了弦外之音，回来后找镇街上老中医赵千年讨偏方时，也听他说，白血病不好治，多少年了，也没一个最好的治疗方案，中医西医都在想法子治，可每个人的症状不一样，小曼的病发现得早，还是吃阵子旱獭肉看情况吧。反正，有几例吃旱獭肉治好的，试试吧，看小曼有没有这个造化。

中医的话像禅，参不透，得悟。何婉云算是悟出来一点，给小曼治病，没得商量，同时，她还动了别的心事：趁小曼病情还不太严重，一边治病，一边托人给小曼提亲，她要给女儿冲喜。

人有时候就这样，不管有用没用，做了就是一种寄托。顾远山对冲喜的说法不以为然，在感情上，小曼受过伤害，他担心这样会再次撬开小曼结了痂的伤口，他一门心思只想给女儿治病。病就是病，有了就得想法治，别的事暂不考虑。何婉云不答应，她拉上老头子，提着满满一篮鸡蛋，又去找赵千年。老中医捋着花白的头发，望着眼前比自己年轻十多岁，却比自己白发还多的顾远山两口子，叹息道："这个嘛，不妨试试，但我得多说两句，冲喜不一定是歪门邪道，它存在，就有它存在的道理。可以这样说，小曼丫头也不小啦，也该出嫁了，这是常人生活，你们就把丫头当常人看，这步路走走也好，可以调剂调剂她的心情。人的心情好了，有生活的热情，对治病绝对有好处。"

中医的话一般不会说满，留下空间，供你去想。顾远山想想也是，女儿正值花样年华，她为什么不能享受常人的生活？于是他不再反对，而且心情更为急迫，恨不得立马让小曼成亲。

二

小曼的漂亮在桑那镇有目共睹，没查出病时，媒人都快踏破她家门槛了，尽管那时小曼有男友，可那些媒人却说，只要没成亲，就还有选择的余地。也是，一个漂亮又能干，性子又安静的丫头谁不喜欢？谁娶回家，那可是一辈子的福分。

小曼自己相中一个小伙子，是她小学的同学，只是家在农村，但人长得精神，家境也还不错。小伙子中学没上完就休了学，回家贷款买了台机器，在镇街上租房开了一家粮食加工厂，生意不算太大，但在桑那镇这种小地方算说得过去。顾远山夫妇对小伙子本人没什么意见，老实本分，胆大心细，有经济头脑，除了磨面碾米，还加工面条、馒头，生意越做越有起色，只是，他家不在镇上，与小曼不太相配。他们犹豫犹豫，没同意小曼与小伙子定亲。但小曼背地里与小伙子已经山盟海誓。

有一天，小曼莫名地晕倒，她的脸色很苍白，在镇医院查不出病因，上喀什城里大医院去了一趟，整个桑那镇全知道小曼得了不好治的怪病。那个小伙子把厂子关了，机器卖了，背着所有的积蓄在一个月黑风高之夜，悄悄离开了桑那镇，连他家人都不知道去了哪里，从此没了音讯。顾远山夫妇气愤难平，但他们远没小曼受的打击大，上天一个闷棍接着一个闷棍打下来，把小曼打晕了。甜蜜像个梦，唐突地在小曼眼前消失，留给她的则是比她的病更叫她伤心绝望、渗入骨髓的疼痛。那阵子，小曼不吃不喝，把自己关在房子里，哭够了睡，睡醒了哭。可是，哭解决不了问题。

看着父母花白的头发、红肿的眼泡，小曼接受了事实，她的心里渐渐平静下来。没有人搅扰的生活恬淡安宁，没有爱情的生活，不过是花儿失去颜色，没有颜色又能怎样？太阳照样照耀它，雨水依然滋润它。为了父母，无论如何，她得振作起来。

小曼的病像突然显现出来的一座山峦，挡住了曾经络绎不绝的媒人。顾远山夫妇把希望寄托在亲戚身上，除了想办法给小曼想治病，他们剩余的精力全用在给女儿找对象上。

小曼的小姨一马当先，这阵来得很勤快，今天一个消息，明天一个消息。父母与小姨的神情在小曼的眼里有点不正常，显得神秘兮兮的。有时候，小曼觉得他们说的事与自己无关，她就像个刺猬，只要对她提找对象，身上的刺立马会竖起来。从喀什的医院出来后，她觉得自己的世界已换成另一种颜色，从此得在这种颜色的笼罩下活着。这其实也没啥大不了的。可是，男友的偷偷出走，对她的打击太大，像给她的心蒙上了一层灰暗的暮色，在这样的暮色里，她的心里不会再有温暖了。

别别扭扭地过了一阵，何婉云尝试着与小曼谈谈。母女俩好久没心平气和地谈话了。再好的设想，如果没有主人公，那也只能是空想。而婚姻这种事，一般由母亲出面，母女之间对话会方便些。

那是一个有清亮月光的温馨之夜，何婉云选择这么美好的夜晚与女儿说私房话，显然把什么都想妥了。她借口这几天腿伤痒得厉害，夜里睡不踏实，怕影响顾远山，要和小曼一起睡。女儿就不怕影响了？小曼没辩这个理，她把母亲搀进自己住的西屋。关灯钻进被窝，如水的月光从窗口淌进来，漫过窗台、床头、被子，还有她们母女的脸，也把何婉云的话洇湿了一般，听上去软软的、柔柔的。可听在小曼耳里，有月亮的柔，更有冬天的寒冷和生硬。她还听到了布帛撕裂的声音，“哧啦”一下，干脆、决裂，那是她的过往被扯裂的声音，以往那层坚硬的痂裂开，渗出来的是新鲜、冰冷的血。她感受到来自内心深处的疼痛，那里有很多刺，正在小心翼翼地往深处陷去。小曼甩开母亲的手，哭了，先是泪水无声无息地汹涌，而后，她的声音如呼啸的西北风，狂猛，悲恸，绝望。

何婉云也哭了，她是无声的，压抑得身子一颤一颤的，像要把漫在被子上清冷的月光抖掉似的。月光像黏稠的水银，没那么容易抖脱，晃了晃，又困极了的孩子般，摇罢趴回到被子上。借着月光，小曼看到母亲脸上的泪水，心里像碎了一块玻璃，碎片明晃晃地扎在那里，坚硬而疼痛。她叹息一声，止住哭声，在被子里摸索到母亲枯瘦的手，紧紧地握住。这时，她听到从东屋传来抽鼻子的哧溜声。——那是父亲在偷偷地哭泣。

何婉云的另一只手探过来，在女儿的手背上抚摸着。女儿皮肤光洁细腻，如果不是那该死的病，她该是他们多大的骄傲啊！何婉云忍不住哭道："曼啊，屈就一回吧，你小姨说，那个人在乌鲁木齐当兵，五年了还没退伍，看来会有出息，见他一面吧，就当是孝敬爸妈啦……"

不能再惹父母伤心了，她带给父母的痛苦还少吗！想到自己的病，小曼刚刚止住的泪水又喷涌而出。

哭过，小曼还是平静不下来，她怕再次听到布帛撕裂的声音。这个时候，她像屋檐下的冰挂一样脆弱，没有外力还能挂在那里晶莹剔透地美丽着，稍有碰撞，就会碎裂一地。而感情这种事，有可能是温暖的太阳，一点一点地融化她，也可能是一阵风，把她从屋檐下直接掼到地下。一个完全陌生的男人，就是她前途未知的命运，她实在无法把握。何况还要隐瞒自己有病这个事实，就像一个腾空而起的肥皂泡，分明是瞬间即逝的绚烂，却要告诉对方那是一个彩色的气球，只要没有锐物，它便可以一直美丽下去。可真的能一直美丽下去吗？她不相信，她也曾在美丽的童话里陶醉和徜徉过，可她知道童话只能是童话。一旦她的病情被人家知道了，最后的结局不过是重复一次童话背后的残酷，到那时，受伤最重的肯定是自己，而不是那个男人。她还能撑得住吗？

小曼对自己没有信心。

三

在断断续续的鞭炮声中，“破五”渐渐热闹起来，镇街上不时传来孩子们的欢呼声，他们聚在一起，相互放着炮仗逗乐。太阳已经升了起来，因为有地烟弥漫，太阳温温的，没有往日那般艳丽，好像一夜未睡又忘了化妆的女人，虚弱疲倦，随便往树梢上一挂，随树梢在风中摇摇晃晃。

就这样，在小曼的惶惑不安中，那个人上门了。

那个人叫朱明明，家在坎儿沟，离桑那镇很远，小曼当然没去过。顾远山去那儿买过旱獭肉，说坎儿沟在山区，因为缺水，山上寸草不生，仅凭沟底的一点缓坡，种些耐旱的荞麦度日，平常吃水都成问题，每家都有水窖，靠冬季收集积雪蓄水，日子过得像烈日下的戈壁滩，苦焦焦的。朱明明是个孤儿，是他姑姑从小带大的，后来送到部队当兵，如今在遥远的北疆乌鲁木齐，这次回家探亲，过了正月十五就回部队，趁过年这个机会，想把个人的事处理一下。因为没到“破五”，生人不便上门，就定在初五这天相亲，他与姑姑一起，由小曼的小姨陪着来了。

朱明明个头不高不低，挺瘦，长得倒算周正，只是牙有点不整齐，不张嘴时嘴是鼓的，张开嘴倒也没多难看。他穿了一身崭新的毛料军装，上面没缀任何标志，就凭剃的板寸头，脚上的黑皮鞋，挺直的腰，一看就是部队上的，怪精神的。

顾远山是裁缝，眼睛就是尺子，只一眼，心中已经有数：小伙肩宽一尺六寸，袖长二尺二寸，二尺三的腰，裤长得四尺二寸。男人的标准尺寸。他替女儿把过第一关，高兴地在院子走来走去，搓着手，不知干什么好。

媒人当然是小曼的小姨了，附近的媒婆都知道小曼的怪病，抢手的饽饽如今变成了戈壁滩上的石头，做媒婆的还能没一点眼风，硬生生帮人牵一门长不了的亲？这不砸自己的招牌吗？何婉云也明白，桑那镇周围大家都知根知底，谁也不会湿这个手，这才要妹妹往远点的地方寻，也不求人家的长相和家境，只要能过得去就行。

小姨带着朱明明去东屋见姐姐。何婉云眼睛一亮，心里别说有多满意了，至于别的，她不考虑，人家在乌鲁木齐当兵，见多识广，长得又这么精神，她开始担心人家瞧不上小曼。小姨从姐姐和姐夫的眼神里，已看出他们对朱明明的满意来，心里松了一口气。

来到小曼的西屋坐下说话时，朱明明的姑姑见小曼长相不赖，脸细嫩光洁，眉毛又细又长，眼睛又大又圆，不说话时，安静得叫人心疼，朱明明的姑姑心里反而不踏实了。这么漂亮的丫头，家又在镇上，怎么会没定下婆家，反要寻到她们坎儿沟那个穷地方？她顿时起了疑心，铺开摊子问东问西，有些话不能直说，就旁敲侧击，想从话里套出真相来。

小曼的小姨还能不清楚人家话里的意思？赶紧说："我说他姑，你回头打听打听，我家小曼从没出过门去城里混过。丫头这么俊，怕她在外面学坏不是。上门提亲的当然不少，可惜咱没摊上个好家庭，你也看到啦，就这么个烂摊子，小曼她妈又摔伤了腿，多了个拖累，小曼高不成低不就，一直拖到现在，年龄有点偏大啦。"

"这倒也是。"朱明明的姑姑还是将信将疑，但话说得有点意思了，"如今啊，家境差点其实没啥，我家明明也是苦出身，情况你们都知道，从小没了父母，当然，也没后顾之忧，少了负担。眼下，他又在大城市的部队，整天跟首长们在一起，有吃有穿……看我扯到哪儿去啦，这些都不是主要的，关键，得看他们两人的意思。"

"是啊，是啊！"小姨高兴了，她也不是第一次做媒，经验还是有的，对方有意无意的一句话就道出了他们的想法，这样的话比正式说到桌面上好接受一些。她便对朱明明的姑姑挤眉弄眼道："噢，他姑，看我这记性，忘记告诉你一件事啦——走，出去对你一个人说。"

小姨扯着朱明明的姑姑躲出去，小曼心里慌乱起来，不知她们要说什么，才刚刚见面，肯定与他们的事有关。小曼心里没底，觉得与朱明明单独相处很不自然，她是第一次面对陌生男人，不知怎么办才好。

朱明明在大城市当了五年兵，见过世面，眼睛瞄着小曼。他的眼神已经表明对小曼的态度。小曼微微有些苍白的脸上绽开两团红晕，眼帘低垂，感觉出朱明明一直在看她，便更加局促不安，头越发低垂着，根本不敢抬眼看他一眼。朱明明看出小曼的窘迫，心里喜欢她的这份羞涩，于是主动说："要不，我们去镇街上转转，刚过来时看到超市的门已经开啦，去看看有什么要买的。今早地烟大，天气肯定错不了，这会儿太阳升起来，外面也不冷。"

顾小曼觉得这人长得还行，不是招人烦的那种，就是眼睛略小了点，可说话大方，到底是待在大地方的，一点不像桑那镇的人畏畏缩缩。凭第一印象，小曼对朱明明有了些好感。对他的意见，小曼刚想点头，又觉得不妥，几乎全镇人都知道她今天相亲，第一次见面就跟着人家去超市逛，叫别人怎么议论？她摇摇头："我不去超市啦，得去厨房准备晌午饭……"

母亲受伤后，这是小曼每天必须做的，父亲不会做饭，她没人可依靠。

“那好，我帮你做饭。”朱明明倒很机灵，说道，“部队每逢休息日，首长就叫我到他家吃饭，推不过，就去了，有时帮阿姨择菜切肉，学了几手，我也能炒几样简单的菜。复杂点的，我没机会学，一般都是和首长去饭店吃。”

顾小曼受炮仗震荡的右耳又嗡嗡乱叫起来，她揉揉耳朵，竟然跟着朱明明的话题说道：“饭店多贵呀，每个菜得十几块钱吧……”

朱明明不屑地说：“大饭店哪有十几块钱的菜？哪个菜不是几十上百，一碗鱼翅就得两百多块，每人一碗——这样跟你说吧，再贵也不用我掏钱，白吃就是了。”

“那钱是首长掏？”

“哪能叫首长掏钱？没这规矩，吃的都是公家的，个人哪吃得起呢？”

小曼悬着的心放下了。

朱明明跟着小曼来到厨房。

过年剩了一点肉馅，顾远山正在厨房笨手笨脚地择菜洗菜，见女儿进来，后面跟着朱明明，他知趣地对朱明明笑笑，说声“我忘了买酒”，赶紧溜出去。

太阳出来后，外面的地烟一团一团地涌动，像一群顽皮的孩子欢腾地奔来拥去，却一直散不开。厨房窗户小，上面的玻璃烟熏火燎，透明度越来越差。后来有块玻璃不小心打碎了，顾远山嫌玻璃贵，又不结实，就找块塑料薄膜钉上。薄膜经风又耐雨，透光性却不如玻璃，夏天把窗户打开，透气又透亮，冬天不能开窗，窗户朝北，光线就不够。因为有地烟，厨房不太亮堂，小曼打开灯，十五瓦的白炽灯，就是个意思，没显得有多亮。要是没有朱明明，小曼才不会大白天开灯呢，平时只有天完全黑透才开灯，半上午的，开灯和不开灯的效果差不了多少，大白天能暗到哪里去，还能把生米当成熟饭不成？

厨房的光线实在有点暗，朱明明下意识地抬头看了看灯。灯泡的瓦数低，又经过长久的烟熏汽蒸，上面黏附一层油腻，微弱、暗黄的光线散射开来，并没给厨房增加多少亮度。小曼心里后悔死了，年前打扫卫生时，她故意没擦灯泡。她不喜欢亮堂的灯光，把人影照得太清晰，印在地上任人踩着多不好。说白了，她爱那种照不出影子的灯。所以，在她的坚持下，父亲将每个屋子都换成了无影的日光灯，只是厨房装日光灯不值当，再说，普通灯泡已经被烟熏得像无影灯一样，照不出人影了。

再微弱的灯光也会刺激眼球，朱明明的小眼睛从灯泡上移开，眼前一片漆黑。等适应了光线，能看清东西了，他看到，厨房不大，锅灶和案板占了一大半空间，锅台、案板、水缸、碗碟都擦拭得干干净净，摆放得有秩有序，就连灶口的柴火，也收拾得整整齐齐，给人的感觉很舒服，一看就是平时的习惯使然。

这时，朱明明发现了盆里的凉搅团，凑近看了看，叫道：“我的天，打这么多搅团啊！”

小曼扯过一条餐布，慌忙地盖在搅团盆上，红着脸说：“今天是‘破五’，得吃搅团……”

“太好啦！”朱明明不顾小曼的尴尬，两眼发光，“我最爱吃搅团啦，能不能给我凉拌一碗？”

小曼的脸更红了：“这是我们乡下人吃的粗粮饭食，你就别取笑啦。”

朱明明喉结滚动一下，咽着口水说：“我是真的爱吃。这在城里吃不到。”

小曼见他是真心，便不再难为情，取出一块搅团，说：“那我给你炒吧，拌的太凉。”

“那最好不过，”朱明明说，“不过……一块有点少，能不能给我炒两块？”

小曼心里咯噔一下，又取了一块，切成条状，点着灶火。锅里的油热了，小曼往里放葱花、蒜苗时，问朱明明要不要加辣椒，炒搅团放点辣椒好吃。

朱明明摇头：“不要，我吃不了辣，不过，可以放点醋。”

小曼滴了些醋，麻利地炒了一碗香喷喷的搅团。朱明明双手接过，迫不及待地吃了一口：“好吃，真好吃！好几年没吃过这么香的搅团啦！你真能干，不像城里的女孩，到你这个年龄，好多连煤气灶都不会点，烧开水都不会。我们首长家的女儿就是这样，大学都毕业了，除了嘴勤快，整天摇头晃脑唱个不停，一点活都不干，自己的屋子搞得像个驴圈，根本不收拾。”

小曼在电视里看过，那些城里女孩个个打扮得光鲜亮丽，原来她们都是驴粪蛋子，表皮光亮，里面糟。这下，小曼有了底气，毫不胆怯地说：“她们现在有父母靠着，将来——结婚了怎么办？总不能嫁给厨师，天天侍候着给她做饭吧？”

朱明明说：“那倒不至于，现在城里流行雇钟点工，上门给你做饭打扫卫生，一个小时才十块钱，也不算贵。”

“好端端的人，不缺胳膊少腿，雇人侍候，那成什么啦，动物园的猴子老虎啊？”

朱明明笑了：“你这话说得准确，不像别人说的，什么寄生虫，一点都不解恨。看来你除能干外，还很有文化啊。”

小曼羞红了脸，心跳加快，还好，屋里光线不好，朱明明看不清她的表情。小曼洗把手，端起盆子从面缸里挖出三碗面粉，舀大半碗凉水，拎起暖瓶往碗里掺些热水，又撒点盐，指头在水碗里搅搅，开始和面。面得多揉，揉好了醒一阵儿才筋道。和好面，再剁馅也不迟。

来女方家相亲，和去男方家不一样，得吃顿饺子。男方要是相中女方，就把碗里的饺子全部吃光，相不中，只象征性吃几个，起身走人。看似简单，其实复杂着呢，所有的态度都在这顿饺子里，心照不宣，又不伤及脸面。

小曼懂这个规矩，母亲跟她唠叨过不知多少次。可是，朱明明刚吃下一大碗炒搅团，还能吃得下饺子吗？小曼和面时心里像敲鼓，咚咚响，手上没了轻重，放多了水，面软得黏手。

又去挖了碗面粉，没敢全部倒进盆子，怕面又和硬了，慢慢地一把一把往里加。朱明明在一旁目不转睛地看着小曼和面。她心里更像揣只小兔，不敢抬头，怕撞着朱明明的眼神。但也不能老低着头，叫人看着显得自己多胆怯似的。为了掩饰自己的慌张，小曼揉着面，不时把头抬起转过去望窗外。

外面的地烟比早晨薄了许多，太阳光隐隐约约地从地烟气中透出来。小曼的小姨和朱明明的姑姑站在光秃秃的沙枣树下，其实也没话可说。为了打破尴尬，小姨踢开地上的炮屑，寻找没炸的炮仗。正月里不能扫地，否则会把一年的福气全扫光。所以，红红绿绿的炮屑铺了一地。小曼的小姨在炮屑里找到几个没炸的，弯腰捡起，摊在手心里，对朱明明的姑姑说了句什么。朱明明的姑姑很配合地笑着，也说了句什么。小姨应了一声，收拢手心，一会儿又把炮仗扔回炮屑里。

开始稀薄的地烟在她们身边飘浮，两人不约而同地伸手拍了拍走开的地烟气，而后相视一笑，再无话可说。两人不时抬头看看秃秃的树枝，枝杈上挂着一缕阳光，像一束黄毛线，在光秃秃的树枝上缠绕着。

两个女人脸上的表情像时间一样平淡。

小曼揉面的声音成了厨房里唯一的动静。朱明明站在一旁看的时间长了，有些不好意思，想帮着洗菜，刚端起水盆，小曼回过头，强硬地说道：“厨房的活不是大老爷们干的，你不要插手！”

朱明明诚恳地说："城里大都是男人做饭，你到饭店去看看，厨师都是男人，就没见过女人掌勺。还是我来帮你吧。"

顾小曼对这个人的印象又好了一层，她把和好的面倒在案板上使劲揉，低垂着头，不看朱明明，却说："这里不是城里，真的不用你帮忙，我一个人习惯了做饭，你帮忙，我倒做不来啦。"

顾小曼直起腰，望着朱明明。透过昏黄的光线，朱明明看到她的眼神认真而执着，他内心的那根弦被这种认真的眼神拨动了，认为这个丫头就是自己要寻找的那一个。忽然间，朱明明有些不安起来，好像面前有件让他心动的东西，他不知道该不该拿，或者不一定拿得过来。

他微微凝笑的表情，小眼睛里透出的温和，有些无措拧绞着的手……如此近距离地看这个人，小曼比朱明明更显慌乱，刚抬起来的眼睛又低垂下去，更加用力地揉已有些筋道的面团。

本来，朱明明还想和顾小曼扯扯闲话，可厨房太狭小，容不下沉淀了太多心思的一对男女，已有些负重，他都能听到厨房气吁吁的喘息声了。他往窗外看去，那棵沙枣树下，顾小曼的小姨和自己的姑姑已经不在那里，地烟也散得差不多了，阳光快挂到半天上了，却还是一副软趴趴提不起精神头的样子。朱明明想，与其这样难堪，不如趁着这个空当到外面走走。跟小曼招呼一声，他退出厨房。

小曼迅速扫了一眼朱明明离去的背影，舒出一口长气，用手背擦去额头的细汗。她骤然出汗了。这么冷的天。小曼的面揉得又光又滑溜，够好了，她把面团放回盆子，扯过蒸布蘸湿，盖在面盆上。父亲已把白菜、大葱和韭菜洗好，水也控干了，小曼把几样菜先细细切一遍，然后混在一起剁馅。案板响起极有节奏的声音，像在唱歌。

四

从顾小曼家出来，朱明明在镇街上闲走。说是镇街，其实就是一条宽不过七八米，长不过两百米的马路，路两边的平房和二层楼交相排列，有眼光远点的，早早把街边房扩成店面，卖些小零碎，食品、文具、针头线脑什么的；屋子宽畅点的，挂了各式服装，变成了服装店。桑那镇地方小，从电影、电视剧里看到大城市的人一般都去超市买东西，去外面见过世面的人回来，手里拎着的大都是印有“某某超市”的塑料袋，觉得超市是一种时尚潮流，于是，经济实力强的，开了超市，货办得齐全，还大气、时髦，随你挑选。没两年，镇街不大，大小超市竟开了三四家。那些开不成超市的小门面，只能瞅准超市里没有的犄角旮旯的小东西来卖，或者把价格压得比超市低一点点，这样，基本赚不上几个钱。可不这样，又能干什么呢？

朱明明还没想好是进超市，还是沿镇街随便走走。本来他昂首挺胸，走得一本正经，样子像是带了目的性，一直向前走。可他的一身装束很扎眼，见到他的人总会多看几眼。也难怪，桑那镇就这么点人，大家彼此都非常熟悉，谁脸上多长个痣，都清清楚楚，猛然出现个陌生人，多看几眼也没什么。朱明明倒没有被人瞅得不自然，觉得很正常，他是来桑那镇相亲的，女方又是长相不错的顾小曼，他想不引人注目都不行。但他明白，自己绝不能端架子，显示与这里的人有所区别。朱明明把挺直的腰塌下来，冲看他的人点头，微笑一下。这样，他走过去，后面瞅他的那些人立马聚在一起，悄悄地议论开了。

“这就是给小曼相的女婿啊？”

“小伙不赖呢，懂礼貌，有教养。”

“小曼也不赖啊，配他绰绰有余。”

“小伙就是眼睛小了点，不过，看着精神。听说在部队整天跟首长出出进进，将来肯定有大出息。”

“精神？小曼以前的男友看着也精神啊，有啥用？逮着事就跑得不见人影。”

“唉，小曼这病……不知她与这个小伙有没这个缘分。”

“顾远山一家老实本分，老天有眼哩，它不会亏待小曼这个好丫头的。”

……

朱明明从镇街的这头走到那头，在众人狐疑而友善的目光里看出了他们对自己的满意程度，他心里有了底气，往回走时，听到他们的议论也当作没听到。但他也不能走来走去，像专门出来展览似的，这样不好。朱明明看到跟前有家小商店，便掀开棉门帘钻了进去。

这是何利民家开的杂货店。早晨放过“破五”炮，吃过搅团，何利民认为正式的年就算过完，便开门营业。等了半上午，也没见个人影进来买东西，正围着火炉感叹，都“破五”了，就没哪家缺包盐、少瓶醋什么的。他心里埋怨那开花一样到处都是的超市，东西不过就是他杂货店里的那些东西，因为摆放在“超市”，身份和身价便尊贵起来，其实他和那些开超市的人家是在同一个地方进的货呢。唉，真是人心不古，连买东西都跟娶媳妇似的，要挑那门面光鲜的。

一身军装的朱明明猛然进来，虽然没有军衔，可还是把何利民吓了一跳。他忙起身，认真打量这个陌生的年轻人，一时拿不准是谁家的亲戚。

因为顾远山还欠着何利民的几十块油盐钱，年前他没讨着，又不好和顾远山撕破脸皮要，可他心里一直不舒服。何利民经营的是小本生意，得上下操心，他顾不上惦念顾小曼相亲的事，不知道这个陌生人跟谁家有联系。不管是谁，反正是新年的第一个客人。何利民是桑那镇出了名的小算盘，以前很会做生意，自从桑那镇出现超市，他的生意一落千丈，尽管他的货物比超市低一两毛钱，可薄利不见得能多销，好多人还是愿意去超市亲手挑选商品。能到他小商店来的人，大多别有用心。他这能赊账，超市绝对不行。

今天上门的第一个客人是外地人，不可能赊账。何利民脸上堆满笑，热情地招呼道：“来啦，外边冷吧，到炉子跟前烤烤。”

朱明明点点头，往货架上扫了一眼，指着排列整齐的香烟说："没'云烟'啊？"

"小地方，摆高档烟卖不掉。"

"也没'芙蓉王'，"朱明明看着烟牌子说，"那只好来盒'雪莲'啦。"

何利民从货架取了一盒精品"雪莲"。

朱明明笑笑："还是凑合着抽'红雪莲'吧，精品抽着烧嗓子。"

何利民愣了一下，换成"红雪莲"递给朱明明。

朱明明拆了封，从中抽出一支先让何利民。何利民平时不怎么抽烟，没有烟瘾，推托不接，让了几下，见客人出于真心，便接住含在嘴里，两手在身上摸索。朱明明掏出打火机，给他点上火，然后抽出一支给自己点着，往火炉跟前挪挪，烟含在嘴里，两手搓着烤火。

"来走亲戚？"抽了人家的烟，何利民不能冷落了人家。

"哦，是啊，走亲戚！"朱明明把烟从嘴里拔出来，装着不经意的样子问道，"老板，西头顾家的那个小曼，你知道不？"

何利民点点头："一个镇上的，哪有不知道的。"

"她——人怎么样？没什么问题吧？我是说，她没去城里打过工吗？"

何利民这才猛然醒悟，面前的这个军人大概就是给小曼丫头介绍的女婿了。他嘴里冒出一缕细细的烟雾，熏得眼睛犯酸，一般情况下，他不把烟吸进肚子，只噙着任它慢慢燃完。这下，他吸了一大口，呛得咳嗽起来。半晌，才使咳嗽平静下来，说：“我当是谁呢，就说没见过你，要说小曼啊，这个丫头倒没出门打过工，只是——”

他想起过年前，没讨到顾远山的账。顾远山本来答应年前清账的，可偏偏他老婆的腿又摔伤，有了这个借口，要他再缓缓，过完年开了春一准还。唉，谁知道他开春还得上还不上，年前顾远山忙了小半个月的活，多少总是赚了些钱吧，都还不上几十块钱的账，开春后他拿什么还？何利民的心头又不舒服起来。可是，小曼的那双安静温和的大眼睛在何利民眼前晃来晃去。他接着说道：“只是小曼的——妈舍不得放女儿走，怕她去城里学坏。”说出这句话，像一块石头落了地，何利民长出了一口气。

朱明明脸上的笑意一点点漫开，想掩都掩不住，没抽完手中的烟，就道声谢，心满意足地走了。

* * *

在朱明明出来之前，他姑姑借口上厕所，出了顾家的门，从公共厕所出来，却拐进一家超市。超市的感觉就是比小商店舒服，所有的货物都整齐有序地摆放在货架上，看中哪个，拿下来放进购物筐，不想买，只要没交钱，就可以放回去，哪怕你不小心弄烂包装，也没人跟你计较。难怪大家都喜欢到超市买东西，这买的就是一个舒心啊。朱明明的姑姑的心思不在买东西上，她这看看，那摸摸，四处打量，始终没往购物筐里放一样东西。超市看上去挺散，其实哪个货格都有专人负责，一个穿工作服的丫头原本远远地站着，这时跟了过来，用貌似漫不经心实则警惕的眼神瞅着朱明明的姑姑。

朱明明的姑姑很高兴有人过来，她跟丫头搭讪：“这里东西的价钱，就是比我们那儿便宜。”

丫头长得圆头圆脑，脸上有两坨高原红，她很职业地一笑：“我们超市的商品全是平价，你随便挑随便选。请问，你需要什么？”

“我还没想好呢，”朱明明的姑姑讪讪一笑，“先看看再说。”

“没关系，你慢慢看，看好了请到款台付钱。”

“那是当然——丫头，我能向你打听个人吗？”

“说吧，只要我认识，肯定告诉你。”

“街西头的顾小曼，你熟悉吧？”

胖丫头点了点头。

“小曼二十二岁啦，长那么俊，怎么还没找婆家？是不是她……”

胖丫头脸上明显怔了一下，两坨高原红更红了，她说道：“你是说小曼——有什么问题吗？”

朱明明的姑姑赶紧摇头：“我没那个意思，只是随便问问，有人托我给她介绍个婆家，你看我吧，对她也不了解，就怕给她说错人家。”

“哦，是这样啊，那我告诉你，小曼人长得太漂亮，心高气傲呗，一般的婆家她根本看不上眼！”

朱明明的姑姑心里踏实了。她向这个胖丫头打听顾小曼，肯定能听到真话，因为她长得比小曼差。

九

正月里包饺子，肉多菜少，没多大工夫，小曼将菜馅剁好，与肉和在一起，正调味呢，小姨进来了，她什么也没说，两指拈起一点馅放进嘴里，咂咂嘴，满意地看了外甥女一眼，走了。她得去招呼客人，上趟厕所，该回来了。

不一会儿，顾远山像片树叶一样轻轻飘进厨房，丢掉嘴里的烟头，仓促地洗把手，拖过面盆，要帮女儿擀饺子皮。

小曼从父亲手中抢过盆子，在面团上拍了两下：“爸，你去吧，我一个人包就行。”

顾远山裁衣服行，他像桑那镇的其他男人一样，不会做饭，但他没走，站在一旁看小曼擀面皮。女儿手巧，皮擀得厚薄匀称，轻巧地往旁边一扔，饺子皮儿跟只小鸟似的，扑棱棱飞起来，又扑棱棱落下去。皮儿擀得差不多了，小曼放下擀面杖，两只手上下翻飞，一会儿，一排排饺子整整齐齐地码在案板上。看小曼包饺子的过程是个享受，顾远山看着看着，眼睛湿润了。要是小曼没那个病，该多好啊，像别家丫头一样结婚生子，他只等着当姥爷了。顾远山转过身，坐到灶间点火烧水，不时扭头看女儿一眼。在昏暗的厨房里，他看不出女儿哪点像病人。真是苍天不长眼，一个花红柳绿的丫头，咋就不能叫她过得健康无忧呢？顾远山心里酸酸的，眼里不自觉地泛起泪花，他怕碰到小曼的目光，便赶紧低头烧火。

还剩三四张饺子皮时，小曼忙碌的手忽然停住，心里掠过那碗朱明明吃的炒搅团。她眉头紧了一下，抓过案角的辣椒罐，往剩下的馅里加了些辣椒面，包了几个带辣子的饺子。

这一切，没逃过顾远山的眼睛，他轻轻地叫了声："小曼……"

小曼装没听见，水滚了，端过来饺子往锅里下。

锅里的蒸汽腾起来，把小曼淹没在水雾中。

* * *

朱明明与姑姑相继回到顾家，因为有小曼的小姨在跟前，他们没法交流，只是趁着给他们杯里添水的空隙，相互交换了一下眼神，两人心照不宣地点了点头。朱明明心里有了底，高兴地对姑姑说："我去厨房看看还有啥忙要帮的。"

小曼的小姨扯住他说："看你说的，哪能让你帮忙。我家小曼能干，她一个人把饺子全包好啦，可能都出锅了，我这就去端。"

饺子煮好后，顾小曼将那几个有些发红的饺子捞到一个碗里，单独放在一边，见小姨进来，端起一碗递给她，再叫父亲端一碗给东屋的母亲。母亲伤腿有药味，怕影响客人，坚持自己一个人在东屋吃。小曼则端了有辣椒饺的那碗来到西屋。果然，小姨将自己手上那碗饺子递给了朱明明的姑姑。小曼顺势把她端的碗递给朱明明。

这时，顾远山急急地跟过来，眼巴巴望着刚刚递到朱明明手里的碗，趁小曼出去拿大蒜的工夫，抓住朱明明的碗边说：“来，叔给你加点醋去。”不管朱明明要不要醋，硬是从他手里抢过碗，端出屋子。往厨房走的路上，顾远山顾不得烫，两指在碗里拨拉，找到那几个发红的辣椒饺，慌忙塞进嘴里，滚烫的饺子烫得他直翻白眼，接着，辣得直哈气。顾远山顾不得烫和辣，去厨房给碗里补了几个饺子，拿了醋瓶回到西屋，口吃似的哈着气说：“我把醋拿来，吃多吃少，还是你自己放吧。”

朱明明接过来，往碗里倒了点醋，全然不顾大家看着他，盯着碗里的饺子，个个饱满圆润，散发出诱人的香气，他不由自主地咽着口水。

小曼低着头拿大蒜进来。朱明明喉结部位轻微的动作，除了小曼外，没逃过大家的眼睛。小曼埋头剥蒜，当着众人面，她不敢正眼看朱明明。她也没有将剥好的蒜直接递给朱明明，而是轻轻放在他面前的碟子里。她做得很有分寸。

顾远山显然很激动，点上一支烟，夹在手指间哆哆嗦嗦，顾不上抽，不断说道：“吃，吃，吃啊！”

朱明明已等不及了，抓起一头蒜，呼噜呼噜吃起饺子。其他人都象征性地拿起筷子，夹着饺子，却没真吃。朱明明吃得很香，几乎一口吞一个。大家都望着他吃，每吃完一个，每个人的心都往紧里缩一下。尤其是顾远山，头随着朱明明的咀嚼，一抖一抖，像帮人家用劲似的。朱明明的姑姑也不例外，刚开始她有点拿不准侄子，吃饭前，没机会与他交流，只是点个头，用眼神交流了一下，可一个眼神哪能说尽他的内心？这会儿，她见侄子吃得这么急，心里头的动荡慢慢平静下来，她不急了，踏实地细嚼慢咽起来。

小曼一直不敢看朱明明吃饺子，她心跳得咚咚响，挑起一个饺子放在嘴边，小小地咬了一下，慢慢地嚼着，她本不想太在意朱明明的动静，可他香甜的咀嚼声像被扩音器放大数倍，直往她耳朵里灌，她受过震荡的耳朵里面又响起来。其实，她心里比谁都紧张，也比谁都矛盾。到了这种时候，朱明明会把这碗饺子吃光还是会留下？她这根冰挂，究竟是继续挂在那里，还是在太阳下融化？

因为紧张，顾小曼的额头冒出了细密的汗珠，脸色也更加苍白，她的心在胸腔里越揪越紧，慢慢地，她觉得饺子在碗里旋转起来，速度越来越快，她想喊，可是潜意识又把她的喊声压了下去。

还是小姨清醒，没有被暂时的胜利冲昏头脑，及时发现外甥女的细微变化，赶紧撂下碗，扯起小曼的胳膊说："小曼，随小姨给大家端饺子汤去！"

小曼虚脱似的，往小姨身上一靠，几乎是被小姨搀扶着来到的厨房。紧跟上来的顾远山额头也出汗了，他往身后看了一眼，上前扶女儿，却被小曼轻轻推开："爸，我没事，你去吃饭吧。"

外面惨白的阳光终于变得红艳起来，太阳像成熟的辣椒，红彤彤地挂在半天上，把最后一点若有若无的地烟气彻底驱散开。在通透阳光的照耀下，一切都变得清晰起来。

六

中午的阳光照了一阵，气温回升了许多。何婉云半趴在窗口，望着院子里洒得满地金黄的阳光，心里像揣进一个热乎乎的太阳，脸上毫不掩饰地神采飞扬。她想出去晒太阳。虽然才“破五”，却有这么好的阳光，简直跟春天差不多，不出去照照真是浪费。顾远山不同意，说看着太阳好，其实外面挺冷的，你心里高兴，但不能这时候添乱。

何婉云轻轻揉着自己的伤腿，想想也是。本来就是个穷家境，再摊上走不成路的她，人家要是把小曼瞧不到眼里，也就揉不进心里。她这个老娘拖着条伤腿在人家眼前摇来晃去，还不给人家心里添堵？刚得到确切消息，好不容易把心放回肚子里，可别乱中出错，再闹出个什么岔子来。罢了，还是趴在窗口看看太阳算了。

趁着天气尚好，顾远山去拾掇厨房旁边的那间厦屋。吃完中午饭，小曼的小姨心里高兴，顺口说了句客套话，要朱明明别走了，留一宿好好拉呱拉呱。朱明明一点都没有推让，顺着小姨的意思留下来不回去了。

这完全是个意外，出乎顾远山的预料，一点准备都没有，平常住人的就两间正屋，一间住着他们夫妇，另一间归小曼所有。再就是两间偏厦，一间做厨房，另一间堆放杂物。顾远山心里发愁，看了小姨子一眼，也不是怪她多嘴的意思。朱明明吃光了碗里的饺子，预示着人家相中了小曼，他们对朱明明也很满意，这已经有准女婿的意思，人家要住，也在情理之中。可就是觉得没准备，小姨子的客气叫他措手不及。

还好，朱明明的姑姑认为大功告成，侄子留在顾家住下也好，免得他回去一人冰锅冷灶，大过年的，还得她挂念着。再说了，她还得操心自己的家，哪有心思留宿在外，她丈夫在外打工一年，好不容易回来过年团聚几天，眼看着十五一过，他又得走，一去就是一年，他们得珍惜在一起的每一刻，平白无故落下一个金贵的夜晚，多可惜呀。

送朱明明的姑姑走时，小曼被母亲唤到东屋，打开箱子，取出一条不知搁了多少年的大红被面。这是谢媒人的礼物，朱明明的姑姑没多推辞，接了过来，她抚摸着绸缎被面，在蛇吐芯子一样的咝咝声中，说道："我看出来了，两个孩子没啥意见，要是觉得合适的话，初十那天，给孩子把亲定了吧。"

看似商量的口气，却一锤定音。

小曼没料到会这么快，见面才几小时，终身就定下了。那一刻，她的脑子竟然一片空白。

小姨看了外甥女一眼，像似累了，把手搭在她的腰上，其实是暗暗扶住外甥女，生怕她会犯晕，关键时刻出什么闪失。

还好，小曼看上去只是神情有点恍惚，脸色不是太白。

小姨赔着笑说："这当然好啦，明明（称呼都变了）过了十五得回部队，走之前把事定下再好不过。”又把脸转向顾远山，“姐夫，你说呢？”

顾远山也没想到事情会这么快，他措手不及，说话都结结巴巴：“好，好，是，好！”他装作眼里进了异物，眯起眼，背过身偷偷抹去涌出来的泪水。

顾远山、小曼，小曼的小姨，当然还有朱明明，浩浩荡荡地将朱明明的姑姑送到汽车站。上车之前，朱明明的姑姑有几句话想跟侄子交代，一路上没机会，眼看车要走了，她下来硬着脸把侄子扯到车后，悄悄告诫他，说话一定要小心，该说的说，不该说的千万不要多嘴。

朱明明使劲点头，他姑姑拍了拍他的头，丢下一个意味深长的笑，跳上车，心急火燎地走了。

回家的路上，朱明明说，他想去买个东西，可人生地不熟，不知会不会找不到回家的路。

就是瞎子在桑那镇走一圈，也走不丢的，小曼的小姨听出了朱明明的意思，却不敢做主，看着姐夫。

顾远山点点头，说：“让小曼陪着去吧，没事的，她闭着眼睛都能找到桑那镇的每一个角落。”

小曼看上去，也没有不愿意。

两个年轻人走了。顾远山和小姨子急急地回到家，他得收拾屋子。小姨也认为大功告成，该回自己家了。

太阳西斜，顾远山两口子没多做挽留。何婉云抓住妹妹的手，泪水涟涟：“这次，多亏妹妹你啊，小曼的事如果不出意外，我算搬走了心头的一块巨石，真不知怎么谢谢妹妹呢。”

妹妹笑道：“说了一场媒，磨穿了几双鞋底，你却连个被面都舍不得给，还说这话！”

何婉云号啕大哭。顾远山埋怨老婆就知道哭。小姨子说：“让她哭吧，我苦命的姐姐，是该好好哭一场了。”说毕，她也忍不住抽搭着，从姐姐手里硬拽出手，抹着眼泪走了。

顾远山送小姨子出来，根本跟不上她的步子，干脆立住不送，望着她走得不见影子，才回来拾掇住的地方。按说，两间带土炕的屋子能住下一个朱明明，大不了叫小曼腾出她的屋子，和母亲睡，顾远山和朱明明睡小曼的屋子。可是，朱明明在交谈的时候无意中说，他在部队睡惯了床，回来第一夜在土炕上死活睡不着。还好家里有张床，半夜爬起来支好，才一觉睡到天亮。说白了，这也不是坏习惯，人家在外见过世面，习惯床是应该的，那就在厦屋给他支张床吧。其实，厦屋收拾一下也能住人，可正月里，这种气候晚上不好对付。

收拾完厦屋的杂物，打扫干净，又把床架好，顾远山过来对老婆说，厦屋太冷了，他干着活，还冻得打哆嗦，晚上朱明明怎么睡呀。就是两床被子怕也抗不住冻，何况家里还没有多余的两床被子。

何婉云说：“那可得想办法，没炉子也没有煤，去借也没地方借去。再说，烧炉子还不保险，屋子太小，万一漏煤气怎么得了。”

顾远山为难地看着老婆：“那怎么办？这可将就不得，不能叫人家住一晚就冻病喽。”

何婉云瞪了丈夫一眼：“亏你还是裁缝，这点事就把你难住啦？去买张电热毯铺上，不就解决问题啦。”

“人家说睡不惯炕，电热毯与炕有啥区别……”

“他还不是睡炕长大的？再说，给他准备的是床，不是炕！”

顾远山无话可说，心里却犯了难，他不是没想到买电热毯，而是没能力买。他身上一点现钱都没有了。顾远山出门来到镇街一头扎进超市，胖丫头迎上来笑容满面：“是远山叔呀，那个军人是小曼姐的女婿啊，瞧着就带劲，可不像一般人。晌午饭前，就是你们刚送走的那个女人，还找我来打听小曼姐……”

“你是怎么说的？”顾远山打断胖丫头，神经一下绷紧了。

“看你紧张的，你不想想，我还能怎么说？说小曼姐长得漂亮，心高气傲，才一直没寻婆家！”

“哦。”顾远山松了口气，想想自己真是的，晌午饭后朱家都把话说死啦，显见没起什么异心，胖丫头肯定不会使坏的。他由衷地给胖丫头深深地鞠了个躬：“谢谢你！”

胖丫头吓了一跳，消受不起，笑着跑开了。

顾远山在电热毯跟前挑挑选选，价钱全在四十块钱以上，他囊中羞涩，四十块钱都掏不出来，本想跟胖丫头说些好话，欠下一条，都拿到手上了，转念又想，她只是个营业员，做不了主，还是不要给她出难题。他把电热毯放回去，含糊地打个招呼，出了超市，在镇街上走来走去，想着几家超市肯定都不赊账的。最后，硬着头皮进了何利民的杂货店。何利民的店里也有电热毯。

顾远山只剩下这条路可走了。

何利民没听顾远山说完，就连连摆手："不行，不行！年前的账你都没还，不能再赊给你了！再赊，我连进货的本钱都没啦，这样下去，我就得关门喝西北风啦。"

顾远山自知理亏，又拉不下脸死缠硬磨，默默地挑起门帘，走出来。站在何利民小店的门前，望着空荡荡的街道，顾远山像只失散的鸟，没了方向感。他心里的悲怆就像此时的阳光一样，慢慢地暗淡了。

这时，何利民却从店里出来，将一条电热毯塞进顾远山怀里："拿着，看在小曼的面子上，我欠给你！"

顾远山两眼顿时模糊了，他对着何利民深深地鞠了一躬："谢谢，谢谢！"

何利民说："你是得谢我，晌午饭前，那个当兵的来我店里打听小曼的情况，我记着你没还钱这档子事，可还是说了小曼的好话。小曼——不容易啊！"

七

小曼不爱在镇街上走动，她怕跟人打招呼，那样，她会听到别人同情的问候，看到人家怜悯的眼神。她选择到叶尔羌河边走走，冬天这里几乎没人来。

没有轻浅流动的水，没有水流动时泛起的微微水浪，以及水浪里倒映的岸边红柳和白杨，结冰的叶尔羌河看上去比水流最丰润的夏季宽阔得多，也安静得多。夕阳的余晖照在坑坑洼洼的冰面上，光芒四射，如同某个女孩做给情人的鞋垫，把千丝万缕的丝线一根根精心锈在上面，美得不忍心垫在鞋里。

小曼的眼睛被冰面反射的绚丽光芒照耀得睁不开，她不敢看河面，怕自己被那种惊心的美丽蛊惑住。她把目光投向不远处的桑那镇。镇子在叶尔羌河的南岸，地势偏高，就有了仰望巨人的感觉。此时，黄昏下的这个巨人却像个垂暮的老人，沉稳、安静，不过那份安静里，偶尔会蹿出一两声小孩子放散炮仗的声音，沉闷而遥远，像老人打盹时不小心发出来的呼噜。

小曼喜欢这种感觉，一切都是昏黄的，天空、大地，没有过去，没有未来，没有波动，没有伤感，也没有痛，更没有与她的病情有关的一切。她觉得自己的生活就像这黄昏。

不一会儿，余晖在平静安宁中一点一点不动声色地收敛起它的光芒，伴着远处烧炕的烟雾升起，暮色铺开，昏黄中一如之前的平展和安谧。

小曼的思绪飘得很远，一旁的朱明明滔滔不绝，说什么首长想把自己的女儿嫁给他，那个女孩也有这意思，是他不情愿，嫌首长的女儿娇气，不懂得生活；假如他做了首长的乘龙快婿，提干肯定没问题，可那样别人会把他看扁，云云。朱明明说东道西，如清晨被鞭炮震荡出的耳鸣，嗡嗡地在小曼耳朵里打着旋，让她生出了一丝烦躁。怎么回事，中午的时候，耳鸣怎么没了，现在却又响起？小曼被耳鸣吵得心烦意乱，她揉着耳朵。耳鸣时断时续，朱明明的话也时断时续。

从大半天的接触中，小曼觉得朱明明这人还是不错的，在镇街上碰到有人跟小曼打招呼，尽管不认识，他会站定，微笑着主动跟人家打招呼，问声“你好”，与镇上的人一下子拉开了距离，像大城市的人，文明又讲礼貌，有涵养。小曼从别人的目光里，读出了赞赏，心里还是挺受用的。可是，朱明明刚说的那些话，使小曼心里不舒服起来。

接下来说的话，更叫小曼对朱明明有了看法。八字还没一撇呢，只吃了一顿饺子，接触不过半天时间，朱明明竟然对小曼说，等他们结婚了，她就是军属，他要把她带到乌鲁木齐去，过上几年，再把小曼办成乌鲁木齐户口。

小曼心里立马掠过一丝阴影，心想：你自己的前程还悬在空中，不知是啥结果呢，倒替我考虑上了。谁不知道，只有军官才能带家属随军，办成城市户口。这点常识，小曼还是懂的。

虽然没揭穿朱明明，但小曼对他的好感却打了些折扣。朱明明从小曼的表情上，看出了她的不相信，解释道：“我话还没说完呢，你别不信，我的意思是，不是叫你随军，我能不能提干，还不好说，但有首长在，没办不成的事。就凭咱和首长的关系，给你办个户口不算什么，你还有啥担心的？”

小曼揉着嗡嗡叫的右耳，朱明明的话让她恍如进入一种梦境。可这梦境又是那样的让人清醒。她闭口不语。

朱明明有点不高兴了：“我跟你说正经事哩，你好像心不在焉，揉耳朵干什么，你不是不爱听吧？”这种时候，不高兴是正常的。

“不，不是！”小曼赶紧说，“我在听哩，只是——我的右耳早晨放炮仗时，给震坏啦，里面像钻只苍蝇，嗡嗡叫哩。”

小曼垂着头低声解释，她的脑子里一闪而过的是父母充满期待的眼神，是那个夜晚月光下在母亲脸上流淌的悲伤。她的心像走路时被石头绊住趔趄了一下，很快，又稳住了。她告诫自己，别不识趣，人无完人，谁没说大话的时候呢，将就一下吧！

“哦，原来是这样。”朱明明又眉飞色舞地说起来，“来，我看看你的耳朵要不要紧。实话对你说吧，刚当兵时，组织安排我去学医，虽然时间不长，但一般的病还能瞧个一二。要我说呀，可能是耳膜受了冲击……”

小曼耳朵里的嗡嗡声越响越大，大到她几乎无法忍受，她用力揉着右耳，往边上一躲，甩开朱明明的手：“没事，我揉几下，里面就不吼叫了。”

朱明明把举起的手收回，讪讪道：“那就好。你别不信我的医术，我们首长平时有个头疼脑热，不去医院，都是我给他拔火罐或者刮痧。按说，以他的职务去趟医院，院长都得出门迎接亲自把脉，首长嫌烦，不如我做起来省心……”

“医院院长都得听你们首长的话呀？”小曼强压住心里的别扭，打断朱明明的话，敏感地问道，“看病很便宜呀？”

“院长当然得听我们首长的话啊，首长一句话，别说便宜，医药费全免都行。”

“那你们首长得是多大的官啊？”

“这个——不能告诉你，保密！”关键时刻，朱明明却闭了嘴。

小曼立刻不高兴起来，不高兴得似乎没有道理。她抱紧胳膊，说：“走吧，回去，我觉得冷！”

“天气还可以呀，再走走吧？”

“我得回去做晚饭了。”小曼有些强硬地说道，“我想你也不会迷路啦，要不愿回，一个人再慢慢转。”

说完，小曼也不看朱明明的表情，兀自往前走了。朱明明匆匆跟在后面。夕阳在背后推着他们，他们像专心赶路，天黑前要到达目的地似的，再顾不上说话。

叶尔羌河的冰面上，那千丝万缕的丝线随着夕阳的陷落，也消失殆尽，惨白的冰在微暗的暮色下，散发着清冷的寒气。

八

吃过晚饭，小曼心情不太好，推说头疼，昨晚老想着今早放“破五”炮仗起不来，一夜没睡好，她困了，要早点休息。

今天留下的可是特殊客人，小曼这样做，肯定不好，可别叫朱明明心里有想法。就是有天大的事，这种时候也不能怠慢人家啊。知女莫若母，何婉云已经感到有些不妙，肯定是他们下午的交往出了点小摩擦，虽然她不知道朱明明对小曼说了什么，还是做了什么不该做的，但她看出来了，他们从外面回来后，小曼的情绪一落千丈，跟午后简直判若两人。何婉云瞪了女儿一眼，心里骂道：死丫头，有什么大不了的，值得你在这种时候变脸？过了这个村可就不一定有这个店了，你还以为是媒婆踏破咱家门槛那会儿？真是不懂事！

何婉云迅速看了朱明明一眼，见他张张嘴，一副欲言的样子，她赶紧与顾远山的目光碰了一下，笑着抢先说道："看这傻丫头，你爸平时把你惯坏了，真不会说话。妈知道你害羞，找借口干吗？好啦，去吧去吧，明天早点起，去小林家端些羊杂汤回来，再到隔壁梅花家买几个芝麻烧饼，要死面的，泡羊杂汤给明明尝尝，桑那镇最出名的就属这几样。"

小曼如释重负般回自己屋睡觉。其实，她哪里睡得着，心里像团麻，加上右耳里的嗡嗡声停了又响，烦得她真想拿钎子把鼓胀的耳膜戳穿。小曼不是故意要冷落朱明明，是怕他再说那些话。要是说给她一个人听倒也罢了，她可以当他为逗她一乐，可是当着父母的面，她的脸可没地方搁。本来，她就对这场相亲没抱什么希望，她的病瞒着人家已经叫她心生不安，她倒希望坦坦白白跟人家说清楚，没有隐瞒，哪怕人家看不上呢，她心里也不会这样藏着掩着，躲躲闪闪的，如今这样反倒叫她如履薄冰。上午的接触，她对朱明明的印象挺好，越好越不踏实，就怕哪天被人家发现自己是次品，会将她直接摔到地上。可下午的交谈，让形势发生了逆转，她心里对朱明明有了些看法，觉得这人说话不太靠谱。做晚饭时，朱明明蹭到厨房，说是给她帮忙，其实是为了解释他在河边说的那些话。不解释还好点，小曼凑合着能想得通，可朱明明的一番表白，使她生出了反感。一个叫人反感的人，就像一个你不喜欢的东西，拿了也属多余。所以，整个晚上，小曼没与朱明明搭一句腔，任他一个人絮叨个不停。最后，他还算有自知之明，尴尬地住了嘴。

躺在床上，小曼的心里打起了退堂鼓。

耳朵里的嗡嗡声浪潮似的涌上来，又退下去。小曼听到从东屋传来说话声，那是母亲的，又脆又亮，时不时地，还伴随着她的几声笑和父亲的应答。没听到几句朱明明说的话，小曼支起耳朵，想听听在自己父母跟前，朱明明会说些什么。可右耳偏偏跟她作对，待到朱明明说话时，又嗡嗡叫唤起来，剩下一只左耳，隔着两道厚厚的棉门帘，根本听不清朱明明说了些什么。小曼知道，父母跟朱明明说话肯定很小心，尽量回避说她，他们肯定会问朱明明在部队的一些事，除了这些，还能问些什么？可是，这个朱明明会像在河边时那样说话吗？

* * *

其实，小曼一走，像是屋里一盏最亮的灯熄灭了，朱明明看不见亮光，一下子没了劲，对顾远山两口子提出的问题，有一搭没一搭地应付着。

何婉云看出了朱明明的心不在焉，但她还是尽量找些话题，陪朱明明拉呱。人都留下来了，只能往好的方向努力，哪能半途而废呢。再说，小曼也经不起这种打击了，她可是一件易碎的瓷器，经不住一摔。

顾远山坐在炕边，闷着头一根接一根地抽烟，不说话也不提问题。何婉云看着火起，突然吊下脸，冲他道："看你都赶上烟囱了，一根接一根抽，连口气都舍不得歇。你要再不停下，就到院子抽去，别在我面前制造污染！"

也抽着烟的朱明明脸上挂不住，赶紧摁死烟头。

何婉云的意思，想要顾远山跟朱明明多说说话，男人之间，话题总要好找些，别叫她一人硬撑着。她没顾及太多，见朱明明忙不迭摁灭烟头，觉得不好意思，摆着手冲朱明明道："你抽，你抽你的，没事的。"

朱明明瞟了一眼小曼睡房的方向，讪笑道："不抽啦不抽啦，我平时也不怎么抽烟，不过来个人的时候才陪着抽几口……"

说着，他忽然停住，拧着手指一副很羞涩的样子。

何婉云忙接过话："我理解，你这是身不由己嘛。在外面比不得家里，啥事都由不得自个儿。"

"可不是，在外面，人活得可真不自由，混得再好，那也是别人的地盘，哪像在老家，有啥事大家都帮衬着，日子再穷，可以由着性子，过得快乐。真是金窝银窝，不如自己的狗窝啊。”

听朱明明说到家，何婉云不知哪根神经出了问题，不顺着嘴问人家在外面的情况，竟然要朱明明回他山村的家后，顺便打听一下他们那里谁套旱獭，有旱獭肉卖。

这下，朱明明来了好奇心，问买旱獭肉干什么。

何婉云一时哑了。越忌讳越忘了避讳，就跟刚才骂顾远山抽烟却忘了朱明明也在抽烟一样。她一时没想好怎么应对。

顾远山像被烟呛了一下，咳嗽几声，道：“是我吃的药里需要。其实，我也没啥病，常年抽烟有点哮喘，听人说，旱獭肉能治哮喘，我想试试。”被老婆骂了一顿，顾远山的反应灵敏多了。

好险啊！何婉云长舒出一口气，向老头投去感激的一瞥。顾远山装作没看见，抓过烟盒掏出两支，扔给朱明明一支，自己理直气壮地也点了一支。

朱明明点上烟，抽了一口，慷慨激昂地说道：“既然是治病，我明天就回去，找人套到后送来。”

* * *

第二天，小曼还是起了大早，去小林家买羊杂汤。小林家店门口已围了一大堆买早点的人，他们见小曼过来，纷纷让开一条道，叫小曼先来。小曼受不了这种照顾，转身要走，小林从店里已跑出来，抢过她手中的盆，盛了满满一盆羊杂汤递过来。小曼不接，结结巴巴道：“我只要三碗，这多了吧……”

小林硬把盆塞到小曼手中：“就打了三碗，多了点汤，快端上，后面的人还等着呢。”

小曼只好放下钱，端着盆，又绕到梅花家买了五六个芝麻烧饼，回到家撕碎泡上羊杂汤。

果然名不虚传，小林家的羊杂汤香辣可口，梅花家的死面烧饼柔软筋道。朱明明喝着香喷喷的羊杂汤，嚼着烧饼，感叹从没吃过这么有咬劲的泡馍，喝过这么地道的杂碎汤。

小曼对他的夸赞无动于衷，她把头埋在碗里，细细地喝汤。她不是成心冷落朱明明，要是那样，她就不会起早准备早餐了。

朱明明看不到小曼的一丝呼应，一直坚持到吃完饭，也没见小曼说一句话，他的心凉了半截，吃下去的可口饭食在胃里也不香了。他心里直打鼓，照此下去，顾小曼绝不会对他再生热情，这样对他十分不利，怎么办呢？他被胜利冲昏了头脑，忘记了姑姑的告诫，在心里告诫自己，不能失去这个机会，不能多说话，言多必失，小曼不像那些爱慕虚荣的女孩，他准备的那一套话打动不了她。

因为昨天已经定下日期，朱明明在顾家再待下去，只会把自己的弱点暴露更多，干脆，回家去筹备定亲的事，努力把眼下的不利局面扳过来。

吃过早饭，朱明明搭早班车走了。何婉云要小曼去送送，小曼本不想去，车站离得又不远。可看到父亲母亲眼巴巴的，她于心不忍，就当待客之道吧。一路埋着头，没和朱明明说一句话，连挥手告别的姿势都极其勉强。小曼明白，自己心里已经起变化了。

九

这几天，小曼与父母像玩游戏，他们避而不谈朱明明，也不提初十定亲的事，似乎把这么大的事给忘记了。

小曼不提，是不想与父母发生言语上的不快。她心里很明白，父母对朱明明这个人，不仅仅是满意，而且只要他能看上她，他们几乎是感恩戴德。而小曼心里对朱明明的自以为是颇为不满。说句实话，他们真正的接触加起来就两三个小时，可看定一个人，小曼认为两三个小时已经足够。可是，她能跟父母说她对这个人的不满？偷偷出走的那个男友，倒是和人家处了近两年，她对人家满意，可最后呢，还不是在她最需要的时候，给她心上狠狠地插上一刀？小曼的心猛然抽搐起来，像是那把刀又插进来，她的血流干，那个伤口的疼痛还在，依自己目前的情况，她还能找个什么样的男人？她从父母的眼神里已经看到，这个世界没有了她挑剔的余地，她能不识好歹？你以为你顾小曼是谁？健康的正常人吗？

顾远山与何婉云两口子不跟女儿提及朱明明，自有他们的打算，小曼对朱明明感觉不好，如果面对面谈，小曼肯定会说出令他们失望的话来。万一和小曼谈崩，她固执起来不愿与人家定亲，他们的努力不全泡汤了？过了这村，哪有这店？再说，整个桑那镇的人都知道小曼相过亲，小伙子不赖，好多人见过，懂礼貌，有气质，关键还是军人，在乌鲁木齐，条件这么好的女婿，上哪儿找去！小曼一旦不同意，传出去怎么得了，就你家小曼现在的状况，这么好的女婿都看不上，你到底想找个什么样的？以为你是金枝玉叶，满眼花花绿绿？

顾远山夫妇只有一个念头，关键时候不能由着小曼，他们绝不能失去这个宝贵的机会。

在这种念头的促使下，一家人客客气气，保持平静度过了难挨的四天。正月初十这天终于到了。

这天早晨，顾远山夫妇还是闭口不提定亲的事，小曼更装不知道。反正，朱明明那边也没消息传来，小曼只当没有过这事。表面上，她仍是平平静静、毫无心思的样子，其实她心里还是有点忐忑，她那天的态度，确实很能说明问题，朱明明当时虽碍于情面不好说什么，说不定今天不上门，以此表明他的态度呢。如果他真的不来，她该怎么办？人家不上门，那是对她不上心，不是她的错，父母不能责怪她。可是，他们又该为她感到难过了。还有，桑那镇的人全都认为主动权握在朱明明手里，到那时，大家会说，朱明明是被她的病吓跑的，她以后怎么面对大家更加怜惜，还有同情的目光？

这样一想，小曼有些自责，是不是她对朱明明有点过分了？人家要长相有长相，又在乌鲁木齐当兵，见过大世面，能看上她——小镇窝里的女子，何况她还有病！

这下，小曼的心里很矛盾，她钻在厨房不敢出来，怕看到焦躁不安的父母。他们肯定担心，朱明明今天不来怎么办。父亲已经来过厨房不下十趟，每次进来，都是一副欲言又止的样子，不知怎么开口，干脆不知所措地又走开。他站在院门外，向远处观望过好多回了，为掩饰他的情绪，还自言自语地说上一声："今天这地烟拉得，真够大啊！"

这天的地烟的确够大，快把天与地连接在一起了。

母亲在东边屋里的动静整得很大，连咳嗽声都透着虚假的成分，一听就是干咳，她趴窗户往外看时，好几次头磕着玻璃，"咚、咚"的响声，震得小曼心里一下一下起着回音。

其实，何婉云跟顾远山一样，什么也看不到，外面除了地烟还是地烟，一团一团的，把桑那镇包裹得严严实实。

父母的情绪使小曼的心情越来越糟糕，她受不了这种煎熬，思前想后，她选择了逃避。

可是，顾远山早就关注着女儿的一举一动，他是个裁缝，眼睛毒着呢，给人缝衣服量尺寸前，他都拿眼睛先给人量一量，那尺寸跟软尺量得差不了多少。小曼一早晨的表情，他都瞧在眼里，还能不清楚女儿会有什么想法？像在田塄山道上蹦跳的野兔，顾远山从小曼身后跳过去，抢先一步把唯一的出口——院门堵上了。

浓得化不开的地烟，使桑那镇变得极其安静，连狗的吠叫都被地烟淹没了。院外镇街上的路灯不知是故意没关，还是忘记了关闸，在涌动的地烟中若隐若现，像挂在遥远天界里迷离的星星，零落孤寂。

真正置身地烟中，却觉得地烟远不可及。小曼向地烟抓去，浓烟后退，眼前却又一动未动。地烟为她的双手分开让路，小曼双手空空。她看到，地烟在父亲背上显得很沉重，压得他腰都直不起来，他背负着满天满地的地烟，佝偻着身子拦在院门口，花白的头发像丛干枯的茅草，在地烟里摇晃，一双被皱纹拥挤得变形的眼睛，可怜巴巴地望着一脸怒气的女儿，他的双腿在清晨的寒气中弯着不停抖动，随时都有跪下去的危险。

小曼不敢再往前走，真怕父亲腿一软，跪在自己面前。她怔怔地望着父亲，地烟从父亲的脸上缠过来绕过来，他的头发、眉毛，连睫毛上都挂满了晶亮的地烟珠。小曼的腿迈不动了，她的心被父亲乞求的样子搅碎了。

“曼啊，恁大的地烟，就……别出去了，有啥事，说给我去吧。”

父亲的话跟地烟一样，不过是一小团一小团的雾气，堆在一起，却浓得化不开。小曼喘不过气来。父亲也像不堪重负，在地烟中慢慢委顿下去，变成一个木头桩子。

太阳要升起来了，地烟越涌越欢、越涌越薄，但涌在小曼面前的地烟却浓重得像堵墙，让她连父亲都看不到。

僵持了一阵，小曼的眼里慢慢涌出泪水，她含泪拉起委顿的父亲，答应不出去，就在家里，哪儿也不去。

顾远山看到女儿坚定的目光，像刚从沟底跑上坡顶的旱獭，歇了口气，疲惫不堪地拖着一团地烟，蹿回屋子。

不一会儿，从屋里传出何婉云压抑的哭声。听得出来，她哭声里的兴奋多于悲切。随之，小曼看见玻璃窗上贴了个白发蓬乱的头颅。何婉云的腿受伤后，头发似乎也受到牵连，怎么梳都梳不顺。小曼什么招都试过，蘸清水、抹头油，顺不了多久，又恢复成荒草，杂乱，枯零。后来，小曼偶尔从电视上看到，头发也需要营养，母亲整天卧躺在床，连阳光都照不到，还谈什么营养！头发倒也罢了，最叫小曼受不了的，是母亲的眼神，像失去水分的枣子，皱巴巴的，浑浊而又干枯，被泪水浸泡胀后，红皮红瓤，却能看进人心里去。

小曼抵挡不了母亲的眼神。

“曼啊，”何婉云隔着窗玻璃，瞪着饱胀的红眼睛，扯着哭腔唤道，“进屋来吧，外面冷……你也该拾掇拾掇了！”

小曼不能反悔，纵使内心有一千个一万个不舒服，她也得面对随之而来的一切。小曼望着身上挂着霜一样的地烟珠，她不忍拍掉，反正一会儿回到屋里，它们都会蒸发掉的。她真希望自己是一颗地烟珠，晶亮亮地出现，悄无声息地散失，至少不用像个次品一样，被人挑拣不说，还要担心没有买家。

如果不是得上这个怪病，她何至于不堪到如此地步？可就算是一个残次品，让她安安静静一直摆放在那里不也挺好吗？难道非要让别人摔打？小曼有些怨恨，可很快就平息了这种怨恨，父母都是为她好，如果不是为了让她像其他丫头那样过正常人的生活，他们哪会活得这般悲凉，她怎么忍心叫他们伤心呢！

小曼在心里叹口气，这时候，无论父亲还是母亲的情绪如何，首先得让自己的心情平静下来。她为自己的行为感到害臊，为自己盲目的做法，以及如此的束手无策感到羞愧。她低着头走进东屋，听从母亲的嘱咐。

在母亲的恳求下，小曼往苍白的脸上擦了些润肤霜，照镜子时，也没发现增了多少光泽。

何婉云抱怨如今买不到胭脂，不然，抹上一些，脸立马变得红润，能掩饰住呆板。女儿家的，要定亲了，免不了羞涩。羞涩是要的，不然显得轻狂，可呆板就不好了。

眼看日上三竿，还不见一点动静。小曼平息下来的情绪又急躁起来。她没法掩饰，只好用干活打发自己的慌乱。回到厨房，她将案板、碗橱，凡是能擦的物件，擦了一遍又一遍，把那盏无影灯一般的灯泡都擦得铿亮，连灯线上的苍蝇屎都擦净了。可这有什么用？挨到后来，她心里都希望那个人这时候在她身边，能惹她心里烦乱也罢，就是别这样煎熬人了。可是，那个人就是不见影子。

怎么办呢？小曼没了主意，她站在窗前，透过玻璃上的霜花，看见院子里沙枣树顶的太阳掩映在绯红的地烟中，正奋力往外钻呢。她竟然傻愣地看着，无奈地笑了。

十

院子的地烟晃了一下。一个人影出现了。

“来啦！”

小曼听到父亲惊喜的叫声，她知道父亲心里的石头落了地，他的叫声是惊喜的、舒坦的。小曼也听到自己长长地舒了口气，像卸下什么重物，减轻了心上的重负。

朱明明背着大包小包，一件件摊开在东屋的炕上：四床绣有龙凤的大红缎子被面，四条红黄蓝绿色的纯棉床单，四条与床单颜色搭配的枕套、枕巾，还有香烟、茶叶、红糖、蜂蜜等定亲礼物。他这次是一个人来的，他姑姑家里有事，来不了。反正，他的姑姑已大功告成，来不来都一样。

朱明明一个人来足够了。除了定亲礼物，他还带来一只活旱獭。

在父母的欢笑声中，小曼始终没出厨房。母亲扯着嗓子喊，父亲来叫，小曼不答应，也不出去。她默默地将擦得洁净的灶具，一遍又一遍地擦拭，好像，除此之外，她没事可干。

终于，朱明明忍不住，拎着装旱獭的蛇皮袋子，到厨房来找小曼。他将旱獭放到地上，抬手擦了一把额头的汗。

他竟然出汗了。

“路上出了点小意外，口袋没绑紧，旱獭钻出来跑了，我追了好久才追上。这下，我把它的腿捆住，再也跑不了啦。你不知道，在我们那儿，这玩意儿还不好捉，我想了好多办法没捉到，最后，只好从套猎的人家那儿——搞到一只。”

小曼吃了大半年旱獭肉，却没见过活旱獭，每次，都是父亲从山里买人家宰杀好的回来。听说旱獭皮比肉贵重，捕捉的人大都奔着皮毛去的，不会将活旱獭卖给你。朱明明买个活的回来，不知花了多少冤枉钱呢。小曼忍不住扫了旱獭一眼，它长得脸有点像猴，身子却像猫，两只圆眼珠滴溜溜正瞅着她呢。小曼心里一紧，干呕了一下，赶紧低下头不敢再看。

朱明明的话刚开了个头，见小曼不接话茬，他看着小曼的目光有点闪烁不定，试探了几次，似乎鼓足了勇气，突然压低嗓门说："我想告诉你，旱獭不是治哮喘病，而是治——那种——病，你爸他是不是……"

小曼猛地抬起头，瞪大眼睛道："什么意思，我爸说旱獭肉是给他吃的？"

"是啊，"朱明明依然压低嗓门，像地下党接头，"我找人问过了，不是我自己胡诌，你爸隐瞒了，他的病——不轻！"

小曼的心跳到了嗓子眼，呼吸急促起来，她没好气儿地说道："你才病得不轻哩，告诉你，旱獭肉是给我吃的！"

"你是说……"朱明明将本来就不大的眼睛瞪得快裂开了。

"是——我有病！"小曼尽量想克制自己，保持镇定，一切顺其自然。可是，她无法忍受朱明明惊讶的口气和表情，怒不可遏地叫道："这下，你该明白我为什么还没找下婆家了吧，趁现在还来得及，你把定亲的礼物带上，滚吧！"

朱明明目瞪口呆，半晌才回过神来，结巴道："我就说呢，怪不得你长得这么好，却……"

“滚！滚回你的乌鲁木齐！滚回你们首长的女儿跟前去吧！”小曼没容朱明明把话说完，歇斯底里地吼叫。

顾远山跑到厨房门口，小曼和朱明明的表情告诉他，坏事了。他的心往下直坠，像好不容易才盖起的一幢房子，却被一阵风轻易吹塌了，望着那堆废墟，顾远山嘴唇哆嗦着，不知说什么好。他看看这个，又看看那个，鼻翼耸动，一句话都说不出来，使劲揪头上黑白相间的头发。

小曼一把甩上厨房的门，把父亲关在门外，她蹲在地上捂住脸号啕大哭起来。这么久了，小曼还是第一次哭得这么响亮。

顾远山在门外也哭了，他抽搭着跌跌撞撞离开厨房门。所有的希望都毁灭了。他知道，此刻谁也劝不住小曼，让她好好哭一顿也好，但他得去陪着老伴，这个时候，经受不住这个打击的，还有老伴。她所有的心思都在小曼身上，如今又拖着个伤腿，还不知会伤心成什么样子呢。

朱明明站在厨房里一直没动，小曼声嘶力竭的哭声像把锉刀，锉得他的心也疼痛不堪。他跟着小曼也哭起来。他面向小曼站着，处于一种微妙的屈从位置，好像她是范本，而他是模仿者。他的哭是压抑的，无声无息，眼泪流得满脸都是。

待小曼的哭声慢慢变弱，朱明明抹把泪，怯怯地小声说道：“小曼，你能不能听我说几句话？”

小曼明知不能生朱明明的气，但她情绪纷杂。她没理会朱明明。

“如果你不嫌弃，我愿意——给你到山里去抓旱獭。”朱明明竟然慢声细语地说道，“我要抓好多好多，直到把你的病治好！”

小曼不哭了，她抬起头，泪汪汪的双眼盯着朱明明，过了一会儿，才哽咽道：“你到哪儿去抓，乌鲁木齐大街上能有旱獭吗？”

“我已经不在乌鲁木齐了。”朱明明的声音小得像蚊子嗡嗡叫。

“部队的大院里能有旱獭？”

“我——从部队退伍了，两个月前……”

小曼呼地站起来，气呼呼地吼道：“那你的首长不把你留在大城市，办成乌鲁木齐户口？”

朱明明低下了头：“我在部队当五年兵，烧了五年锅炉，哪能认识什么首长……”

小曼狠狠地瞪着朱明明。

朱明明避开小曼的目光，小声接着说道：“怕你看不上我，我家那里情况差，没有女人愿嫁到山里，才跟你说我没退伍，我心里虚，就编瞎话糊弄你……”

小曼抹了把泪水，依然瞪着朱明明。他说出这些话，小曼心里反倒不那么难受了。可是，她感到他们之间的距离一下子又拉大了。一盏灯灭了又明，明了又灭，悲哀如清晨散不开的浓地烟，厚厚实实地堵在她的心里。她的泪水再次泛滥汹涌。

朱明明不知所措，又不敢靠小曼太近，他摇着手对小曼说：

“小曼，你别哭呀，如果你看不上我，我也不怨你。你放心，只要有机会，我会留意我们那儿套猎的人家，谁套到旱獭就给你送过来……”

小曼哭得更响。过了半晌，她才抽泣道：“我哪里看不上你，是不愿意把你扯进来，我的病是治不好啦，会拖累别人的。算啦，你走吧，以你的条件，可以找个比我强得多的——健康女人。”

“我到哪儿去，回坎儿沟？”捅到伤心处，朱明明已泣不成声，“回到家两个多月啦，你根本不知道我是怎么度过的。我再也不想一个人待在那个破家了，冰锅冷灶，心都是冰凉的——自从第一眼看见你，我觉得心开始热了，就怕你看不上我……小曼，我不怕你的病，我有的是力气，可以去挣钱，给你治病！直到把你的病治好。”

此刻的朱明明是真诚的，他不像桑那镇的那些人，对小曼只有同情、怜悯。

小曼又哭了。这次是无声的。

朱明明慢慢平静下来，也不劝小曼，由着她放任着自己的情绪。直到小曼不哭了，他才轻轻扯了扯小曼的袖子，细声说道：“早上走得急，饭都没顾上吃，饿了呢！”

小曼依旧低垂着头：“我这就去——给你打搅团吧！”

外边的地烟渐渐散退，像电影后的散场，喧腾过后，开始变得清静起来。镇街上的路灯不知什么时候熄灭了。太阳从薄薄的烟霭中探出头来，精神头十足地挂在中天。

地烟彻底散去后，天地间清澈透明起来。

回家

远远地，他看到自家的窗户上依然亮着灯光，他知道女人还在一如既往地等着他。

他把卖羊的钱借给了镇街上开饭馆的黑白花。

那天，他喝的酒并不多，黑白花的三碗马奶子酒，还不至于把他灌醉。后来想，还是黑白花的眼神比马奶子酒厉害，马奶子酒最多叫他神志不清，可黑白花像个大奶牛似的站在饭馆门口，她盯着过往男人的那种眼神能勾魂摄魄，弄得他神魂颠倒，她丢过几个眼波就把他拽进了饭馆后面的炕上。天亮后，黑白花问他是否早就瞄上她，欺负她这个软弱无助的寡妇。他望着黑白花潮湿的眼神矢口否认，拍打着脑门怪自己喝多了马奶子酒，糊里糊涂地留在她的炕上过了一夜。不过，这一夜他并没把黑白花怎么着，抱是抱了，也摸了她那对奶牛似的大奶头。他很冲动，可到关键时候，黑白花抓住他的手，悄声告诉他，她心里早已有他，只是他不像个男人，一直不主动来找她。而眼下，她的身子不方便，如果他不信，可以脱去衣服给他看。他当然不知道，这是黑白花惯用的武器，但他信了她，罢了手，像得了大便宜，与黑白花度过了难熬的一夜。不管怎么说，抱着丰满滑溜的黑白花睡觉，感觉还是不一样的。

整个夜晚，黑白花像亏欠他什么似的，让他的手和嘴一刻都没停止过，不知是真喝多了酒，还是双手游走在黑白花身上的感觉叫他太满足，晕晕乎乎地就答应黑白花，把刚从羊贩子那里要来的五百块卖羊款，借给了她。她急着要进一批烟酒，手头紧倒不过来，要不了几天货一出手，就还他钱。当时，黑白花很难为情地望着他，说要不是看在他们的情分上，她也不会开这个口。黑白花的话叫他心里热乎乎的，明知道这钱对他有多重要，可他还是抗拒不了躺在他怀里的这个女人。

第二天日上三竿，他一副劳碌不堪的样子回到家，圈里的羊叫声吼成一片，听着心就烦。女人等了他一夜没睡觉，用困倦的眼睛望着他。没等女人问他昨晚去了哪里，卖羊的钱要来没有，他噌地跳下马背，先发制人，冲女人吼道："羊怎么还没赶出去？离了我羊就不放了？万一哪天我死了，羊得饿死啊！"

女人是个沉默寡言的木讷人，对丈夫唯命是从，除了丈夫和儿子，不知道她脑子里还装着什么，从来不火不怒，连笑声都很沉默，一看就是个容易知足的女人。她一夜没睡好觉的脸上有了惊恐，无所适从地看了男人一眼，不敢言语，捡起墙角的鞭子匆匆往羊圈走。他望着女人一扭一扭有些僵硬的背影，眼睛很别扭，他脑子里还装着黑白花丰满柔软的腰身，想着这些年自己就是搂着眼前僵硬的女人睡觉，心里很不舒服，想着要是自己的女人是黑白花就好了。这样想着，他眼睛里长出刺来，扫在自己的女人身上，发出刺啦刺啦的响声，觉着自己的女人不大对劲，仔细一瞅，发现是女人换了身新衣服，怪不得看着不顺眼呢。他没好气地冲女人叫道：“哎，你穿这身衣服，是去放羊呀，还是去找野男人！”

女人停住步，慢慢回过身，用蓄满泪水的双眼望着他，哽咽道：“看来你真忘了，昨儿个我就说过，今天是儿子他外爷的好天（生日），我换身衣服去给他祝寿……”

“噢，昨晚叫他们多灌了几碗马尿，把这么大的事给忘了，这可咋办？昨儿个去要卖羊的钱，人家说死说活拿不出钱，我要不上钱，心里不舒服才去喝的酒。没钱，咋去给老人家祝寿呀？”他拍拍脑门，赶紧给自己找了个理由，顺势寻个台阶下。

“算了吧。”女人抹着眼泪，一抽一抽地说，“等把羊撒出去，找人捎话过去，就说忙得走不开，不去了。”

“这咋行，老人家的好天越来越少了，你还得去，羊留给我放，你赶紧去。”

“我咋去呀？”女人的泪水又涌了出来，滴到她浅红色的新衣服上，胸口洇湿了两个黑圈，像新长出的一对眼睛似的，看着自己的男人，也看着他们艰难贫穷的日子。

他自知理亏，愧疚地垂下头，躲开女人的目光，低声说：“好长一截子路呢，趁早去吧，还像去年那样，叫老人家垫个份子，日后再还……”

女人哽咽着小声道：“别提了，去年这样，我哥、我姐、我妹后来都知道了，他们嘲笑我把日子过得，老人祝寿，还得老人出钱买寿礼……我这张脸没处搁，叫我咋活人呢。”

他走过去，从女人手里抓过羊鞭说："反正咱家从店铺里已经赊不来礼物了，你就硬着头皮去吧，去了总是份心意，比不去好，等我收回卖羊的钱，一并还儿子他外爷。"

女人忍不住哭了起来，声音很细小，她怕眼泪弄湿新衣服留下痕迹，微微弯下腰，埋了头，泪珠滚落下地，打湿了地上的几棵青草，草变得绿汪汪，泛出油似的。女人压抑的哭声像刀子一样剜着他的心，他愣怔了一会儿，丢下哭声，过去把羊圈门打开，放出一大堆饥饿的羊叫声，把女人的哭声淹没得不见了踪影。

每次去找羊贩子要钱，比生个儿子还难。他心里发狠，再也不卖羊给他们，可到了秋季，他们来收羊时，还得卖给他们，不然，没法处理那些老弱的羊。冬天到了，它们不被冻死，也得病死，这样的结局，还不如卖给羊贩子，至少，还有个盼头，能得到一点微薄的收入补贴家用。

这次好不容易要来去年卖羊的欠款，却被黑白花借走了。这事隐瞒不了多久，女人很快会知道他要到了钱，她到镇上去找羊贩子一问，那时他怎么向女人交代？他想过各种各样哄骗女人的理由，就是不能说借给了黑白花。他是啥人，穷得叮当响的放羊汉，把三口之家养得摇摇欲坠，连现在放的几十只羊，都是欠老丈人的，卖羊的钱不拿来还账，却借给黑白花那样远近闻名的骚寡妇，说出去都没人相信。

接下来的几天里，他尽量躲开和女人正面接触的机会。但是，学校已经开学了，儿子没交学费，老师叫儿子带了几次话，再不交钱就别去学校。女人为了儿子能正常上学，偷偷去镇上找羊贩子要过钱，人家说钱早就给她男人了。女人不相信自己的男人拿到钱不跟她说，儿子欠学费的事他是知道的，他用卖羊的钱干啥了？女人到镇街上一打听，才知道自己的男人最近常来黑白花的饭馆，他的钱使到黑白花身上了。全镇上的人，连瞎子都能看到黑白花明着是开饭馆，暗地里是专给男人设的享乐场所，骗取男人的钱。自己的男人怎么会上这个当呢？女人不知该怎么处理这事，她想了好久，又不敢直接对男人说，怕碍他面子下不了台。可男人这样下去，是很危险的，钱被骗去还是好的，要是哪天自己的男人被黑白花灌迷糊了，不再回家，跟黑白花去鬼混，那可怎么办？她带着个孩子，今后没法过呀。

越想，女人觉得问题越严重，镇子上被黑白花拆毁的家庭有三家了，他们可不能做第四家。女人这样想着，回到家里，她教了儿子一番，叫他缠着爸爸要钱交学费，看男人有啥反应。

这天，男人放羊回来后，儿子提出要钱交学费，男人一听就火了，一把推开儿子。他用劲太大，把儿子推倒在地，吓得哭了。他也不管，一脚踢翻跟前的凳子，气呼呼地走了。

女人吓坏了，怕男人一去不回来，抱住儿子伤心地哭了。哭过，她告诫儿子不要再对爸爸提钱的事。她忍受不了男人对儿子的态度，可又没办法，一个人默默地不知流了多少泪。她心里空荡荡的，一直担心男人去黑白花那里，不再回家。

男人大概自知理亏，半夜的时候回家了。女人心里这才踏实了，去厨房热了饭菜给男人端来，侍候男人吃了，生怕男人怪她。

男人看出了女人的心思，心里的火气消了不少。接连几天，他都用旧招，吊着脸，不给女人好脸色，故意找女人或者儿子的碴儿，几乎每天晚上都要喝酒，一副要不来账心烦意乱的样子。女人诚惶诚恐，心里反而担心男人想不开，喝多了伤身子，就给他的酒里多兑些熟牛奶，这样喝着就不容易喝醉。在男人喝酒时，女人默默地和面，给他做揪面片，汤里多放些女人自制的西红柿酱，又酸又烫。这是男人平时最爱吃的饭，尤其喝了酒，既能醒酒，又能出汗，一天的疲乏劳累全随汗流走了。

但是，女人心里很郁闷，不知怎样解决眼前的这些烦心事。

有一天，男人在他喜爱的酸汤面片碗底里，看到了一根黄绿色的干草。干草在红色西红柿酱和白红色面片里，看上去很明显，但男人没当回事，拣出来扔了，照样吃饭。第二天的面片里，男人又发现了黄绿色的干草，这回不是一根，而是两根。这回，男人望着碗里的两根干草，吃不下去了，他夹起干草，仔细地看着，心想，自己的女人是个很细致的女人，不可能把草弄到饭里，这在以前从未有过。可这两根草怎么会在饭里？男人想了又想，突然间，他想到这草是女人故意放进去给他看的。草是牲畜吃的，他那样对待儿子和老婆，女人是用这种方式提醒他。

男人怒火冲天，当即将碗摔碎在地。碗的碎裂声吓坏了女人和儿子，女人惊恐得像一头遇到老虎的小鹿，扑过去将同样惊恐的儿子抱在怀里。母子俩浑身发抖，埋着头不敢看男人。

看着颤抖的母子，男人抓过酒瓶，猛灌了几口，用酒压住了自己的火气。那天，他喝醉了。

酒不能天天喝，那样会中毒。这样的招数用了几天，看着女人和儿子的可怜相，他有点于心不忍，明明自己做错了事，却要女人来承受他的过错。没别的办法，他每天出去放羊，故意磨蹭到很晚才回来。一到家，趁女人去圈里给马添草，或者收拾锅灶时，他匆匆扒拉完饭上炕睡觉，装出一副疲惫不堪的样子迅速打响鼾声。

女人后悔死了，想着不该给男人碗里放干草刺激他，他要是一气之下真去找黑白花了，抛下他们母子可咋办呢？她虽然清楚黑白花那样的女人不可能对自己的丈夫动真感情，但是，男人在女人面前，有时候会失去理智的。女人越想越后怕，心想着该怎么弥补。她在男人的鼾声中端来热水，轻轻为他擦脸洗脚，女人很小心细致，生怕弄醒他。他在女人为他擦洗后，心里愧疚得睡不着觉，失眠使他看上去憔悴了不少。女人以为他生病了，背着他向胡大祈祷，保佑自己的男人平安康复。

他不知道女人已经知道他要到了钱，他甚至还在想，一旦女人知道了钱的去处，他只好先发制人，编造谎言，说要到钱后，一高兴多喝了两碗酒，迷糊中叫坏人抢了钱。这个谎言显然不切合实际，整个牧区的治安非常好，从没出现过偷盗、抢劫的事情。就是那几个羊贩子，也只是拖欠买羊款，滥压羊价，谁敢动强抢他人的歪心思，胡大睁眼看着呢。他掂量了好久，没敢用这个谎话欺骗女人。

揣着心思过日子很煎熬人，这样下去他会虚脱的，便抽空去镇上找黑白花要钱。还没开口呢，黑白花就热乎乎地贴上来，端两碗马奶酒给他灌下去，把晕乎乎的他拖进后面的小屋。她的嘴堵上他张开要说话的嘴，堵得他心慌意乱，头疼脑涨，气都喘不过来，想要说的话自然被黑白花厚实的嘴唇堵得严严实实。黑白花把他推倒在炕上，伏在他胸口说："想死我了，你咋这么久不来找我？"

黑白花的这句话撩拨得他全身血液喷涌，他激动得忘记了自己是来要钱的，翻身把黑白花压在身下，急不可待地去解她的衣服。黑白花很配合，主动抚摸他。可是，最关键时，黑白花抓住他的手，告诉他，她身上的那个玩意儿又来了。

这回，他不相信，怎么会这么巧？顺着黑白花的指引，他摸到了那个讨厌的东西。那个讨厌的东西像一块冰，丢进他心里熊熊燃烧的火中，听到"刺啦"一声响，他泄气了。

黑白花轻抚着他安慰道："别把这事看得太重，只要我们心里有对方，这个事算啥呀，感情才是最重要的。没有感情，这人活得还有啥意思，你说是不是？"

他没回答，心头有一丝不快闪过。话说得再好，也是空的。他是男人，男人喜欢实打实，不喜欢说得比唱得好听。但在黑白花温暖柔软的怀抱里，他开不了要钱的口。人家女人实心实意地待你，你怎么能在这种时候提出要钱，像什么话！黑白花仿佛看出了他的心思，突然推开他，变脸道："你是不是有啥事瞒着我？是不是看上别的女人不喜欢我了？还是你的女人怀疑我？"

他摇摇头。

黑白花瞅着他，突然像只刚下完蛋的老母鸡咯咯大笑起来。笑毕，她的嘴像拧得过紧的弹簧突然松了劲，大哭起来，边哭边怨道："我就知道你心里没我，枉我一直撕心裂肺地惦着你，念着你。我知道，你今天来是想着你那五百块钱吧！好啊，我这就给你拿去。钱算什么东西，你等着，拿上你的臭钱，滚出去，别再上这来！我这里不要这种无情无义的男人。"

他跳起来扑过去拦住黑白花，将她抱在怀里，嘴贴在她的耳朵上，轻轻说道："我啥时说过要钱了？就是想来看看你，瞧你都瞎想些啥！"

说这些话时，他直打哆嗦，整个冬天像是冲着他一个人来的，他都不会说人话了。马奶酒又烧得他头疼脑涨，他想吃碗酸汤揪面片解解酒，给黑白花说了。她从饭馆的大锅里舀来一碗泡得肿胀的面片，他吃了一口，差点吐出来。不烫，不酸，面片泡得软不拉叽，实在难以下咽。他叫黑白花给他重做一碗。黑白花很不情愿，说他太挑剔，那么多来吃饭的客人都能吃，就他毛病多，但她还是去做了端来。他尝了一口，汤是烫了，面片却不筋道，更重要的是没放西红柿酱。他嫌不酸要放西红柿酱，黑白花说她从不做西红柿酱，要酸是吧？她抓起醋壶给碗里倒了不少醋，酸得倒牙。他在黑白花的注视下，皱着眉头勉强喝下这碗汤面片。

临走时，他心里很不舒服，从饭馆的柜台上抓了一瓶酒，是烈性白酒，比马奶子酒的劲要猛烈得多。跨上马背，他咯嘣一声咬开瓶盖，仰头就往嘴里灌，喝水似的一口气灌下去，把空酒瓶摔碎在镇街的柏油路上前，他的意识实际上还是清醒的，明白自己是为啥而来，又为啥而去。空酒瓶碎裂在镇街上的柏油路上，他的意识也碎成了粉末。

他像一摊烂泥伏在马背上，被驮回了家。女人担了一天心，怕男人一去不再回来，见男人回来了，女人的泪水涌满了眼窝，她激动地冲上去把男人扶下马，连抱带拖地弄进屋子放到炕上。

男人连骂带吐地折腾了一夜，女人做好酸汤揪面片，想着让他醒来后能吃上一碗烫的，过一会儿就热一次，她这次没有给男人的饭碗里放干草，因为男人还是回来了。女人一夜没合眼，侍候在男人身边。

天亮时，他酒劲散去，醒过来，看到女人拖着疲惫的身子在清理他吐的秽物，闷在他心里的失落与无奈汇成一股无名火蹿起，他几乎是下意识地从炕上跳起来，冲女人吼道：“别扫了，就这么脏着。”

他脸上的酒色还没褪尽，又添了火气，一片红紫。女人被吓着了，手里的扫帚掉在地上，她手足无措，又不敢问，眼神呆呆地看着男人。他望着女人的傻样子，心里的火气更大了，跳下炕把女人推倒在地上的秽物里。觉得还不解气，又一把抓住女人的头发，拖住她，举手要打，却听到女人喉咙里发出咕噜咕噜的吼声，像一群烈马从远处越来越近的奔跑声。这声音使他产生了恐惧感，同时，他还看到女人半张半闭的褐色眼仁被泪水包裹得严严实实。

他举起的手慢慢地放下了。

* * *

再次去镇上找黑白花时，他要钱的目的很明确，不想再被黑白花用各种招式哄骗。

黑白花这次也很直接，她没有端来马奶子酒，却把五百块钱往他跟前的桌子上一拍。同时拍在桌子上的，还有一个包装完好的避孕套。黑白花两眼一瞪，咬着牙对他一字一句地说道：“算我瞎了眼，把你当男人看，心里还挂念着你，以为你对我真的有情有义呢，连你需要用的东西都准备下盼着你来。没承想，你是这么个东西。我也是有过男人的女人，真要和你有了一腿，还对不住他呢。你这个狼心狗肺的东西，能看进眼里的也就这几张纸，只知道我欠下你的这点，却不管欠下我的。拿上，滚！”

他像个男人似的跑了，没拿桌子上的那两样东西：钱和避孕套。

一出门，他就后悔了，但管不住自己的脚，脚像是吃进了黑白花的话，跟她贴了心，义无反顾地要离开。回家的路上，前前后后的事在脑子里过滤了一遍又一遍，懊丧的情绪把他整个人淹没了，这肯定又是黑白花的伎俩。他抽了自己几个嘴巴，想返回去把钱拿上，又怕黑白花耍新花招，要是她叫来别的野男人，把他打上一顿，那亏可就吃大了。已经吃了亏，不能再吃这种眼前亏，可要不来钱，他没法面对自己的女人。想到女人那双沉默、哀怨的眼神，他茫然了。

骑着马在收割完青草的荒野上走着，几次，识途的老马要往回家的方向走，都被他拉住，掉转马头。他不想回家，不想理亏地面对自己的女人，还要女人来承受他的无理取闹。他跳下马，牵着马在原地停下。

深秋了，割光了的草地上弥漫着一股枯草的腐烂气息，刺激得马鼻子痒痒，它不停地打着响鼻，四蹄不安分地踢踏着。马呼出的热气使他心里的烦躁像这无边的旷野，荒凉又无助，他无处发泄心里的憋闷，恨不得狠狠打一顿马。马看透他的心思似的，不踢踏了，两只无辜的大眼睛静静地看着主人，像是要看透他心里的每一寸荒芜。他下不去手，悄悄松开已经握紧的拳头。他像在闷锅里蒸着烤着，身上的每寸肌肤都捂着熊熊的火。这些火出不来，他觉得自己快要被焚烧起来了。他扔掉马缰绳，冲着荒野狂吼了一阵，撒开腿在腐烂的草地上狂奔几圈，用缀有马刺的靴子踹着泥土，那股狠劲。好像要从泥土中踹出真理。

夜幕降临了，他还在荒野里奔跑。他都想好了，把自己折磨得疲惫不堪再回家，到家倒头就睡，不然，女人要问起他怎么办？她肯定知道他去要钱了。这是个聪明的女人，看上去胆小怕事，可她心里有数。他几次三番地去镇上，不是要钱去干什么？

夜很深了，黑夜有了很重的寒意，周围全是寒冷和宁静，这宁静被一层更加宁静的黑暗包围着，就有了分量，沉甸甸的。寒意也是有分量的，他感到了寒冷的锥心和宁静的可怕，这才跨上马背慢慢地回家。

远远地，他看到自家的窗户上依然亮着灯光，他知道女人还在一如既往地等着他。他一夜不回家，女人就会亮着灯坐等他一夜。她要让灯光招回自己的男人，这里是他的家，什么时候都为他照着回家的路。

他轻手轻脚地推开门，还是把打盹的女人惊醒了。或许她根本没有打盹，只是眯了一会儿眼睛。她看到自己的男人再次回家了，她当即哭了，是那种兴奋的哭，看上去却很委屈。男人不知该怎么劝说自己的女人。干脆不劝说吧，自己理亏，心里没底，说什么呢。他越来越搞不懂这个女人。

女人突然破涕为笑，上前来接过男人的马鞭挂到墙上，哽咽着说了句“面早就和好了醒着，菜都炒好了，我这就去给你揪面片。”

似乎闻到了揪面片酸热的香味，男人咽了口唾液，趁女人去热饭的工夫，他慌忙甩掉鞋，跳上炕，扯掉身上的衣服，在摇曳不定的灯影里，蒙上被子装睡。

女人端来热气腾腾的揪面片，男人已经打起了鼾。她在炕前站了一阵，轻轻说道："起来趁热吃点吧，天冷，一会儿就凉了。夜长，不吃点东西不好熬。"

他闻到了西红柿酱特殊的酸味，他忍着继续打鼾，为表现真实性，还装模作样地磨了磨牙。

女人把碗放到炕头，腾出手放到男人的额头，颤着声音道："钱没要回来没啥，咱不要了，谁都知道那个女人不好对付。只要你还能回家，就够了。"

鼾声像被什么东西拽住了，戛然而止。

图书在版编目（CIP）数据

出门·回家 / 温亚军著 .—厦门：鹭江出版社，2018.10
ISBN 978-7-5459-1524-2

Ⅰ. ①出… Ⅱ. ①温… Ⅲ. ①中篇小说—小说集—中国—当代 ②短篇小说—小说集—中国—当代
Ⅳ. ① I247.7

中国版本图书馆 CIP 数据核字（2018）第 185228 号

CHUMEN·HUIJIA
出门·回家
温亚军 著

出版发行：鹭江出版社
地　　址：厦门市湖明路 22 号　　邮政编码：361004
印　　刷：捷鹰印刷（天津）有限公司
地　　址：天津市武清区汉沽港镇
　　　　　秀园道16号　　邮政编码：301721
开　　本：840mm × 1092mm　1/32
印　　张：9
字　　数：171千字
版　　次：2018 年 10月第 1 版　2018 年 10月第 1 次印刷
书　　号：ISBN 978-7-5459-1524-2
定　　价：49.80 元